风格例话

周振甫 著

中国青年出版社

目录

001_ 前言

文体的风格

017_ **文体的风格**

022_ 诗与文
024_ 诗与赋
030_ 骚、赋与骚、歌
033_ 骈与散
038_ 游说文
040_ 诗、词、曲
043_ 曲剧与小说

051_ **作品的风格**

054_ 雅正、奇变
059_ 隐约、明朗
064_ 繁丰、简练

071 _ 刚健、柔婉
083 _ 清新、绮丽
091 _ 严密、疏放
097 _ 深沉、平易
103 _ 虚灵、朴实
111 _ 高妙、浅俗
115 _ 豪放、谨严
119 _ 弘畅、纤仄

123 _ **作家的风格**

128 _ 屈原
131 _ 贾谊、司马相如
134 _ 扬雄、刘向
137 _ 班固、张衡
139 _ 王粲、刘桢
141 _ 阮籍、嵇康
143 _ 潘岳、陆机
147 _ 李白
151 _ 杜甫
156 _ 韩愈

163 _ 白居易
167 _ 李贺
171 _ 杜牧
177 _ 李商隐
184 _ 温庭筠
188 _ 冯延巳
192 _ 李煜
195 _ 柳永
199 _ 王安石
204 _ 苏轼
213 _ 黄庭坚
220 _ 秦观
224 _ 周邦彦
230 _ 李清照
233 _ 陆游
237 _ 辛弃疾
242 _ 姜夔
246 _ 元好问
251 _ 高启
255 _ 吴伟业

261 _ 流派的风格

264 _ 宫体

266 _ 西昆体

269 _ 江西诗派

273 _ 四灵派

276 _ 茶陵派

279 _ 七子派

292 _ 唐宋派

295 _ 公安派

298 _ 竟陵派

303 _ 桐城派

311 _ 阳湖派

315 _ 湘乡派

321 _ 时代的风格

324 _ 由治乱所形成的时代风格

330 _ 反民族压迫所形成的时代风格

334 _ 由思想影响所形成的时代风格

340 _ 由质朴趋向文华所形成的时代风格

347 _ 由文学演变所形成的时代风格

353 _ 诗人开创新的境界所造成的时代风格
358 _ 诗论所造成的时代风格

363 _ **地域的风格**

366 _ 先秦散文显示南北的不同文风
370 _ 古代民歌显示南北的不同文风
377 _ 南北朝文人作品显示南北的不同文风
382 _ 南宋末南北文风的优劣

385 _ **民族的风格**

389 _ **余论**

392 _ 风格的学习与形成
395 _ 对作者风格的评价
399 _ 作品的风格和作家的风格
403 _ 作者风格和时代风格
406 _ 作家风格的杰出成就
412 _ 风格的艺术探索

前言

一、什么叫文学风格

什么叫文学风格,德国歌德在《自然的单纯模仿·作风·风格》里说:

> 它(艺术)以对于依次呈现的形象的一览无遗的观察,就能够把各种具有不同特点的形体结合起来加以融会贯通的模仿。于是,这样一来,就产生了风格,这是艺术所能企及的最高境界,艺术可以向人类最崇高的努力相抗衡的境界。
>
> 单纯的模仿以宁静的存在和物我交融作为基础;作风是用灵巧而精力充沛的气质去攫取现象;风格则奠基于最深刻的知识原则上面,奠基在事物的本性上面,而这种事物的本

性应该是我们可以在看得见触得到的形体中认识到的。❶

❶ 见《文学风格论》,王元化译,上海译文出版社1982年。

  这里把"模仿·作风·风格"连起来讲,这里的模仿不是指模仿别人的作品,而是指模仿自然和社会现象,即对景物和人物所呈现的形象,进行一览无遗的观察,要观察得全面深入,能够抓住形象的不同特点,还要加以融会贯通。怎样融会贯通呢?陆机《文赋》说:"情曈昽而弥鲜,物昭晰而互进。"即感情由朦胧到鲜明,物象的鲜明跟着感情互相前进。即在观察物象时,开始没有引起感触,没有引起感情的激动,这时的感情是朦胧的。到了引起感触,有了感情的激动,这时的感情是鲜明的。把感情的色彩着上物象,这时物象的形象也跟着鲜明起来,这样形成情景交融,这就是融会贯通了。把情景交融的形象写成作品,这样的模仿就是创作,就可产生风格了。这里说"产生了风格",即有可能产生风格,但风格的要求还要高。因此又指出,"单纯的模仿以宁静的存在和物我交融作为基础","宁静的存在"当指客观物象说,"物我交融"即指情景交融说,写出了情景交融的物象,还只是"单纯的模仿"。怎样再进一步呢?"作风是用灵巧而精力充沛的气质去攫取现象",就是在写出情景交融的作品中,文辞要灵巧,作品里还要反映出作者的气质,即作品中有人,即文如其人,这就写出了"作风"。风格还要进一步,"风格则奠基于最深刻的知识原则上面,奠基在事物的本性上面",这是对作品思想性的要求,即作品的思想性要符合最深刻的知识原则,要写出事物的本性。叶燮《原诗·内篇上》里对这点做了同样的说明,道:"且夫风雅之有正有变,其正变系乎时,谓政治风俗之由得而失,由隆而污。此以时言诗,时有变而诗因之。时变而失正,诗变而仍不失其正,故有盛无衰,诗之源也。"作品是反映生活的,时代变得乱了,政治风俗都变坏了,但诗还是站在正确的立场上,通过形象描写来表达对政治风俗败坏的批判,这就是要符合最深刻的知识原则,要写出事物的本性,所谓"时变而失正,诗变而仍不失其正"。这是对风格的很高要求。

在这里,歌德讲的"自然的单纯模仿·作风·风格",是不是可以分为一般讲的作品的风格和作家的风格:单纯模仿,即物我交融的作品,可以属于作品的风格;作风、风格即作品中反映作者的气质和最深刻的知识原则,可以属于作家的风格,即"风格即其人"了。

这里讲的对形象的观察和模仿,相当于刘勰《文心雕龙·物色》讲的:"岁有其物,物有其容;情以物迁,辞以情发。一叶且或迎意,虫声有足引心。况清风与明月同夜,白日与春林共朝哉!"不过刘勰讲到物的容貌,跟情结合,提出"情以物迁";又跟意结合,提出"一叶且或迎意"来,因

此又提到"情貌无遗",这跟歌德讲的"物我交融"是一致的。刘勰还具体指出:

是以诗人感物,联类不穷。流连万象之际,沉吟视听之区;写气图貌,既随物以宛转;属采附声,亦与心而徘徊。故"灼灼"状桃花之鲜,"依依"尽杨柳之貌……并以少总多,情貌无遗矣。

这里讲的"随物""与心"即"物我交融"。描绘物象,怎样"物我交融"呢?《诗经·周南·桃夭》:"桃之夭夭(状美感),灼灼(状红艳)其华(花)。""灼灼"像火,既用来状桃花的红艳,也用来写"之子于归",这个新嫁娘的热情如火。又《诗经·小雅·采薇》:"昔我往矣,杨柳依依(状柔软)。""依依"既状杨柳的轻柔,又写出征时的战士对亲人依依不舍的感情,所以是"物我交融"。这里指出"情貌无遗",像描写桃树用"夭夭",不光写桃树的美感,还有好的意思。像描写杨柳的依依,被后来的诗人称为写出了杨柳的神态。这就是歌德说的"奠基在事物的本性上面",这就构成了风格。这是从"物我交融"的描绘中显示的风格,是风格的一个方面。

二、风格的多样化

德国人威克纳格著有《诗学·修辞学·风格论》,他在《风格概说》里说:

> 布封的名言"风格就是人",即指风格的主观方面。主观方面是个人的面貌,无论一位诗人或一位历史家具有怎样强烈的同族相似,总是跟他同时期的其他诗人或其他历史家有所区别。因而,文法的和审美的批评首先应该紧紧抓住这一点去评价个别的作者或去比较并区别几个作者。作品本身的性质愈具有客观性,作者主观的风格表露就愈隐蔽,从而去辨认主观方面也就愈困难。❶

---

❶ 见《文学风格论》,王元化译,上海译文出版社1982年。下同。

这里谈到作家的风格,即"风格就是人"。这里又提到诗人和历史家的不同,这就属于诗和历史的不同,即属于文体的风格。这里又提到"同族相似",类似同一流派的风格相似。

就强调风格的主观方面来说,刘勰在《文心雕龙·体性》里对此做了更深入的发挥。

夫情动而言形，理发而文见，盖沿隐以至显，因内而符外者也。然才有庸俊，气有刚柔，学有浅深，习有雅郑，并情性所铄，陶染所凝，是以笔区云谲，文苑波诡者矣。故辞理庸俊，莫能翻其才；风趣刚柔，宁或改其气；事义浅深，未闻乖其学；体式雅郑，鲜有反其习：各师成心，其异如面。

这里跟"风格就是人"的说法是一致的，这里从作品的情动理发来说，指出跟"才、气、学、习"有关。其中有的是"情性所铄"，如个人的气质有刚柔；有的是"陶染所凝"，由后天的学习和感染造成的。刘勰除了讲文学作品外，也讲史文，跟威克纳格讲到历史家也是一致的。这是属于作家的风格。

威克纳格在上引的《风格概说》里又说：

首先，"在智力的风格里面"，智力创造的表现意图在于促成可以理解的再现，因而要求表现必须鲜明确切和明白易晓，一句话，要求清晰性。其次，"在想象的风格里面"，创造和再现属于想象的职责，换言之，属于那种通过实际的现实形式去探索观念的精神机能，从而风格方面以具有适当的感觉性和生动性为宜，在这里，表现必须生动。最后，"在感情的风格里面"，创造者"作家"的感受和共鸣对再现者"读者"发生相应的作用，喜和忧的轻快或沉痛的冲动将反映在后者的心灵之中，在这里，具有这类效果的语言表现必须带有激荡的感情的印记；因而它必须具有感染力。由此，我们得出风格的三种主要样式和三种重要特性：智力的风格，其特性为清晰性；想象的风格，其特性为生动性；情绪的风格，其特性为激情。

在这里，根据智力、想象和情绪，把风格分为清晰性、生动性、激情。这不同于作家的风格，类似作品的风格。按照作品内容的不同，分成这三种风格。这种分法，跟刘勰在《文心雕龙·体性》里讲的八种风格，虽讲法不同，但约略相当。

若总其归途，则数穷八体：一曰典雅，二曰远奥，三曰精约，四曰显附，五曰繁缛，六曰壮丽，七曰新奇，八曰轻靡。典雅者，熔式经诰，方轨儒门者也。远奥者，复采典文，经理玄宗者也。精约者，核字省句，剖析毫厘者也。显附者，辞直义畅，切理厌心者也。繁缛者，博喻酿采，炜烨枝派者也。壮丽者，高论宏裁，卓烁异采者也。新奇者，摈古竞今，危侧趣诡者也。轻靡者，浮文弱植，缥缈附俗者也。故雅与奇反，奥与显殊，繁与约舛，壮与轻乖，文辞根叶，苑囿其中矣。

这里讲的八种风格，分成相反的四对，指明是"文辞根叶"，即文辞的风格，即作品的风格。他这样讲，跟威克纳格的讲智力、想象、情绪的风格，分为清晰性、生动性、激情，有相类处。如典雅、远奥，从儒家和道家来，即跟智力有关。如壮丽、新奇，不免有夸张奇特的想象，跟想象有关。又从《诗大序》讲到"诗言志"，称"情动于中而形于言"，言志跟抒情是结合的。陆机《文赋》称"诗缘情而绮靡"，那么这八种风格，都跟情绪有关。刘勰讲的八体四对，讲得更为详备深刻。这八体是就作品的内容和文辞结合起来看的。像典雅，内容是"方轨儒门"，即用儒家的思想；文辞是"熔式经诰"，即熔化取法于儒家的经书。像远奥，内容是"经理玄宗"，即采取道家思想；文辞是"复采典文"，像有取于《庄子》的文采丰富，有取于《老子》的文辞典雅。像精约，内容是"剖析毫厘"，文辞是"核字省句"。显附，内容是"切理厌心"，文辞是"辞直义畅"。繁缛，内容是"炜烨枝派"，像枝条流派都有光彩，文辞是"博喻酿采"。壮丽，内容是"高论宏裁"，文辞是"卓烁异采"，文采照耀而突出。新奇，内容是"危侧趣诡"，在危险的侧径上走向怪异，文辞是"摈古竞今"，抛弃古辞，竞创新体。轻靡，内容是"缥缈附俗"，虚浮不切实而依附俗说，文辞是"浮文弱植"，文字浮靡，没有骨力。

　　刘勰这样讲八体，分成相反的四组有矛盾。就八体看，他对新奇、轻靡两体是贬斥的，对其他六体是赞美的，既分成八体四组，就不应该把贬斥的两体列入。他说"雅与奇反""壮与轻乖"，其实雅指正，跟正相对的是奇，奇不一定是"摈古竞今,危侧趣诡",古也有奇。刘勰在《辨骚》里说:"奇文郁起,其《离骚》哉!"这个奇就是好的。创意选言不同常格,也是新奇。跟壮相对的不必是轻靡,可以是柔婉,柔婉也是好的。那么把"雅与奇反"说成奇正相反,把"壮与轻乖"说成刚柔相反,四组八体都加以肯定,这个矛盾就解决了。

威克纳格在《风格概说》里又谈到散文和诗的不同风格说:

一般的诗人风格和特定的史诗诗人或戏剧诗人的风格,都严格地属于想象的风格,属于上面所说的那种感性的表现形态。另方面,散文跟诗正好相反,诗充满纯粹的和具体的感性事物,散文的基本性质则是非感性的、抽象性的;散文面向真实,诗则倾向于美;散文的目的在于给智力带来新知识,它的最初和最终的意图就是进行教导。纵然对狭义的散文和论述加以进一步的区分,教导也仍旧是散文的普遍特性。既然散文,如教诲文和记述文,属于教导的形成,因而它宜于采取智力的风格,并首先要求表述的清晰。

这里讲诗和散文的不同风格,是属于文体的风格。刘勰在《文心雕龙·定势》里讲文体风格说:

是以括囊杂体,功在铨别,宫商朱紫,随势各配。章表奏议,则准的乎典雅；赋颂歌诗，则羽仪乎清丽；符檄书移，则楷式于明断；史论序注，则师范于覈要；箴铭碑诔，则体制于弘深；连珠七辞，则从事于巧艳：此循体而成势，随变而立功者也。虽复契会相参，节文互杂，譬五色之锦，各以本采为地矣。

这里讲的"括囊杂体"，指包括各种文体。各种文体不同，像音乐分宫商、色彩分朱紫那样，按照不同文体，配上不同风格。像章表奏议，以典雅为标准；赋颂歌诗，以清丽为法则；符檄书移，以明断为模范；史论序注，以覈要为师法；箴铭碑诔，以弘深为体制；连珠七辞，像枚乘《七发》，在巧艳上用力。根据不同文体配合不同风格，这里"虽复契会相参，节文互杂"，即这种配合相参互，即相互交错，如赋颂歌诗要丽，连珠七辞要艳，就艳丽说，彼此交错。又有节文互杂，章节互相混杂，如七辞里分写饮食、音乐、宫室、射猎等，赋里也有类似的写法。好比锦绣，就绣的色彩说，彼此相类，但各种锦的底色还是不同的。各体文虽有交错类似处，但就主要的风格来说还是不同的。这样讲各体文的风格，是结合古代文体的特色说的，讲得更具体了。

希腊人朗吉努斯《论崇高》，是讲崇高风格的。朱光潜先生《西方美学史》上卷讲到《论崇高》说：

作者的意图是找出崇高风格的因素。依他看,这有五种(他的提纲在第八章),即"掌握伟大思想的能力""强烈深厚的热情""修辞格的妥当运用""高尚的文辞"和"把前四种联系成为整体的""庄严而生动的布局"。

朱先生又引《论崇高》第一章的原文说:

崇高风格到了紧要关头,像剑一样突然脱鞘而出,像闪电一样把所碰到的一切劈得粉碎,这就把作者的全副力量在一闪耀之中完全显现出来。

这里讲崇高的风格,跟刘勰《文心雕龙·风骨》可以相比:

诗总六义,风冠其首,斯乃化感之本源,志气之符契也。是以怊怅述情,必始乎风;沉吟铺辞,莫先于骨。故辞之待骨,如体之树骸;情之含风,犹形之包气。结言端直,则文骨成焉;意气骏爽,则文风清焉。……刚健既实,辉光乃新,其为文用,譬征鸟之使翼也。故练于骨者,析辞必精;深乎风者,述情必显。捶字坚而难移,结响凝而不滞,此风骨之力也。

《论崇高》要讲"掌握伟大思想的能力",《风骨》要讲"感化"人,讲"志气",跟正确的思想有关。不过《论崇高》讲"伟大思想",《风骨》要求思想正确,不提伟大,稍有差别。《论崇高》要求有"强烈深厚的热情",《风骨》提"怊怅述情","述情必显",抒情真切而鲜明动人,提法也稍有差异。《论崇高》要求"修辞格的妥当运用",《风骨》提出"结言端直","析辞必精",这点是相似的。《论崇高》用利剑和闪电来比崇高的风格,《风骨》里把有风骨的作品比作"翰飞戾天",像猛禽飞到天上。这两家的提法虽有差异,但精神是一致的,都讲一种高出一般的风格。

刘勰讲风骨,在《风骨》里称"刚健既实,辉光乃新",是一种刚健的风格。刘勰在《体性》里讲到八种风格,没有提到"刚健",在《风骨》里提到"刚健",是在八种风格以外的。刘勰为什么把"刚健"列在八种风格以外呢?他在《总术》里讲:"精者要约,匮者亦鲜;博者该赡,芜者亦繁;辩者昭晰,浅者亦露;奥者复隐,诡者亦曲。"原来他认为八种风格,精约的是简的,但是内容贫乏的也是简的;繁缛的是博喻酿采,但芜杂的也是繁的;显附的是明晰的,但浅薄的也是明晰的;远奥的是深刻含蓄的,但诡异的也是曲折的。这样,他对于八体中的新奇和轻靡两体是不满意的,他对于其他六体中的精约、繁缛、显附、远奥四体,认为有鱼目混珠,怕有匮者、芜者、浅者、诡者来混杂。因此他提风骨,认为具有风骨的作品,才是完美的,不会有鱼目混珠的毛病。他没有把刚健列入八体,可能是推重风骨的缘故。因此,他在《体性》里讲到"气有刚柔",是指人的气质说的,不是指作品的风格说的,所以八体里没有刚柔,另在《风骨》里列入刚健,而没有举出与刚健相对的柔婉来。

在刘勰前的三国魏曹丕的《典论·论文》:"文以气为主,气之清浊有体,不可力强而致。"《中国历代文论选》❶注:"清浊,意近于《文心雕龙·体性》所说的'气有刚柔',刚近于清,柔近于浊。"按曹丕讲的"气之清浊",是指文气说的;刘勰讲的"气有刚柔",是指人的气质说的,不指作品风格,所以他在《体性》里讲的"八体",没有刚柔。曹丕讲文气的清浊,跟作家的风格有关,所以说"徐幹时有齐气",指徐幹的风格舒缓。但他只提清浊,不提刚柔。到晋代陆机在《文赋》里提到作品的风格,称:"夸目者尚奢,惬心者贵当,言穷者无隘,论达者唯旷。"夸目指有色彩;奢指壮,即指壮丽;惬心,指切理厌心;当指恰当,即指贴切;穷指简约;无,语词,同"惟";隘,即指简约;达,畅达,即通畅。这里提出壮丽、贴切、简约、流畅四种作品的风格,也没有提到刚柔。钟嵘在《诗品》里称:"刘越石❷仗清刚之气。"提到刚。称王粲"文秀而质羸",跟柔有些接近,但还不是柔。此外,像称班固《咏史》的质木,东晋玄言诗的平典,郭璞的隽上,

---

❶ 指郭绍虞主编《中国历代文论选》,上海古籍出版社 1979 年。
❷ 刘琨,字越石。《晋书》载"少负志气,有纵横之才"。

谢灵运的富艳，陆机《拟古》的温丽，班婕妤的清绮，曹植的高华，刘桢的高奇，说明风格的多样化，不限于刘勰的八体了。

到唐朝，皎然《诗式·辨体有一十九字》，这里有的是讲风格的，如："高，风韵朗畅曰高。""逸，体格闲放曰逸。""气，风情耿介曰气。""情，缘境不尽曰情。""思，气多含蓄曰思。""闲，情性疏野曰闲。""力，体裁劲健曰力。"这里的力即指刚健，思即指柔婉，但还没有刚柔的称呼。托名李峤的《评诗格》，称"诗有十体"，"二曰质气，谓有质骨而依其气也"。"七曰宛转，谓屈曲其词，宛转成句也。"这里实际上是讲刚和柔。到司空图的《二十四诗品》，提出风格的名称更多，其中雄浑、劲健、豪放指刚，含蓄、委曲、流动指柔，也还没有提出刚柔来。宋苏洵在《上欧阳内翰第一书》里称："韩子之文，如长江大河，浑浩流转，鱼鼋蛟龙，万怪惶惑，而抑遏蔽掩，不使自露；而人望见其渊然之光，苍然之色，亦自畏避，不敢迫视。执事之文，纡余委备，往复百折，而条达疏畅，无所间断；气尽语极，急言竭论，而容与闲易，无艰难劳苦之态。"这里讲韩愈的文章，风格是刚健的；欧阳修的文章，风格是柔婉的，但还没有提出刚柔来。南宋严羽《沧浪诗话·诗辨》里称"诗之品有九"，其中"雄浑"是刚的，"凄婉"是柔的。强调用刚柔来概括各种风格，最有名的是清桐城派姚鼐的《复鲁絜非书》：

鼐闻天地之道，阴阳刚柔而已。文者，天地之精英，而阴阳刚柔之发也。……其得于阳与刚之美者，则其文如霆，如电，如长风之出谷，如崇山峻崖，如决大川，如奔骐骥；其光也，如杲日，如火，如金镠铁；其于人也，如冯高视远，如君而朝万众，如鼓万勇士而战之。其得于阴与柔之美者，则其文如升初日，如清风，如云，如霞，如烟，如幽林曲涧，如沦，如漾，如珠玉之辉，如鸿鹄之鸣而入寥廓；其于人也，漻乎（清貌）其如叹，邈乎其如有思，暖乎其如喜，愀乎其如悲。观其文，讽其音，则为文者之性情形状举以殊焉。且夫阴阳刚柔，其本二端，造物者糅而气有多寡进绌（消长），则品次亿万，以至于不可穷，万物生焉。故曰：一阴一阳之为道。夫文之多变，亦若是也。

在这里，姚鼐把各种不同风格的称谓，做了高度概括，概括为阳刚、阴柔两大类。像雄浑、劲健、豪放、壮丽等都可归入阳刚类，含蓄、委曲、淡雅、高远、飘逸等都可归入阴柔类。就这两类看，认为"为文者之性情形状举以殊焉"。性情指作者的性格，跟阳刚阴柔有关；形状指作品的文辞，跟阳刚阴柔有关。又指出这两者"糅而气有多寡进绌"，即阳刚和阴柔可以混杂，在混杂中，阴阳之气可以有的多有的少，有的消有的长，这就造成风格的各种变化。他虽然把风格概括为两大类，但又指出阴阳之交错所造成的各种不同风格是变化无穷的,这又承认风格的多样化。这里就说明的方便,首谈文体的风格,次谈作品的风格,三谈作家的风格,四谈流派的风格,五谈时代的风格,六谈地域的风格,最后谈民族的风格。

文体的风格

讲作品的风格,讲得较完整而赅要的,首推刘勰《文心雕龙·体性》篇。讲文体的风格,早于刘勰,见于三国魏曹丕的《典论·论文》:"夫文本同而末异,盖奏议宜雅,书论宜理,铭诔尚实,诗赋欲丽。"这里讲了不同的文体有不同的要求。他把文体分为"四科","此四科不同,故能之者偏也"。即分为四类,提出四个要求,像"雅"即雅正;"理"即合理,即切理厌心,即贴切;"实"即切实;"丽"即绮丽;即属于四种风格。

到晋代陆机《文赋》里也谈到文体风格,较详了:"诗缘情而绮靡,赋体物而浏亮,碑披文以相质,诔缠绵而凄怆,铭博约而温润,箴顿挫而清壮,颂优游以彬蔚,论精微而朗畅,奏平彻以闲雅,说炜晔而谲诳。"讲了十种文体,对各种文体都提出了不同要求。他对每种文体,提出内容和风格的要求。如"诗缘情而绮靡",认为诗的内容是抒情的,风格是绮丽和靡细的,这是对后汉末年的诗说的,像《古诗十九首》是抒情的,所以提出缘情说来。"赋体物而浏亮",赋的内容是"体物"的,"体物"指体察事物,即描写事物,风格浏亮,即清明。这里主要指汉末的小赋,描写清明,倘指汉大赋,体势浩瀚,不仅清明了。"碑披文以相质",即文与质相称,质指内容,文指文辞,文辞与所叙述的事实相称,即不虚夸。"诔缠绵而凄怆",诔是陈述哀情,所以情致缠绵,心情凄怆,这是兼指内容与文辞说的。"铭博约而温润",《文选》五臣张铣注:"博谓意深,约为文省。"兼指内容和文辞说。"温润"指风格说。"箴顿挫而清壮",箴刺违失,"顿挫"兼指内容与文辞说,"清壮"指风格。"颂优游以彬蔚","优游"指从容不迫,兼内容与文辞说;"彬蔚"指文采,就风格说。"论精微而朗畅","精微"指内容说,"朗畅"指风格说。"奏平彻以闲雅","平彻",平正通达,指内容说;"闲雅",文雅,指文辞说,风格雅正。"说炜晔而谲诳",说指战国策士的游说,要使君主听从自己的主张,要迎合君主的心意,运用各种说法,包括谲诈欺诳来打动人主,谲诳指各种手法;炜晔,很有光彩,指文辞风格说。这是讲十种文体的内容要求和风格说的。

对文体的风格讲得比较全面的,有南北朝时齐代刘勰的文体论。刘勰《文心雕龙·总术》里把文体分为文、笔两大类:"今之常言,有文有笔,以为无韵者笔也,有韵者文也。"他讲有韵文分为十篇:《明诗》《乐府》《诠赋》《颂赞》《祝盟》《铭箴》《诔碑》《哀吊》《杂文》《谐隐》。他讲无韵文分为十篇:《史传》《诸子》《论说》《诏策》《檄移》《封禅》《章表》《奏启》《议对》《书记》。他讲的各种文体里有谈到风格的。明代胡应麟的《诗薮》里也讲到文体的风格。刘勰讲文与笔,没有讲文与笔在风格上的分别,胡应麟讲诗与文就讲到诗与文在风格上的分别,所以先讲胡应麟谈的诗文。

诗与文

诗与文体迥不类，文尚典实，诗贵清空；诗主风神，文先理道。三代以上之文，庄列最近诗，后人采撷其语，无不佳者，虚故也。（《诗薮·外编》卷一）

这里提出诗的风格清空，文的风格典实，这是就一般的诗文说的。这里的"文"指散文，与刘勰的"文"指韵文不同，这里的"文"相当于刘勰的"笔"。这种文与诗的风格不同，是就一般的文与诗说的。这里也指出像《庄子》《列子》的散文，最近诗，即风格是清空的，相当于后来的散文诗。这里把《列子》归入先秦著作，不确，《列子》经后人考定，当是晋代人撰，其中当包括先秦著作部分。看庄子《逍遥游》：

鹏之背不知其几千里也。怒而飞，其翼若垂天之云。是鸟也，海运（海上起大波）则将徙于南冥（南海）。……鹏之徙于南冥也,水击三千里,抟扶摇(凭借飓风)而上者九万里,去以六月息者也。

这里讲的大鹏,就是想象的寓言,风格不是典实的。李白的《临终歌》就用了这个寓言:"大鹏飞兮振八裔,中天摧兮力不济。余风激兮万世,游扶桑兮挂左袂。"只有《庄子》里的大鹏,才能"振八裔",振动八方极远的地方,才使余风激动万世。这就是胡应麟说的"后人采掇其语,无不佳者"。

诗与赋

刘勰在《明诗》里谈到诗的风格:

若夫四言正体,则雅润为本,五言流调,则清丽居宗;华实异用,唯才所安。故平子得其雅,叔夜含其润,茂先凝其清,景阳振其丽;兼善则子建仲宣,偏美则太冲公干。

这里他认为四言诗是正宗体制,风格以雅润为本;五言诗是流行格调,风格以清丽为主。这是因为四言诗从《诗经》来,所以称为正体;五言诗当时通行,所以称为流调。讲四言诗的风格,举了张衡(平子)、嵇康(叔夜);讲五言诗的风格,举了张华(茂先)、张协(景阳)。兼擅四言五言诗的,举曹植(子建)、王粲(仲宣);偏于写五言诗的,举刘桢(公干)、左思(太冲)。试举例说明。

怨诗
张衡

《秋兰》,咏嘉美人也。嘉而不获用,故作是诗也。

猗猗秋兰,植彼中阿。有馥其芳,有黄其葩。虽曰幽深,厥美弥嘉。之子之远,我劳如何!我闻其声,载坐载起。同心离居,绝我中肠。

四言赠兄秀才入军诗(其九)
嵇康

良马既闲,丽服有晖。左揽繁弱(弓名),右接忘归(矢名)。风驰电逝,蹑景追飞。凌厉中原,顾盼生姿。

情诗五首(其三)
张华

清风动帷帘,晨月照幽房。佳人处遐远,兰室无容光。襟怀拥虚景,轻衾覆空床。居欢惜夜促,在戚怨宵长。拊枕独啸叹,感慨心内伤。

杂诗十首(其一)
张协

秋夜凉风起,清气荡暄浊。蜻蜓吟阶下,飞蛾拂明烛。君子从远役,佳人守茕独。离居几何时,钻燧忽改木。房栊无行迹，庭草萋以绿。青苔依空墙，蜘蛛网四屋。感物多所怀，沈忧结心曲。

　　刘勰指出四言诗的风格雅润，认为张衡雅，嵇康润，这是互文，即张衡、嵇康的诗都是雅润的。雅指内容正确，润指润泽，即文辞有文采。这里引了张衡的《秋兰》诗，借秋兰来怀念美人。用秋兰的香和色，来比美人的品德。用秋兰的在中阿，指在大的丘陵里，比美人的隐居幽深处，显得品德美好。离自己虽远，想念得深切。这首诗内容正确，有文采，风格是雅润的。嵇康的一首，是送他的哥哥嵇喜去参军的。嵇喜曾举秀才。诗写嵇喜骑着训练熟习的马，穿着有光彩的军装，带着弓箭，在原野奔驰的得意神态。这首诗写得有文采，也正确，风格是雅润的。刘勰认为四言诗指《诗经》，"诗言志"说，言志要求意义正确，所以提雅润，雅即意义正确。五言诗讲"诗缘情"，要求表达真实感情，所以提清丽，这是两者的差异。五言诗要清丽。像张华的《情诗》，这是写女的怀念男的，"佳人处遐远"，指男的在远方，所以女的独居幽房，有空床的感叹，写思妇的感叹。用清风动帷、晨月照房来做陪衬，写出思妇的彻夜不眠，写得有情味，有文采，所以称为清丽。张协的一首，佳人指女方，也是写思妇的怀念远人。不过用凉风、清气、蟋蟀鸣、飞蛾扑火来做陪衬，又写出男的出外已经过了时节，庭草绿了，男的还不归来，表达思妇的沉忧。这诗用作陪衬的景物和前一首不同,风格也是清丽的。这里讲的"茂先凝其清,景阳振其丽",是互文,即张华、张协的诗都是清丽的。

对于诗的风格,曹丕称"诗赋欲丽",陆机称"诗缘情而绮靡",都是讲绮丽的。刘勰为什么分成四言雅润,五言清丽呢?原来曹丕和陆机讲的诗,主要是讲五言诗,曹丕讲丽;陆机讲绮靡,绮也是丽,不过加上靡,当指描写的细致说;刘勰讲清丽,也指丽,不过加上清,当指纯净说。讲五言诗的风格,三家大体一致,稍有差异。刘勰讲四言雅润,曹、陆两家都没有讲四言诗,四言诗继承《诗经》,《诗经》讲"诗言志",与陆机讲五言诗的"诗缘情"稍有不同。"言志"要求志的正确,"雅"即正,所以要求雅润;"缘情"要求抒发真情,所以要求清丽了。

再看刘勰讲赋。《诠赋》说:

原夫登高之旨,盖睹物兴情。情以物兴,故义必明雅;物以情观,故词必巧丽。丽词雅义,符采相胜,如组织之品朱紫,画绘之著玄黄,文虽新而有质,色虽糅而有本,此立赋之大体也。

刘勰认为赋既要描写事物,又要表达感情,描写事物要求清明,表达感情要求雅正,文辞要巧丽。表达的感情像分别朱紫,朱是正色,紫是间色,即表达的感情有正确的,有不够正确的,要求正确,所以称雅正。他讲的赋,称"讨其源流，信兴楚而盛汉矣"。"兴楚"如楚国宋玉的《风赋》，《风赋》称：

楚襄王游于兰台之宫，宋玉景差侍，有风飒然而至。王乃披襟而当之曰："快哉此风，寡人所与庶人共者邪！"宋玉对曰："此独大王之风耳，庶人安得而共之？"

赋的开头是写两人的对话，这里写楚襄王与宋玉的对话，讲的是风，宋玉认为有两种风，一种是"大王之雄风"，一种是"庶人之雌风"。所谓"大王之雄风"，指楚襄王住在宫内，吹来的风，"回穴冲陵，萧条众芳，然后徜徉中庭，北上玉堂，跻于罗帷，经于洞房，乃得为大王之风也"。这种风，"清清泠泠，愈病析酲，发明耳目，宁体便人，此所谓大王之雄风也"。这里指出楚襄王住在宫里，那里多花木。风从山谷里吹来，吹过花草，吹进宫殿，这种风使人感到清凉，使眼目清明，身体舒适，可以治病醒酒，这是"大王之雄风"。"庶人之风"，因为百姓住的地方恶浊，风吹带来恶浊的气，吹着人"中心惨怛，生病造热。中唇为胗（疮），得目为蔑（眼病）"，"此所谓庶人之雌风也"。这篇《风赋》，告诉楚襄王，他住的宫殿，环境卫生，生活舒适，空气清新，吹来的风是凉爽的；百姓住的地方，卑陋低湿，空气恶浊，吹来的风是恶浊的。这篇赋要楚襄王注意人民的疾苦，用意是好的。

这就是"义必明雅",用意是正确的。他描写"大王之风"等,文辞是巧丽的。就赋的文辞说,开头写两人的对话,是无韵的;后面的描写,是有韵的,如"萧条众芳""北上玉堂""经于洞房"是押韵的,又像"生病造热""得目为蔑",也是押韵的。赋是韵散结合的文体。

曹丕讲"诗赋欲丽",陆机讲"赋体物而浏亮",即体察和描写事物,文辞清明。刘勰的要求更高,加上"义必明雅",要求情意的正确,认为赋的风格要雅丽,提得更全面了。这里指出诗和赋的不同,诗缘情,所以要求清丽;赋体物,所以要求鲜明,就意义说,就要雅丽了。

骚、赋与骚、歌

《诗薮·内编》卷一谈到骚与赋、骚与歌风格的不同：

> 骚与赋句语无甚相远，体裁则大不同。骚复杂无伦，赋整蔚有序。骚以含蓄深婉为尚，赋以夸张宏巨为工。
>
> 和平婉丽、整暇雍容，读之使人一唱三叹者，《九歌》等作是也。恻怆悲鸣，参差繁复，读之使人涕泣沾襟者，《九章》等作是也。《九歌》托于事神，其词不露，故精简而有条。《九章》迫于恋主，其意甚伤，故总集而无绪。

"骚"指《离骚》。刘勰在《诠赋》里说："及灵均（屈原）唱《骚》，始广声貌。然则赋也者，受命于诗人，而拓宇于《楚辞》也。"《诗经》里有"赋比兴"，赋是一种直陈的手法，所以说"受命于诗人"。从直陈手法变成一种文体，主要的开拓，是从《离骚》的"始广声貌"来的，即对于事物的声貌做了扩大的描绘,形成赋体,那么赋的形成跟《离骚》有关。这里指出赋跟《离骚》在风格上又有不同。按《楚辞·卜居》称:屈原"竭知尽忠,而蔽障于谗,心烦虑乱,不知所从"。正因为"心烦虑乱",所以在《离骚》里写的词句,"复杂无伦"。《九章》是《离骚》的继续,所以也写得"总集而无绪"。只有这种"无伦""无绪",才能真切地表达他"心烦虑乱"的思想感情,更能感动读者。跟赋的"整蔚有序"不同了。比方《离骚》开头讲"扈(披)江离与辟芷兮,纫(编)秋兰以为佩",披着香草,佩着秋兰,比喻进行品德修养;接下来又说"朝搴阰之木兰兮,夕揽洲之宿莽",木兰是香的,宿莽草经冬不死,也是讲品德修养的坚贞不变;下面又讲"朝饮木兰之坠露兮,夕餐秋菊之落英",也比自己的品德修养;又说"擥木根以结茝兮,贯薜荔之落蕊",也是这个意思;下面又说"制芰荷以为衣兮,集芙蓉以为裳",下面又说"结幽兰而延伫""折琼枝以继佩",这样反复讲,就是"复杂无伦"。《九章》也这样,如《惜诵》称:"捣木兰以矫(糅)蕙兮,鑿(舂)申椒以为粮。播江离与滋菊兮,愿春日以为糗芳。"用香草香花来比品德修养。《思美人》称:"揽大薄之芳茝兮,搴长洲之宿莽。"《悲回风》称:"惟佳人之独怀兮,折若椒以自处。"也是这个意思,所以"总集而无绪"。

汉赋就不同了,如司马相如《子虚赋》,讲到楚国的云梦:"云梦者方九百里,其中有山焉。"下面专讲山;又分开讲,"其土"怎样,"其石"怎样;下面再分讲,"其东"有什么,"其南"有什么,"其中"有什么,"其上"有什么,"其下"有什么。再讲楚王在那里打猎,再讲楚王听歌舞等,所谓"整蔚有序"。再说,骚的风格是含蓄深婉,赋的风格是夸张宏巨。

《九章》的风格同于《离骚》,所以"总集而无绪",风格也是深婉的。《九歌》是迎神曲,如《少司命》:"秋兰兮青青,绿叶兮紫茎。满堂兮美人,忽独与余兮目成。入不言兮出不辞,乘回风兮载云旗。悲莫悲兮生别离,乐莫乐兮新相知。"《九歌》是楚国民间祠神的歌,屈原加以修改。因此这里写神人恋爱的话,当是民歌中原有的。所以写得"和平婉丽,整暇雍容",和《九章》的"恻怆悲鸣,参差繁复"有不同。就风格说,《九章》偏于深婉,《九歌》比较清丽,有所不同。但《九歌》中的风格也不完全一致,像《湘君》《湘夫人》是抒情的,清丽中兼柔婉,《国殇》是悲壮激越,风格趋于刚健。不过就文体说,《九章》的风格同于《离骚》,是深婉的;《九歌》的风格本于民歌,是清丽的。

骈与散

骈散讲骈文和散文,《文心雕龙·丽辞》讲骈文:

自扬、马、张、蔡,崇盛丽辞,如宋画吴冶❶,刻形镂法,丽句与深采并流,偶意共逸韵俱发。至魏晋群才,析句弥密,联字合趣,剖毫析厘。然契机者入巧,浮假者无功。

❶ 宋画吴冶:语出《淮南子·修务训》,春秋时宋人绘画、吴人铸剑,皆极为精妙。

又《文心雕龙·原道》称:

旁及万品,动植皆文:龙凤以藻绘呈瑞,虎豹以炳蔚凝姿;云霞雕色,有逾画工之妙;草木贲华,无待锦匠之奇。夫岂外饰,盖自然耳。至于林籁结响,调如竽瑟;泉石激韵,和若球锽❶。故形立则章成矣，声发则文生矣。夫以无识之物，郁然有彩，有心之器，其无文欤？

❶ 球锽：《说文》"球，玉磬也。""锽，钟声也。"

萧绎《金楼子❶·立言》：

至如不便为诗如阎纂❷，善为章奏如伯松❸，若此之流，泛谓之笔。吟咏风谣流连哀思者，谓之文。……笔退则非谓成篇，进则不云取义，神其巧惠，笔端而已。至如文者，惟须绮縠纷披，宫徵靡曼，唇吻道会，情灵摇荡。

❶ 梁元帝萧绎曾自号金楼子，因以名书。
❷ 阎纂：疑为阎缵，西晋人，以直言著称。
❸ 伯松：张竦，字伯松，西汉末年人。

萧统《文选序》：

老、庄之作，管、孟之流，盖以立意为宗，不以能文为本；今之所撰，又以略诸。若贤人之美辞，忠臣之抗直，谋夫之话，辩士之端，冰释泉涌，金相玉振。所谓坐狙丘，议稷下❶，仲连之却秦军❷，食其之下齐国❸，留侯之发八难❹，曲逆之吐六奇❺，盖乃事美一时，语流千载，概见坟籍，旁出子史，若斯之流，又亦繁博；虽传之简牍，而事异篇章；今之所集，亦所不取。至于记事之史,系年之书,所以褒贬是非,纪别异同;方之篇翰,亦已不同。若其赞论之综缉辞采,序述之错比文华,事出于沉思,义归乎翰藻。故与夫篇什,杂而集之。

❶ 坐狙丘,议稷下:李善注曹植《与杨德祖书》,"齐之辩者曰田巴,辩于狙丘而议于稷下"。
❷ 仲连句:鲁仲连驳斥辛垣衍退秦兵。
❸ 食其句:楚汉相争时,汉派郦食其说齐王。
❹ 留侯:张良封留侯。
❺ 曲逆:陈平封曲逆侯。

梁光钊《文笔考》:

沉思翰藻之谓文,纪事直达之谓笔。其说昉于六朝,流衍于唐,而实则本于古。孔子赞《易》有《文言》。其为言也,比偶而有韵,错杂而成章,灿然有文,故文之。孔子作《春秋》,笔则笔。其为书也,以纪事为褒贬,振笔直书,故笔之。文笔之分,当自此始。其后得文意者长于文,颜延之云,"测得臣文"是也。得笔意者长于笔,颜延之云,"竣得臣笔"是也。推之史籍,莫可枚举。故昭明所选多文,唐宋八家多笔。韩、柳、欧、苏,散行之笔,奥衍灏瀚,好古之士,靡然从之。

这里谈到骈文、散文,又牵涉到文笔。先说骈文,上引《丽辞》,是讲骈文用对偶,对偶是骈文的主要特点。这里指出从扬雄、司马相如、张衡、蔡邕，他们在文章中运用对偶，像战国时宋人的绘画，吴人的铸剑，加意修饰提炼，讲究对偶文采。到魏晋作家，在用字造句上讲究对偶，更加精密。然而切合情意的称为巧妙，虚浮不切的没有功效。骈文讲究对偶，还讲究文采和音律，所以这里又引了《原道》中的话，讲龙凤虎豹的纹彩，比骈文的对偶要讲究文采，讲"林籁结响""泉石激韵"，指音律。骈文的讲对偶音律，跟律诗的讲对偶平仄相类似。这里又牵涉到文笔，六朝时讲的文笔，不限于骈散，兼指诗文，文指韵文，包括诗和骈文；笔指散文。清代梁光钊的《文笔考》，称《周易·文言》是文，即指《文言》中对偶句，如《周易·乾·文言》："君子体仁足以长人，嘉会足以合礼，利物足以和义，贞固足以干事。"这就是较早的对偶。称《春秋》是笔，如《春秋·隐公元年》："夏五月，郑伯克段于鄢。"就是散文。到了六朝时候的骈文，除了对偶以外，还要讲究文采音律。这里引了萧绎的说法，称张伯松的章奏是笔，即指散文说的。称文要"绮縠纷披"，即讲究文采；要"宫徵靡曼"，即讲究音律。文除了指诗外，即指骈文了。萧统指出"老、庄之作，管、孟之流"，即子书；"谋夫之话，辩士之端"，记载在史书里，是史书。认为子书史书中的文章是散文，所以不收。"若其赞论之综缉辞采，序述之错比文华，事出于沉思，义归乎翰藻"，这里讲的"辞采""文华""翰藻"，都指文采，也包括对偶、音律，除诗外，主要指骈文。再加上韩愈《答李翊书》称:"气,水也;言,浮物也;水大而物之浮者大小毕浮。气之与言犹是也,气盛则言之短长与声之高下者皆宜。"即骈文的风格,比较藻丽,讲究对偶和音节之美;散文的风格,比较清通,讲究气盛言宜。这是两者粗略的差别。

再就《文心雕龙》文体论里论及的文体风格来说说。

游说文

刘勰在《文心雕龙·论说》里讲到"说","说"是从战国策士游说君主来的,重在说得动听,能打动人,更要讲究技巧。说像李斯的《谏逐客书》:"顺情入机,动言中务,虽批逆鳞,而功成计合。"李斯历举例证,举秦穆公用客卿建霸业,秦孝公用客卿得治强,秦昭王用客卿成帝业,又说秦王用的器物、服饰、玩好大都是外来的,是所重在色乐珠玉,所轻在人。具有很大的说服力,又能切合秦王的情意,所以收到好的效果。刘勰又说:

说者,悦也。……转丸骋其巧辞,飞钳伏其精术❶。……凡说之枢要,必使时利而义贞,进有契于成务,退无阻于荣身。自非谲敌,则唯忠与信。披肝胆以献主,飞文敏以济辞,此说之本也。

❶ 转丸、飞钳:《鬼谷子》中的篇名。

说的内容，要"时利而义贞"，对当时有利，意义正确，文辞要精巧，能打动人。说的风格，要贞利精巧，这是说在风格上的特点。

○ 诗、词、曲

今卫尉少卿字弘基(赵崇祚)，以拾翠洲边，自得羽毛之异；织绡泉底，独殊机杼之工。广会众宾，时延佳论，因集近来诗客曲子词五百首，分为十卷。(欧阳炯《花间集序》)

而自《花间》以后，大都类似清溪曲涧，虽未尝没有曲折幽雅的小景动人流连，而壮阔的波涛终感其不足。……《花间》诸词家走着狭深的道路，对民间的词不很赞成；实际上他们也依然部分继承着这个传统，不过将原来的艳体部分特别加大、加工而已。……此后的发展也包括两个方面，举重点来说：其一承着这传统向前进展，在北宋为柳永、秦观、周邦彦，在南宋为史达祖、吴文英、王沂孙，等等；其二不受这个传统的拘束，有如李煜、苏轼、辛弃疾，等等。(俞平伯《唐宋词选释》前言)

尝谓词毗于柔,曲偏于刚,诗则兼二者之美。词虽出于北里,早入文人之手,其貌犹袭倡风,其裹已杂诗心,多表现作者之怀感,故气体尚简要。曲则直至今日犹未脱其歌场舞榭之生涯,犹重听众之情感,虽文家代作,不能与伶工绝缘,故情韵贵旁流。词静而敛,曲动而放。词纵故深,曲横故广。以词事为曲,必拘而不化。以曲笔为词,必直而无韵……窃谓诗之于词,不仅齐言与长短句之别,故"落花人独立,微雨燕双飞",不是五言诗;"无可奈何花落去,似曾相识燕归来",又不是七言诗也。词之于曲何必不然。若"朝飞暮卷,云霞翠轩,雨丝风片,烟波画船"(《还魂记·惊梦》),又不像《沁园春》中四句也。此种区别,貌似玄虚而中甚切实。
(俞平伯《词曲同异浅说》)

这里指出诗、词、曲三种体裁的风格不同。《花间集》的词,内容是写艳情,风格极为轻细。像欧阳炯说的,用翡翠鸟的羽毛来比,用神话中鲛人在水底所织的轻绡来比,都是极为轻细的。这跟诗反映的各种广阔的生活,有的像壮阔的波涛,风格不同。诗比较俊逸,词比较轻靡。诗也有写得轻靡的,那就像词而不像诗了。如宋代晏几道的《临江仙·梦后楼台高锁》:"落花人独立,微雨燕双飞。"是词中的名句。

这两句是从前人翁宏《春残》诗中借来的❶。这两句在《春残》诗中并不著名，借用到词里就成为名句。再像晏殊《浣溪沙·一曲新词酒一杯》："无可奈何花落去，似曾相识燕归来。"也是词中名句。他又把这两句写在《示张寺丞王校勘》这一首七言律诗里，并不著名，说明这两句的风格轻细，适于作词，不适于作诗。这说明诗和词风格的不同。这是指婉约派词说的。至于豪放派词，打破诗和词的界限那又当别论了。这里又指出词和曲的不同，词偏于柔婉，曲偏于刚健，那也是指柔婉派的词说的。这里也举了曲中的名句，认为放在词里不够柔婉。其实词和曲在风格上的区别，还在于词多用文言，曲可以用白话，还有文白的不同。如白朴《阳春曲·题情》：

从来好事天生俭，自古瓜儿苦后甜。奶娘催逼紧拘钳，甚是严，越间阻越情忺。

这里就有白话的词，像"瓜儿"，"奶娘"指娘；"拘钳"，拘束钳制；"情忺"，情投意合。类似这样口语中的词，词里是不用或很少用的。

---

❶ 翁宏：唐末五代人，其诗《春残》（一作《宫词》）有此句。

曲剧与小说

曲剧和小说是文学中的主要样式,前人都有论述。

关中康德涵❶所谓:"南词(南戏曲)主激越,其变也为流丽;北曲(杂剧)主慷慨,其变也为朴实。惟朴实故声有矩度而难借,惟流丽故唱得宛转而易调。"吴郡王元美❷谓:南北二曲,"譬之同一师承,而顿、渐分教(佛教有顿教、渐教,顿指顿悟佛法,渐指历劫修行而悟);俱为国臣,而文、武异科"。"北主劲切雄丽,南主清峭柔远。""北字多而调促,促处见筋;南字少而调缓,缓处见眼。北辞情少而声情多,南声情少而辞情多。北力在弦,南力在板。北宜和歌,南宜独奏。北气易粗,南气易弱。"此其大较。(王骥德《曲律·总论南北曲》第二)

❶ 康德涵:康海,字德涵,明"前七子"之一。
❷ 王元美:王世贞,字元美,明"后七子"之一。

南北二调，天若限之。北之沉雄，南之柔婉，可画地而知也。北人工篇章，南人工句字。工篇章，故以气骨胜；工句字，故以色泽胜。（《曲律·杂论》第三十九上）

晚明王骥德的《曲律》，是论元明戏曲的有代表性的著作。他既精求格律，也讲究戏曲的艺术风格，立论较精。这里就南北戏曲的风格说，康海说的南曲主激越，即王世贞说的南主清峭；康海说的北曲主慷慨，即王世贞说的北主劲切。慷慨、劲切、朴实之中不失雄丽之致，是北曲刚健而有文采；柔远、流丽之中犹存激越、清峭之气，是南曲柔中有刚。北力在弦，指北曲以琵琶为主；南力在板，指南曲以鼓及拍板为主。魏良辅《曲律》❶说："北曲以遒劲为主，南曲以宛转为主，各有不同。至于北曲之弦索，南曲之鼓板，犹方圆之必资于规矩，其归重一也。"这里指出南北曲的主要风格，又有宛转、遒劲的不同，这跟王骥德讲南北曲的主要风格，有柔婉、沉雄的不同是一致的。

雅则宜浅显，俗则宜蕴藉，此曲家之必要者也。……传奇（明戏曲）为警世之文，固宜彰善瘅恶，俾社会上有所裨益。顾注全力于劝善果报，则又未免有头巾腐气。传奇而有腐气，

---

❶ 魏良辅：明代戏曲家，被奉为昆曲之祖，著有《曲律》，又名《南词引正》。

尚何文字之足论。欲免腐气,全在机趣二字。机者传奇之精神,趣者传奇之风致。少此二物,则如泥人土马,有生形而无生气。……局机不整,通本减色矣。至于趣之一事,最难形容。……即如谈忠说孝,或摹写节烈之事,所作曲白,亦不可走入呆板一路。要使其人须眉如生,而又风趣悠然,方为出色当行之作。《桃花扇·沉江》一折,谱史可法死节事,何等可惨,而其曲云:"撇下俺断篷船,丢下俺无家犬。"又云:"看空江雪浪拍天,流不尽湘累怨。累死英雄到此日,看江山换主,无可留恋。"又〔尾〕云:"山云变,江岸迁。一霎时忠魂不见,寒食何人知墓田?"读之令人慷慨泣下,无一憔悴可怜之语,如见阁部从容就死之状。末云"寒食墓田",则又凄凉欲绝,感人心脾。无他,机趣流利也。……且一本传奇,至少须有七八人,说何人宜肖何人,议某事宜切某事,赋风不宜说月,赏花不宜赋草。使所填词曲宾白,确为此人此事,为他人他事所不能移动,方为切实妙文。……此即贴切之谓也。……试看《牡丹亭》老驼口中语,便可知矣。……《诀谒》曲云:"俺橐驼(即骆驼)风味,种园家世,虽不能展脚伸腰,也和你鞠躬尽瘁。"句句是驼背口吻,能移置他人口中否?……此填词重贴切之说也。(吴梅《顾曲麈谈·制曲》)

吴梅是近代著名曲家,他对于戏曲有极深研究。这里谈了戏曲文辞的特点,讲了浅显、机趣、贴切。浅显要俗中带雅,即避免粗鄙，避免多用典故。对机趣、贴切，都举了具体例子，可供体味。这里说明戏曲文辞的特点。

再看前人的论述小说。

《水浒》所叙，叙一百八人，人有其性情，人有其气质，人有其形状，人有其声口。夫以一手而画数面，则将有兄弟之形；一口而吹数声，斯不免耳哄（小声，指声相似）也。施耐庵以一心所运，而一百八人各自入妙者，无他，十年格物而一朝物格，斯以一笔而写百千万人，固不以为难也。（金圣叹《水浒传序三》）

清朝金圣叹批七十回本《水浒传》，在序三里指出《水浒传》的特点，也就是小说的特点。小说作者创作人物，能使"人有其性情，人有其气质，人有其形状，人有其声口"。怎能做到这一点呢？他指出"十年格物而一朝物格"。"格物"就是研究人物和事物，十年指长时期，要长时期研究各种人物和事件。"一朝物格"，达到一天把各种人物和事件研究透了。到了这样程度，才能把小说中所创造的人物，各人有各人的性情、气质、形状、声口了。这里指出小说创作人物的特点。

文不幻不文，幻不极不幻。是知天下极幻之事，乃极真之事；极幻之理，乃极真之理。故言真不如言幻，言佛不如言魔。魔非他,即我也。我化为佛,未佛皆魔。魔与佛力齐而位逼,丝发之微,关头匪细。摧挫之极,心性不惊。此《西游》之所以作也。(幔亭过客《西游记题词》)

幔亭过客是明末清初人袁于令,他在《西游记题词》里指出浪漫主义小说的特点。幻指幻想,是凭空虚构。他指出"极幻之事,乃极真之事",即《西游记》的幻想情节与生活真实之间的关系,如大闹天宫即农民起义、农民战争的升华,孙悟空的形象即敢于反抗、敢于斗争的人物性格的概括。他又指出"我化为佛,未佛皆魔",即魔与佛与我的关系。《西游记》中有的妖魔,就是太上老君和佛祖手下的坐骑等逃下凡来作怪的。这些妖魔,在太上老君和佛祖手下时,属于仙佛一类,逃下凡来就成妖魔。这说明魔和佛的关系。这也说明在民间兴妖作怪的,他的势力还是从上面来的,也是现实生活的反映。这里指出浪漫主义小说的特点。

其书以功名富贵为一篇之骨:有心艳功名富贵而媚人下人者;有倚仗功名富贵而骄人傲人者;有假托无意功名富贵自以为高,被人看破耻笑者;终乃以辞却功名富贵,品地最上一层为中流砥柱。篇中所载之人不可枚举,而其人之性情心术,一一活现纸上。读之者无论是何人品,无不可取以自镜。
(闲斋老人《儒林外史序》)

闲斋老人或疑为吴敬梓本人。这篇序,除指出《儒林外史》所写的人物,"其人之性情心术,一一活现纸上"外,还指出《儒林外史》有一个主题,小说围绕着主题写出各种各样的人物来。

《三国》一书,有笙箫夹鼓、琴瑟间钟之妙。……至于袁绍讨曹操之时,忽带叙郑康成之婢;曹操救汉中之日,忽带叙蔡中郎之女。诸如此类,不一而足。人但知《三国》之文是叙龙争虎斗之事,而不知为凤为鸾、为莺为燕,篇中有应接不暇者,令人于干戈队里时见红裙,旌旗影中常睹粉黛,殆以豪士传与美人传合为一书矣。(毛宗岗《读〈三国志〉法》)

《三国》一书,有近山浓抹、远树轻描之妙。画家之法,于山与树之近者,则浓之重之;于山与树之远者,则轻之淡之。不然,林麓迢遥,峰峦层叠,岂能于尺幅之中一一而详绘之乎?作文亦犹是已。如皇甫嵩破黄巾,只在朱隽一边打听得来;袁绍杀公孙瓒,只在曹操一边打听得来;赵云袭南郡,关、张袭两郡,只在周郎眼中耳中得来……只一句两句,正不知包却几许事情,省却几许笔墨。(同上)

清朝毛宗岗评《三国演义》,在读法里提到《三国演义》的风格,"有笙箫夹鼓、琴瑟间钟之妙",即有典雅和豪放两种风格的交错,笙箫、琴瑟比典雅的风格,鼓和钟比豪放的风格,即美人传和豪士传的结合。他又指出有近山浓抹、远树轻描之妙,浓抹即指繁丰的风格,即正面细致的描绘;轻描即指简约的风格,也举例来说明。这里是讲小说中所具有的各种风格。

作品的风格

刘勰在《文心雕龙·体性》里讲作品风格,分为八体四组,即"雅与奇反,奥与显殊,繁与约舛,壮与轻乖"。他对"奇"和"轻"是贬低的。上面指出,我们把"奇"做了肯定的解释,把"壮"与"轻"改为"刚"与"柔",这样,八体四组说中的矛盾就解决了。但这八体四组还不能概括后来讲的作品风格。像陈望道《修辞学发凡》里也把作品风格分为八体四组,即"简约、繁丰""刚健、柔婉""平淡、绚烂""谨严、疏放"。按照上面讲的八体四组看,《发凡》里提出的"平淡、绚烂""谨严、疏放"就没有,因此得补上。补上这四体二组似还不够,因此想再做些补充,像杜甫《春日忆李白》:"清新庾开府,俊逸鲍参军。"这"清新""俊逸"两种风格,以上的十二体中就没有。这样粗略做了如下的拟目,当然是不可能完备的:

雅正、奇变,隐约、明朗,繁丰、简练,刚健、柔婉,清新、绮丽,严密、疏放,深沉、平易,虚灵、朴实,高妙、浅俗,豪放、谨严,弘畅、纤仄。

雅正、奇变

唐兴，文章承徐（陵）庾（信）余风，子昂始变雅正。初为《感遇诗》，王适见之曰："是必为海内文宗。"卢黄门（藏用）云："陈拾遗横制颓波，天下质文翕然一变。"杜子美（甫）《过公故宅》❶诗云："位下曷足伤，所贵在圣贤。有才继《骚》《雅》，哲匠不比肩。公生扬（扬雄）马（司马相如）后，名与日月悬。"韩退之（愈）亦云："国朝盛文章，子昂始高蹈。"盖公之诗为韩、杜所推重，揭为正宗，不亦宜乎！
（高棅《唐诗品汇》卷三）

❶ 即杜甫《陈拾遗故宅》诗，"所贵在圣贤"，又作"所贵者圣贤"。

明代高棅在《唐诗品汇》里称唐代诗人陈子昂的诗风格雅正，他的代表作是《感遇诗》。陈子昂诗的雅正风格，跟他的诗论有关。他在《与东方左史虬修竹篇序》里论："文章道弊五百年矣。汉魏风骨，晋宋莫传，然而文献有可征者。仆尝暇时观齐梁间诗，彩丽竞繁，而兴寄都绝，每以永叹。思古人常恐逶迤颓靡，风雅不作，以耿耿也。"陈子昂认为齐梁间诗，讲究辞藻，没有寄托，怕文风衰落颓废下去，因此他提倡"风雅兴寄"，即继承《诗经》中用比兴手法，来写有寄托的诗，注意思想性，纠正齐梁以来只讲辞藻的文风，所以他的诗有雅正的风格。他的《感遇诗》就贯彻了风雅兴寄的主张。如《感遇诗》二十七：

朝发宜都渚，浩然思故乡。故乡不可见，路隔巫山阳。巫山彩云没，高丘正微茫。伫立望已久，涕泪沾衣裳。岂兹越乡感，忆昔楚襄王。朝云无处所，荆国亦沦亡。

沈德潜《唐诗别裁》批："'岂兹越乡感'句，从上转下，见荒淫足以亡国，为世戒也。"又《感遇诗》十九：

圣人不利己，忧济在元元。黄屋非尧意，瑶台安可论？吾闻西方化，清净道弥敦。奈何穷金玉，雕刻以为尊？云构山林尽，瑶图珠翠烦。鬼工尚未可，人力安能存？夸愚适增累，矜智道逾昏。

沈德潜《唐诗别裁》批："圣人有天下而不与，故卑宫室。即释氏之学，亦以无为寂灭为宗，奈何象教（佛教）既设，徒取土木雕刻以为尊耶？"

这里引的两首《感遇诗》贯彻"风雅兴寄"的主张，可以作为雅正风格的代表。前一首讲他从湖北宜都的水边洲渚出发，想念四川射洪的故乡，中间隔着巫山。从巫山想到宋玉《高唐赋》，赋的序里说，"楚襄王与宋玉游于云梦之台，望高唐之观，其上独有云气"，宋玉认为是"朝云"。又称"朝云"是巫山神女所化，"旦为朝云，暮为行雨"。因而引起感叹，感叹楚襄王的荒淫亡国。那么这首诗从思乡想到巫山，从巫山想到神女，联系到楚王的荒淫亡国，是有用意的。后一首讲圣人不利己，只忧百姓。"黄屋"指天子坐的车盖，用黄缯做里，用这样的车盖，不是尧的意思。"瑶台"是用美玉砌成的台，相传夏桀和商纣王筑瑶台，瑶台更不用说了，即更加应该反对。至于西方佛教，讲究清净，怎么花费尽金玉来雕塑佛像，把山里的树木砍光来构筑高耸入云的庙宇？"瑶图"，用宝玉装成的图案，花费了很多珠玉翡翠。这样的建筑制造，鬼工也不行，人力怎能担负。这样来向愚民夸耀，来显示智慧，只能增加人民的负担，愈见昏庸。这是反对武则天花费大量财力物力，来雕塑大佛像，来建筑大庙宇。像这样的诗是有寄托的，思想是正确的，文辞是有力的，构成雅正的风格。《文心雕龙·辨骚》：

自风雅寝声,莫或抽绪,奇文郁起,其《离骚》哉!固已轩翥诗人之后,奋飞辞家之前,岂去圣之未远,而楚人之多才乎!……观其骨鲠所树,肌肤所附,虽取镕经意,亦自铸伟辞。故《骚经》《九章》,朗丽以哀志;《九歌》《九辩》,绮靡以伤情;《远游》《天问》,瑰诡而慧巧;《招魂》《大招》,耀艳而深华;《卜居》标放言之致,《渔父》寄独往之才。故能气往轹古,辞来切今,惊采绝艳,难与并能矣。

这篇《辨骚》就是讲《楚辞》在文学上的奇变,一开头就提出《楚辞》继《诗经》在深厚的积累中起来,是奇文,即指出它的奇来。它高飞在《诗经》的作者以后,奋起在辞赋家以前,这说明它的变,它已不同于《诗经》,成为辞赋的开创了。它怎样奇变呢?它在文中指出四点用意跟《诗经》一致,四点用意跟《诗经》不同。所谓跟《诗经》不同的,主要是指它引用了不少神话,即现在所谓浪漫主义手法,这是跟《诗经》不同的,这就是奇,也是变。再就"自铸伟辞"来说,文辞也与《诗经》不同。《诗经》以四言为主,《楚辞》打破了以四言为主的限制,每句的字数多了。《诗经》的篇幅较短,《离骚》便是长篇了。《楚辞》里用楚语,这也是新的。再像《楚辞》里所表现的风格,有朗丽、绮靡、瑰诡、耀艳,也跟《诗经》不同。所以称"气往轹古",它的才气压倒古人,更说明它的奇变。再像《文心雕龙·时序》说:"屈平联藻于日月，宋玉交彩于风云。观其艳说，则笼罩《雅》《颂》，故知炜烨之奇意，出乎纵横之诡俗也。"这里指出《楚辞》中屈原、宋玉的作品，他们艳丽的文辞，罩盖住《诗经》，他们瑰异的文思，是从战国时纵横家游说夸张中来的，这也写出《楚辞》跟《诗经》不同的奇变来。

《文心雕龙·物色》里称："'皎日''嘒星'，一言穷理；'参差''沃若'，两字连形：并以少总多，情貌无遗矣。虽复思经千载，将何易夺？及《离骚》代兴，触类而长，物貌难尽，故重沓舒状，于是'嵯峨'之类聚，'葳蕤'之群积矣。"这里指出描写景物，《诗经·王风·大车》："有如皎日。"皎指光明。《诗经·召南·小星》："嘒彼小星。"嘒（huì），状光微小。《诗经·周南·关雎》："参差荇菜。"参差，状不整齐。《诗经·卫风·氓》："桑之未落，其叶沃若。"沃若，状桑叶的润泽。这里指出《诗经》里形容物象，只用一个字或两个字，字用得少。到《楚辞》里用字就多了。如《招隐士》："山气巃嵸兮石嵯峨，溪谷崭岩兮水曾波。"巃嵸（lóng sǒng）状云气浓密，嵯峨状山石高耸，崭岩状山岩险峻，曾波状水的腾涌。这里两句话一连用了四个词来形容。再像《楚辞·七谏·初放》："上葳蕤而防露兮，下泠泠而来风。"葳蕤，状花叶茂盛下垂。泠泠状风声。两句话里用了两个形容词，比《诗经》中用的形容词多了，这也是新变。

隐约、明朗

刘勰《文心雕龙·隐秀》:"隐也者,文外之重旨者也。"隐指有言外之音的意思。司马光《续诗话》:

《诗》云:"牂羊坟首,三星在罶。"言不可久。古人为诗,贵于意在言外,使人思而得之,故言之者无罪,闻之者足以戒也。近世诗人,惟杜子美(甫)最得诗人之体,如:"国破山河在,城春草木深。感时花溅泪,恨别鸟惊心。""山河在"明无余物矣;"草木深"明无人矣。花鸟,平时可娱之物,见之而泣,闻之而悲,则时可知矣。他皆类此,不可遍举。

这里讲诗有言外之意,如《诗经·小雅·苕之华》:"牂羊坟首,三星在罶。"牂(zāng 赃)羊,小的雌羊。坟首,大头。《疏》:"小羊而责大首,必无是道理也。"三星,二十八宿中的心宿。罶(㳠柳),捕鱼的竹篓子。竹篓子放在鱼梁旁的水里，等鱼经过鱼梁钻进篓子就出不来。三星的光照在罶上，不久就过去了。这两句诗的言外之意，就是周朝已经衰落，求复兴，像要求小羊有个大的头，是不可得的。周朝快要亡了，像三星的光照耀在鱼篓子上，很快要过去。杜甫在肃宗至德二年（公元757年）被安禄山叛军拘留在长安，写了《春望》诗。当时长安被安禄山叛军焚掠一空，人民逃亡，所以字面上说"山河在""草木深"，言外之意是说国家残破，长安城内被焚掠一空，人民逃跑，只有山河在，草木深了。字面写"花溅泪""鸟惊心"，言外之意为国破被拘看到花开，听见鸟叫，因感时而流泪惊心。这就是有言外之意。

宋魏泰《临汉隐居诗话》：

诗者述事以寄情，事贵详，情贵隐，及乎感会于心，则情见于词，此所以入人深也。……"桑之落矣❶，其黄而陨。""瞻乌爰止，于谁之屋？"其言止于乌与桑尔，及缘事以审情，则不知涕之无从也。"采薛荔兮江❷中，搴芙蓉兮木末""沅有芷兮澧有兰，思公子兮未敢言""我所思兮在桂林，欲往从之湘水深"之类，皆得诗人之意。

❶ 矣，应作兮。
❷ 江，应作水。

这里提到"隐"，也讲言外之意。《诗经·卫风·氓》：

"桑之未落,其叶沃若。"桑叶没有落下时,叶子还是润泽的。从"缘事以审情"来看,《氓》是写弃妇的怨恨,桑叶润泽时,正是"以尔车来,以我贿迁"。男的用车子来迎接,女的把财物和自身一起投到男家去,这正是双方相好的时候。下面"桑之落兮,其黄而陨",过了三年,到桑叶枯落时,男的把女的抛弃了。因此不胜怨恨。《诗经·小雅·正月》:"哀我人斯,于何从禄?瞻乌爰止,于谁之屋?"诗人哀叹我人如此不幸,从何处去得到俸禄。看到乌鸦停在富人家的屋子,可以得到吃食,感叹自己连乌鸦都不如,找不到可以托身的地方。所以要掉泪了。《楚辞·九歌·湘君》:"采薜荔兮水中,搴芙蓉兮木末。"薜荔的茎沿着墙或树蔓生的,在陆上,不在水中,到水中去采薜荔是采不到的。芙蓉指荷花,生在水里,到树上去采荷花是采不到的。屈原用来比喻自己用忠信来奉事君王,不受信用,只是徒劳罢了。《九歌·湘夫人》:"沅有芷兮澧有兰,思公子兮未敢言。"王逸注:"言沅水之中有盛茂之芷,澧水之内有芬芳之兰,异于众草。以兴湘夫人美好,亦异于众人也。""未敢言"指深藏在心内的感情无法倾吐。这里字面上在讲香草,含意在赞湘夫人。字面上讲"未敢言",用意在指有深厚的感情。汉朝张衡《四愁诗》:"我所思兮在桂林,欲往从之湘水深。"字面上是讲在想念桂林的美人,因湘水深而不能去。他在序里说:"屈原以美人为君子,以珍宝为仁义,以水深雪雾为小人。思以道术相报，贻于时君，而惧谗邪不得以通。"言外之意以时君比美人，想去接近时君，有小人阻碍不得通。以上都指隐约的风格，有言外之意。

再看明朗的诗，钱锺书先生《宋诗选注》"刘子翚"篇：

他跟曾几、吕本中、韩驹等人唱和，而并不学江西派，风格很明朗豪爽，尤其是那些愤慨国事的作品。

江上

江上潮来浪薄天，隔江寒树晚生烟。北风三日无人渡，寂寞沙头一簇船。

又《宋诗选注》"贺铸"篇：

他最好的作品都是开朗干净，没有"头巾气"，也没有"脂粉气"的。

清燕堂

雀声喷喷燕飞飞，在得（剩下）残红一两枝。睡思乍来还乍去，日长披卷下帘时。

这里引的两首诗，前一首的风格是明朗的，后一首的风格是开朗的,其实都是明白如话,跟隐约的有言外之意不同。隐约的好处是有言外之意,可供体味。体会到这种言外之意,很能感动人。明朗的诗像《江上》,像一幅画,好在诗中有画。像《清燕堂》,写出在清燕堂所闻所见和所感,是画不出的。

○ 繁丰、简练

宋朝陈骙《文则·甲四》：

且事以简为上，言以简为当。言以载事，文以著言，则文贵其简也。文简而理周，斯得其简也。读之疑有缺焉，非简也，疏也。《春秋》书曰："陨石于宋五。"《公羊传》曰："闻其磌（tián 田，状声）然，视之则石，察之则五。"《公羊》之义，经以五字尽之，是简之难者也。刘向载泄冶之言曰："夫上之化下，犹风靡草，东风则草靡而西，西风则草靡而东，在风所由，而草为之靡。"此用三十有二言而意方显。及观《论语》曰："君子之德风，小人之德草，草上之风必偃。"此减泄冶之言半，而意亦显。又观《书》曰："尔惟风，下民惟草。"此复减《论语》九言而意愈显。吾故曰是简之难者也。《书》曰："能自得师者王，谓人莫己若者亡。"刘向载楚庄王之言曰："其君贤者也，而又有师者王；其君下君也，而群臣又莫若君者亡。"语意烦简殊迥,不知是何以别经传之文。

这里举了几个讲繁和简的例,这是好的。繁和简各有适用的场合,运用得当,都是好的,不能认为简是好的,繁不如简。这里认为简好,繁不如简,这是不够正确的。我们在这里,只取其讲繁简之例,抛弃他讲简好、繁不如简的说法。先看《春秋公羊传》僖公十六年:"'春,王正月,戊申,朔。陨石于宋五。是月,六鹢(水鸟)退飞,过宋都。'曷为先言陨而后言石?陨石记闻,闻其磌然,视之则石,察之则五。'是月'者何?仅逮是月也。何以不日?晦日也。晦则何以不言晦?《春秋》不书晦也。朔有事则书,晦虽有事不书。曷为先言六而后言鹢?'六鹢退飞',记见也。视之则六,察之则鹢,徐而察之则退飞。五石六鹢何以书?记异也。"在这里,前面加单引号的是《春秋》里的记事,后面是《公羊传》的解释。根据《公羊传》的解释,《春秋》记事,极为简练精确,哪个字在先,哪个字在后,都有讲究。对"陨石于宋五""六鹢退飞",《公羊传》都做了明确的解释,说明《春秋》记事的精练。《春秋》记"陨石于宋五",记明是正月戊申日,即初一。记"六鹢退飞",为什么只说"是月",不记日期呢?《公羊传》也做了解释,从这里也看到《春秋》记事的简练,虽简练但并不缺漏,所以《公羊传》说明"六鹢退飞"是在正月月底那一天。为什么要记五石六鹢？《公羊传》指出这是记异，是变异的现象所以要记。这里说明《春秋》记事的简练精确，是跟实地观察结合的，不仅语言极为简练，用字的先后都跟实地观察结合，更为难得。

这里又举了讲繁简的例，《尚书·君陈》：

周公既没，命君陈分正东郊成周，……作《君陈》。
王若曰："……凡人未见圣，若不克见；既见圣，亦不克由圣，……尔其戒哉！尔惟风，下民惟草。"

君陈是周成王手下的大臣。周公死了，周成王派大臣君陈去代周公主管成周，成周即周公所经营的东都洛阳。成王告诫君陈，一般人未见圣人，好像不能见到；已经见了圣人，也不能够照圣人去做。这是告诫君陈，要照周公那样做，立身正，人民才会听从你。所以下面只说："尔惟风，下民惟草。"你是风，下民是草。你效法周公立身正了，你是风，下民是草，下民都听从你，像草跟着风倒。因为上面已经有了告诫的话，所以只说"尔惟风，下民惟草"，意思已很明白，草跟着风倒的话就可以不说了，不说自明，自然可以不说，这跟上文的话是有关的。《论语·颜渊》：

季康子问政于孔子曰："如杀无道以就有道，何如？"

孔子对曰:"子为政,焉用杀?子欲善而民善矣。君子之德风,小人之德草,草上之风必偃。"

季康子是鲁国执政者之一,他主张杀无道的人来成就有道的政事,孔子不同意,主张你自身正了,百姓会跟着学好,即反对刑杀,主张德化,因此不能简单地说:"尔惟风,下民惟草。"倘那样说,季康子会认为他的刑杀主张是风,风吹草倒,这种刑杀政策会压倒人民,使人民服从,这就违反了孔子的意愿。所以孔子既要指出"子为政,焉用杀",又要提出"君子之德""小人之德",即主张"德化",反对刑杀,这样来讲"草上之风必偃",即风吹草倒,是讲的德化。因此《论语》讲的比《尚书》讲的多九个字,这些是具体的对象和情况不同,不能不多说些,这多说的话是完全必要的。其实《尚书》里讲的"尔惟风,下民惟草",跟当时说话的对象和上文告诫的话有关,也不光是说这七个字就够了。

刘向《说苑·君道》:

陈灵公行僻而言失,泄冶曰:"陈其亡矣!吾骤谏君,君不吾听而愈失威仪。夫上之化下,犹风靡草,东风则草靡而西,西风则草靡而东,在风所由,而草为之靡。是故人君之动,不可不慎也。"

这里讲泄冶"骤谏君",即屡次向陈灵公进谏,陈灵公不听,因此他说了"夫上之化下,犹风靡草"的话,他用了三十二字,说得比《论语》还多。这些话是他在屡次谏君君不听以后说的,即不是对君说的,当是对君所亲信的臣子说的,要他们去告诉陈灵公,所以话要讲得特别明白,说得多些。这是适应情况的需要,所以下文说"灵公闻之"。灵公是听别人转告的。这三处讲同一个意思的话,由于对象不同,情境不同,上文不同,所以有繁简之别。或繁或简,跟说话的对象和情境有关,所以这里说的话不论有繁有简,都是恰当的。

《尚书·仲虺之诰》:

予闻曰:"能自得师者王,谓人莫己若者亡。"

《说苑·君道》:

庄王喟然叹曰:"吾闻之,其君贤者也,而又有师者王;其君中君也,而又有师者霸;其君下君也,而群臣又莫若君者亡。"

这里的仲虺,是商朝汤王的大臣。仲虺告诫汤王要用贤人,汤王的重用伊尹,就是用贤人,就是"得师",所以话不必多说,简单讲一下就够了。楚庄王的话,是在打败晋国军队以后，跟他手下的臣子申侯讲的。申侯不理解楚庄王打败晋军以后，要自我警惕，求贤若渴的心情，所以话不得不多说几句，就是不同对象不同心情所造成的。这样的繁简都是恰当的。

陈骙《文则》甲六：

《诗》《书》之文，有若重复而意实曲折者。《诗》曰："云谁之思，西方美人。彼美人兮，西方之人兮。"此思贤之意自曲折也。又曰："自古在昔，先民有作。"此考古之意自曲折也。《书》曰："眇眇予末小子。"此谦托之意自曲折也。又曰："孺子其朋，孺子其朋，其往！"此告诫之意自曲折也。

这里也接触到繁和简的问题，话说得重复是繁，不重复是简。要不要重复，这跟说话人的情意有关，符合说话的人的情意的重复就是好的，去掉重复的话不符合作者的情意反而不好，这跟删去不必要的重复是好的不一样。《诗经·邶风·简兮》，说思念"西方美人"，又说"彼美人兮，西方之人兮"，这是重复说，这样重复，正表示对西方美人的深切怀念。这个西方美人是贤人，卫国不重用这位贤人，让他在做舞蹈者，所以诗人很是感叹，用重复说来表达他对西方美人深切怀念的感情。《诗经·商颂·那》："自古在昔，先民有作。"这里既说"自古"，又说"在昔"，是重复。这样重复正表示自古先民所作的就是美好的,所以强调"自古",复说"在昔",才能表达这样推重"自古"的情意。《尚书·顾命》:"王再拜,兴,答曰:'眇眇予末小子,其能而乱(治)四方,以敬忌天威。'"当周成王病危时,命令召公、毕公率领诸侯来辅助康王。成王死了,康王即位,自称"眇眇予末小子","眇眇"即微小,"末"也是微,又称"小",这是重复。这样重复,正表示康王初即王位,面对大臣,一种谦虚恭慎的心情。《尚书·洛诰》:"孺子其朋,孺子其朋,其往!"这是周公在洛阳建立东都以后,告诫成王的话。称成王是"孺子",要成王警惕手下结成朋党,重复说,表示要提高这种警惕性,表示这个意思的重要。"其往",即自今以往都要注意。这里举的例子,都说明繁是抒情的必要,是好的。

刚健、柔婉

元好问《中州集·拟栩先生王中立传》：

予尝从先生学，问：作诗究竟当如何？先生举秦少游（观）《春雨》诗云："有情芍药含春泪，无力蔷薇卧晚（晓）枝。"此诗非不工，若以退之（韩愈）"芭蕉叶大栀子肥"（《山石》）之句校之，则《春雨》为妇人语矣。

元好问《论诗三十首·二十四》：

"有情芍药含春泪，无力蔷薇卧晚（晓）枝。"拈出退之《山石》句，始知渠是女郎诗。

明代瞿佑《归田诗话·卷上·山石句》：

按昌黎(韩愈《山石》)诗云:"山石荦确行径微,黄昏到寺蝙蝠飞。升堂坐阶新雨足,芭蕉叶大栀子肥。"遗山(元好问)因为此论。然诗亦相题而作,又不可拘以一律。如老杜云:"香雾云鬟湿,清辉玉臂寒。""俱飞蛱蝶元相逐,并蒂芙蓉本自双。"亦可谓女郎诗耶?

这里把秦观的《春雨》诗跟韩愈的《山石》诗比,在《春雨》诗是不是"女郎诗"问题上有不同看法。倘抛开这点,就风格看,《山石》诗比较刚健,《春雨》诗比较柔婉,大概就不会有争论了。对照杜甫的诗看,其中也可以有写得刚健的和柔婉的。

王维《送梓州李使君》:

万壑树参天,千山响杜鹃。山中一夜雨,树杪百重泉。汉女输橦布,巴人讼芋田。文翁翻教授,不敢倚先贤。

《瀛奎律髓汇评》卷四(元代方回选评,今李庆甲集评):

纪昀评:起四句高调摩云……

许印芳评:……前四句笔力雄大,右丞五律,每有此等篇什。……沈归愚(德潜)云:"右丞五律有清远者,有雄浑者,宜分别观之。"愚谓清远、雄浑虽分二体,其实清远即雄浑之意味,雄浑乃清远之气骨,惟其根柢槃深,故能合二体为一手也。

对王维这首诗的前四句,纪昀评为"高调摩云",许印芳评为"笔力雄大",可以归入刚健的风格。值得注意的,是许印芳提出王维这类诗,兼有清远、雄浑两种风格,就意味讲是清远的,像写既有万壑的参天大树,又有千山的杜鹃啼叫。经过一夜雨,看到山上的百重泉水。这里正写出山中雄伟的自然景象,没有一点尘嚣,透露出清远的意味来。但从自然的景物看,又是气势雄浑的。假使不能赏识这种清远的意味,就不可能赞赏这种自然景物,写不出雄浑的风格来。这个意见是值得探讨的。

钱锺书先生《谈艺录·七律杜样》:

尝试论之。少陵七律兼备众妙,衍其一绪,胥足名家。……即如杨铁崖(维桢)在杭州嬉春俏唐之体,何莫非从少陵"江上谁家桃树枝"(《风雨看舟前落花,戏为新句》)、"今朝腊日春意动"(《十二月一日》)、"春日春盘细生菜"(《立春》)、"二月饶睡昏昏然"(《昼梦》)、"霜黄碧梧白鹤栖"(《暮归》)、"江草日日唤愁生"(《愁》)等诗来;以生拗白描之笔,作逸宕绮仄之词,遂使饭颗山头客❶,化为西子湖畔人,亦学而善变者也。

然世所谓"杜样"者,乃指雄阔高浑、实大声弘,如"万里悲秋常作客,百年多病独登台"(《登高》);"海内风尘诸弟隔,天涯涕泪一身遥"(《野望》);"指麾能事回天地,训练强兵动鬼神"(《奉寄章十侍御》);"旌旗日暖龙蛇动,宫殿风微燕雀高"(《奉和贾至舍人早朝大明宫》);"锦江春色来天地,玉垒浮云变古今"(《登楼》);"风尘荏苒音书绝,关塞萧条行路难"(《宿府》);"路经滟滪双蓬鬓,天入沧浪一钓舟"(《将赴荆南寄别李剑州》);"伯仲之间见伊吕,指挥若定失萧曹"(《咏怀古迹》五首之五);"三峡楼台淹日月,五溪衣服共云山"(同上五首之一);"五更鼓角声悲壮,三峡星河影动摇"(《阁夜》)一类。……惟义山于杜,无所不学,七律亦能兼兹两体。如《即日》之"重吟细把真无奈,已落犹开未放愁",即杜《和裴迪》之"幸不折来伤岁暮,若为看去乱乡愁"是也。而世所传诵,乃其学杜雄亮诸联。如《二月二日》之"万里忆归元亮井,三年从事亚夫营",即杜《登高》之"万里悲秋常作客,百年多病独登台"是也;《安定城楼》之"永忆江湖归白发,欲回天地入扁舟",即杜《别李剑州》之"路经滟滪双蓬鬓,天入沧浪一钓舟"是也,而"回天地"三字,又自杜之"指麾能事回天地"来;《蜀中离席》之"雪岭未归天外使,松州犹阻殿前军",即杜《秋尽》之"雪岭独看西日落,剑门犹阻北人来"是也。

❶ 饭颗山头客:见李白《戏赠杜甫》:"饭颗山〔在长安〕头逢杜甫,头戴笠子日卓午。借问别来太瘦生,总为从前作诗苦。"

钱先生在这里指出杜甫七律具有各种风格，这里就两种不同风格说，一种是逸宕绮仄的，一种是雄阔高浑的。前一种称"宕"，有荡漾摇曳的意思，属于柔婉的风格，所以称为"西子湖畔人"。像元、明间诗人杨维桢，在杭州西子湖畔写的诗，称为"嬉春俏唐诗"。明代瞿佑《归田诗话·西湖竹枝》评："《西湖竹枝词》，杨廉夫为倡，和者甚众，皆咏湖山之胜，人物之美，而寓情于中。"这种诗的风格也是柔婉的。钱先生举了杜甫逸宕绮仄的诗，如《风雨看舟前落花，戏为新句》：

江上人家桃树枝，春寒细雨出疏篱。影遭碧水潜勾引，风妒红花却倒吹。吹花困癫傍舟楫，水光风力俱相怯。赤憎轻薄遮入怀，珍重分明不来接。湿久飞迟半日高，萦沙惹草细于毛。蜜蜂蝴蝶生情性，偷眼蜻蜓避百劳。

这首诗先从春寒细雨风吹中写落花，不说风吹雨打桃花落，却说桃花倒映水中，水中的倒影暗中勾引桃花落下去，这就是设想的超逸。又说吹落的桃花憎恨落到人的怀里显得轻薄，不肯接近人，这又是设想奇特。落花因被雨打湿吹不高，落到沙草上去。蜂蝶本是恋花香的，今见桃花落在沙草里，性情就生疏，不去恋花了，从蜂蝶的不恋落花，引出性情生疏来，既见观察的细致，又显出作者的想象。再写蜻蜓在偷看落花，看到伯劳鸟来了，忙避去。伯劳，候鸟名，常喻旅人。这首诗设想奇特，情思摇荡宛转，辞采绮丽，所以称为逸宕绮仄，是柔婉的。再像《十二月一日三首》其一：

今朝腊月春意动，云安县前江可怜。一声何处送书雁，百丈谁家上水船。未将梅蕊惊愁眼，要取椒花媚远天。明光起草人所羡，肺病几时朝日边。

这首诗是杜甫住在四川云安县时写的，开头写今天是腊月春意开始发动。按节气，冬至一阳生，阴历十二月初一，已是阳气生长时，所以说"春意动"。次说云安县前的江水可爱。次联写听见雁声，想到雁足传书的故事，就想到家书；看到江上用纤拉船，百丈指纤。从船行就想到坐船出三峡。第三联从腊月想到那里梅还没有开花吐蕊，未能看到梅蕊来惊心岁月的流逝。又想到春天要来了，晋朝刘臻妻在元旦献《椒花颂》，所以也要用椒花来祝贺远方的春天。从祝贺元旦又想到朝廷上有元旦朝贺的礼节，那时在明光殿里起草公文为人们所羡，可是自己害着肺病，远在云安，几时才能上朝啊！这首诗从腊月初一说到春意动人，就想到梅花开放，想到元旦的祝颂，想到朝廷上的元旦朝贺。从在云安县听见雁叫，想到家信；看到江船，想到出三峡。把出峡跟元旦朝贺结合，就想到入朝，想到自己有病，不知何时才能上朝。设想曲折，也属于婉曲格。

钱先生又指出杜甫雄阔高浑、实大声弘的诗,光就雄浑说,是属于刚健的风格。如《登高》:

风急天高猿啸哀,渚清沙白鸟飞回。无边落木萧萧下,不尽长江滚滚来。万里悲秋常作客,百年多病独登台。艰难苦恨繁霜鬓,潦倒新停浊酒杯。

这首诗,胡应麟《诗薮·近体中》称为"精光万丈,力量万钧"。仇兆鳌《杜诗详注》引元人评:"而建瓴走坂之势,如百川东注于尾闾之窟。"高屋建瓴,使瓴水从高屋上流下;坂上走丸,指弹丸从山坡上滚下;百川东注,指百川的奔流东下,都比刚健的风格。尾闾,传说中海水所归之处。力量万钧指雄浑,也属于刚健。这首诗前四句写景,"落木萧萧""长江滚滚",极写景象的阔大。后四句抒怀,"万里悲秋""百年多病",写空间广阔,时间绵长,所谓雄阔,也属于刚健的风格。再像《登楼》:

花近高楼伤客心,万方多难此登临。锦江春色来天地,玉垒浮云变古今。北极朝廷终不改,西山寇盗莫相侵。可怜后主还祠庙,日暮聊为《梁父吟》。

王嗣奭《杜臆》说:"锦江""玉垒"二句,"俯视弘阔，气笼宇宙，可称奇杰。而佳不在是，止借作过脉起下。云'北极朝廷'如锦江水源远流长，终不为改；而'西山寇盗'，如玉垒之云，倏起倏灭……结语忽入后主，……深思其故，不胜愤懑，无从发泄而借后主以泄之。……尾句用《梁父吟》，盖伤其时无诸葛也。"这里指出"锦江"一联，"俯视弘阔，气笼宇宙"；"锦江春色来天地"，指空间的广阔；"玉垒浮云变古今"，指时间的久远；"天地"就空间论，"古今"就时间说，光就这一联看，风格是刚健的。这一联不必跟"北极"一联联系，像王嗣奭所说，看到一江春色，正如"花近高楼"，可以赞赏，反而"伤客心"，因为"万方多难"。"西山寇盗"，指吐蕃入侵，即属"万方多难"之一，所以对"锦江春色"而伤心。虽然这样，但朝廷像北辰星"终不改"，所以望吐蕃不再来侵扰。吐蕃在上一年攻陷京城，郭子仪收复京城，代宗回到京城。"可怜后主还祠庙"，杜甫这首诗是在成都写的，成都有武侯祠，武侯祠的东面即后主祠，想到后主还是有祠庙的，又想到诸葛亮的作《梁父吟》，感叹时无诸葛亮之意。这首诗，从登楼所见，有锦江春色，玉垒山浮云。从"伤客心"里联系到"万方多难"，"寇盗"相侵，想到诸葛亮，用思深沉，所以说"雄阔高浑"，高即指用思深说，而雄浑即属于刚健的风格。这首诗，不光"锦江"一联是刚健的，全诗的风格也是刚健的。

钱先生又指出李商隐学杜甫，也有这两种风格。如《即日》：

一岁林花即日休,江间亭下怅淹留。重吟细把真无奈,已落犹开未放愁。山色正来衔小苑,春阴只欲傍高楼。金鞍忽散银壶漏,更醉谁家白玉钩。

这首仿杜甫《和裴迪登蜀州东亭送客逢早梅相忆见寄》:

东阁官梅动诗兴,还如何逊在扬州。此时对雪遥相忆,送客逢春可自由?幸不折来伤岁暮,若为看去乱乡愁。江边一树垂垂发,朝夕催人自白头。

这首诗,杜甫写裴迪在东亭送客,看到早梅,作诗相忆。就他在东亭看到早梅作诗说,好像何逊在扬州东阁看到官梅作诗;就裴迪送客逢早梅说,客中送客,又是逢春,更难为怀,结合相忆,所以说:"此时对雪遥相忆,送客逢春可自由?"后四句答裴迪的相忆,裴迪的诗里当有不及折梅相赠的话,所以说幸亏不折梅花寄来,免得引起在岁暮时的感伤。早梅当在十一月开放,所以看到寄来的早梅,会感伤岁暮,这个岁暮,还含有人到暮年的感伤在内,用意曲折。倘使看到折梅,会引起思乡的愁绪,扰乱心曲。因为早梅也是报春天将要到来,所以说"送客逢春",倘对着梅花,会想到春天的到来,会想到回乡,引起乡愁。这也说明用思的曲折。但又想到江边梅树也要垂垂开放,早晚催人愁思,催人发白。这首诗"幸不折来"两句用思曲折,婉转抒情。风格是柔婉的。再像李商隐的一首,一年的林花即日要完了,迟留在江间亭下惜花。反复吟唱,仔细把玩,真是无可奈何;有的花已落,有的花还开,看到已落的使人发愁,看到犹开的还可赏玩,还未都愁。这也显出用思的曲折。山色正来笼罩小苑,春阴只欲依傍高楼,指已到黄昏,不能再留了。最后讲金鞍忽散,惆怅独归,泥醉无从,排闷不得。这诗的"重吟"一联,跟杜甫的"幸不"一联,都显示情思的婉曲,全诗属于柔婉格。

钱先生又指出李商隐的《安定城楼》中的一联,即仿照杜甫《别李剑州》的一联。杜甫《将赴荆南寄别李剑州》:

使君高义驱今古,寥落三年坐剑州。但见文翁能化俗,焉知李广未封侯。路经滟滪双蓬鬓,天入沧浪一钓舟。戎马相逢更何日?春风回首仲宣楼。

李商隐《安定城楼》:

迢递高城百尺楼,绿杨枝外尽汀洲。贾生年少虚垂涕,王粲春来更远游。永忆江湖归白发,欲回天地入扁舟。不知腐鼠成滋味,猜意鹓雏竟未休。

先看杜甫的一首,前四句是写给李剑州的,李剑州是做剑州刺史的，名不详。其人有高义，可以与古今有高义的人并驾齐驱。其人文武全才，在剑州做了三年刺史，因而不能为国建立战功，未免寂寞，所以称寥落。就他做剑州刺史说，他能移风易俗，好比汉朝文翁的治蜀有功；就他的将才说，没有得到施展，像汉朝的李广未得封侯。后四句讲到自己将要出三峡到荆南去，在出峡时，水路要经过瞿塘口的险滩滟滪堆，两鬓蓬松，只是坐着小船进入沧浪之水，即进入江汉水交汇处。在戎马的战乱中不知何日相逢，估计在春风时到荆南，登上了王粲在荆州所登的楼，来回头望你。王粲字仲宣。这首诗里的"路经"一联，"路经滟滪""天入沧浪"，都讲去荆南所经历的地域，显得惊险而广阔。滟滪是险滩，沧浪水势浩大。"双蓬鬓"叹衰老；"一钓舟"叹贫困。把这两方面结合起来，显得雄浑。再就整首诗看，开头赞美使君的高义，感叹他的寥落，直到结联的想望，总的风格是刚健的。

　　再看李商隐的一首。李商隐受令狐楚的聘请，在他的幕府里工作。令狐楚死了，泾原节度使王茂元聘请他，他到了王茂元的幕府里。王茂元赏识他的才华，把女儿嫁给他。当时，朝廷上有牛僧孺、李德裕两派，互相排斥。令狐楚属于牛派，王茂元属于李派。李商隐在令狐楚幕府里工作，后来又到了王茂元幕府，娶了王的女儿，当时的牛派认为他背恩。因此，他到长安去应博学宏词科考试，考官已经录取了，复审时被一位中书省的官员把他的名字抹去了，这位官员当是属于牛派的。李商隐回到泾原（即安定郡），登上城楼，写了这首诗。首联写城墙的迢递，城楼的高和所望出去的景物。次联即发感叹，叹自己像汉朝的贾谊，年轻时就受到大臣的排挤，又像三国时的王粲，到荆州去依靠刘表，好比自己的依靠王茂元。最后写自己去应试求功名。把它看得像腐鼠一般，自己好比鹓雏（凤凰属），是看不起腐鼠的，可是猜忌的人猜疑鹓雏要夺腐鼠。那他去应考求功名是为什么呢？"永忆"一联做了回答。自己是永远怀念江湖不想做官的，但看到唐朝的趋向没落，想扭转乾坤使唐朝中兴起来，所以要应试进入朝廷，这是毕生的事业，所以要到头发白了，像范蠡那样功成后坐扁舟回到江湖上去。"永忆"一联表达他一生的大的抱负和高尚的志趣，志趣是"永忆江湖"，抱负是"欲回天地"，这两句是雄阔高浑的。从整首诗看，从写高楼是物，到次联的感叹，到末联的鄙视排挤他的人，全诗都是雄阔高浑的，全诗的风格都是刚健的。这里又接触到一个问题，即同是刚健的风格，又有不同。像上举的诗，既是刚健的，还有见解卓越、用思深沉的一面。即刚健而兼高深在内。

○
清新、绮丽

皮日休《郢州孟亭记》：

北齐美萧悫"芙蓉露下落，杨柳月中疏"，先生则有"微云淡河汉，疏雨滴梧桐"。乐府美王融"日霁沙屿明，风动甘泉浊"，先生则有"气蒸云梦泽，波撼（动）岳阳城"。谢朓之诗句精者，有"露湿寒塘草，月映清淮流"，先生则有"荷风送香气，竹露滴清响"。此与古人争胜于毫厘也。

颜之推《颜氏家训·文章》："兰陵萧悫，梁室上黄侯之子，工于篇什。尝有《秋诗》云：'芙蓉露下落，杨柳月中疏。'时人未知赏也。吾爱其萧散，宛然在目。"这两句写秋天的景象，所以芙蓉花落，杨柳萧疏，配上"露下""月中"，写出秋意，意境萧散，风格清新。《唐诗纪事·孟浩然》："闲游秘省，秋月新霁，诸英联诗，次当浩然，句曰：'微云淡河汉，疏雨滴梧桐。'举座嗟其清绝，咸以之阁笔。"这两句也是写秋意的，也是结合景物来写，也是风格清新。谢朓的诗句："露湿寒塘草，月映清淮流。"也写露和月，就"寒塘"看，当也是写秋意，结合"寒塘草"和"清淮流"来写，跟"芙蓉"两句的写法相似，前者用"落"和"疏"来写秋意；这里用"寒"和"清"来写秋意；孟浩然用"淡"和"滴"来写秋意，写法相似。孟的"荷风送香气，竹露滴清响"，通过"荷风""竹露"来写，结合"送香气""滴清响"，写的夏末秋初的夜景，所以既有荷香，又有露滴，境极清幽。

再看萧悫《秋思》诗：

清波收潦日，华林鸣籁初。芙蓉露下落，杨柳月中疏。燕帏绷绮被，赵带流黄裾。相思阻音息，结梦感离居。

"清波收潦"即王勃《滕王阁序》的"潦水尽而寒潭清"，写清秋景象。"华林鸣籁"，写秋风吹林木发声。"芙蓉"两句也写秋意。"燕帏""赵带"当指"燕赵多佳人，美者颜如玉"。"帏"当指裙的正幅，"绷绮被"指用浅黄色的丝绸做面料。"带"指衣带，"流黄裾"指褐黄色的大襟。这两句指女方的服色。跟女方音信隔绝，结想成梦，只有离居之感。这首诗前面四句写秋意，后面四句写相思，还是孤独寂寞的。写相思，只写到女方的服色。整首诗的风格是清新的。再看孟浩然的《夏日南亭怀辛大》：

山光忽西落，池月渐东上。散发乘夕凉，开轩卧闲敞。荷风送香气，竹露滴清响。欲取鸣琴弹，恨无知音赏。感此怀故人，终宵劳梦想。

前六句写景物，不说日落月上，说"山光"落，"池月"上，结合那里的景物来写。不说乘凉闲卧，结合"散发""开轩"来说。加上闻荷香，听露滴，境界极为清幽。后四句写怀人，怀念的是知音，是老友，比萧悫一首境界更高了。全诗的风格是清新的。

与清新相对的是绮丽。《瀛奎律髓汇评》卷五纪昀评李白《宫中行乐词》：

小小生金屋，盈盈在紫微。山花插宝髻，石竹绣罗衣。每出深宫里，常随步辇归。只愁歌舞散，化作彩云飞。

纪昀评：丽语难于超妙，太白故是仙才。结用巫山事无迹。

柳色黄金嫩，梨花白雪香。玉楼巢翡翠，金殿锁鸳鸯。选妓随雕辇，征歌出洞房。宫中谁第一，飞燕在昭阳。

纪昀评：此首纯用浓笔，而气韵天然，无繁缛冗排之迹。

先看这两首,纪昀评为浓丽,是绮丽的。前一首写宫中妃嫔,所以称年少长在金屋,住在皇宫,"紫微"比皇宫。次联写服饰,三联写恩幸,步辇是皇帝所坐的车,说明和皇帝在一起。最后以神女来比,宋玉《高唐赋》称神女说:"旦为朝云。"所以说用巫山神女事无迹。后一首,首联写宫中的花柳。次联写宫中的鸟,举出翡翠鸳鸯,既名贵,又成双,有含意。三联写宫中行乐。末联赞美杨贵妃,用汉成帝皇后赵飞燕来做比。这两首诗,沈德潜在《唐诗别裁》里称"原本齐梁,缘情绮靡中不忘讽意",即认为是绮丽的。纪昀认为李白这几首诗是浓丽的,但并不繁缛,这个区别在哪里?

刘勰《文心雕龙·情采》里认为文采有两种:"夫铅黛所以饰容,而盼倩生于淑姿;文采所以饰言,而辩丽本于情性。"一种是铅粉黛石,即花粉胭脂之类,作化妆用,是外加上去的。一种是"巧笑倩兮,美目盼兮",由于姿容美好,加上一笑一盼,就能光彩照人。这样的文采,是本质的美所造成的,不是涂饰妆扮成的,自然更高了。李白诗的浓艳,纪昀评为"气韵天然",就含有出于天然的意思。再看这两首诗,虽然也用典,如"金屋""紫微",这在当时已成为熟语。只是暗用神女典,又用飞燕典是用典,用典少,写得自然,虽跟刘勰说的"盼倩生于淑姿"还有距离,由于用典少,写得比较自然,所以绮丽而不繁缛。

再看纪昀评:"结用巫山事无迹。"前一首:"只愁歌舞散,化作彩云飞。"即怕她在舞蹈时像仙女那样飞去,初写她舞蹈的轻盈美妙,几乎使人忘掉他在用典。宋玉《高唐赋》里写神女说"旦为朝云",早上化为行云,指神女。这里改为"化作彩云飞",把"朝云"改为"彩云飞",即把"云"改作"彩云",再作"飞",更显得光彩生动,这样用典,更见灵活可喜。再看第二首的末联:"宫中谁第一,飞燕在昭阳。"这首用赵飞燕,是用典,前一首只是用赵飞燕作比,都显得自然。

再说清新和绮丽的关系。钱锺书先生《管锥编·全上古三代秦汉三国六朝文·一三八》里说:

按(《全晋文》)卷一〇二陆云《与兄平原书》之九:"《文赋》甚有辞,绮语颇多;文适多,体便欲不清,不审兄呼尔不?"……"适",倘若也。……云语可借钟嵘《诗品》论陶潜语为释:"文体省净,殆无长语","长语"之"长"即"长物"之"长",谓"文多"也,"体省净"即"体清"耳。《与兄平原书》之一〇:"然犹皆欲微多,但清新相接,不以此为病耳",又二二:"兄《丞相箴》小多,不如《女史》清约耳",亦此意。"适多""微多""小多"正如《世说·文学》门注引《文章传》载张华语陆机:"子之为文,乃患太多";"多"皆《论语·子罕》"君子多乎哉!不多也"之"多"……

这里引用陆云与兄陆机论文的话，陆云认为陆机《文赋》多绮语，就不清省；又认为"微多"，稍多一些，下接清新的词语，不碍事。即认为绮语多跟体清矛盾。绮多跟艳缛相应，清省跟简淡相应。《管锥编·全上古三代秦汉三国六朝文·二〇七》称：

宋文名篇如欧阳修《醉翁亭记》："野芳发而幽香，佳木秀而繁阴，风霜高洁，水落而石出者，山间之四时也。"又《丰乐亭记》："掇幽芳而荫乔木，风霜冰雪，刻露清秀，四时之景，无不可爱。"苏轼《放鹤亭记》："春夏之交，草木际天，秋冬雪月，千里一色。"皆力矫排比，痛削浮华。苏轼复以四时入诗，如《书王定国所藏烟江叠嶂图》："君不见武昌樊口幽绝处，东坡先生留五年：春风摇江天漠漠，暮云卷雨山娟娟，丹枫翻鸦伴水宿，长松落雪惊醉眠。"又《和蔡准郎中见邀游西湖》："夏潦涨湖深更幽，西风落木芙蓉秋。飞雪暗天云拂地，新蒲出水柳映洲。湖上四时看不足，惟有人生飘若浮。"范仲淹《记》末"春和景明"一大节，艳缛损格，不足比欧苏之简淡；陈师道《后山集》卷二三《诗话》云："范文正为《岳阳楼记》，用对语说时景，世以为奇。尹师鲁读之曰：'《传奇》体尔！'《传奇》，唐裴铏所著小说也。"尹洙抗志希古，糠秕六代，唐文舍韩柳外，亦视同邻下，故睹范《记》而不识本原；"《传奇》体"者，强作解事之轻薄语尔，陈氏亦未辨正也。

这里讲简淡和艳缛的不同风格。简淡近于清省，艳缛近于绮丽。欧阳修写四时景物：一作"野芳发而幽香（春），佳木秀而繁阴（夏），风霜高洁（秋），水落而石出（冬）"。这里写春夏两句对偶，写秋冬两句避免对偶，倘作"风高霜洁，水落石出"就对了，这里是有意避免用对的。二作"掇幽芳（春）而荫乔木（夏），风霜冰雪，刻露清秀（秋冬）"。倘作"掇幽芳，荫乔木，风霜刻露，冰雪清秀"，就对了，这里也是有意避免对偶。再看苏轼的"春夏之交，草木际天，秋冬雪月，千里一色"。后两句倘作"秋冬之季，雪月同色"，不跟上两句相对吗？可见这里也是避免用对的。这样避免用对，或少用对，是宋代古文家的简淡。诗的要求宽一点，苏轼的两首诗，写春夏秋冬的景物，构成两对。范仲淹的《岳阳楼记》，写春秋两季的景色，不是用两句话来写，不是避免或少用对偶，作：

至若春和景明，波澜不惊，上下天光，一碧万顷。沙鸥翔集，锦鳞游泳。岸芷汀兰，郁郁青青。而或长烟一空，皓月千里，浮光跃金，静影沉璧。渔歌互答，此乐何极。

这里用八句话来写春景，用六句话来写秋景。在写春景中，

"沙鸥"两句构成一对,"岸芷"两句是避免用对的,倘作"岸芷郁郁,汀兰青青",也可构成一对。写秋景中,"长烟"两句一对,"浮光"两句一对。比欧阳修、苏轼的写景就显得句子多了,对偶也多了。用色彩的字如"碧""锦""青青""皓",用比喻的字如"跃金""沉璧",显得色彩浓了,跟古文家的写四季的简淡不同,显得"艳缛"了。就古文家看来,不合简淡的要求,所以认为"损格"了。尹洙是古文家,主张简淡,反对艳缛,所以提出批评,评为"《传奇》体尔"。《传奇》是唐人裴铏所著的小说,其中著名的如《裴航》,写女子云英:"露裛琼英,春融雪彩,脸欺腻玉,鬓若浓云。"用对偶的艳辞来写人物,与"春和景明"一节写风景的稍有不同,用词更为艳缛,所以钱先生称为"强作解事之轻薄语尔"。在尹洙时代,认为古文高于小说,称《岳阳楼记》为"《传奇》体",就是把古文贬同小说,所以称为"轻薄语"。实则《岳阳楼记》写春秋景色,不同于古文家的简淡,稍见浓艳,风格与简淡不同,但跟唐人小说的繁缛还是不同,把它看作唐人小说一类,并不恰当,所以称为"轻薄语"了。

严密、疏放

文学风格的疏密,南宋陈骙《文则·戊七》里谈道:

(《论语·宪问》)子曰:"为命,裨谌草创之,世叔讨论之,行人子羽修饰之,东里子产润色之。"质之《左氏》,则此文简而整。(《左氏传》〔襄公三十一年〕曰:"裨谌能谋,谋于野则获,谋于邑则否。郑国将有诸侯之事,子产乃问四国之为于子羽,且使多为辞令,与裨谌乘以适野,使谋可否,而告冯简子,使断之,事成,乃授子太叔使行之,以应对宾客。")(《论语·雍也》)子曰:"孟之反不伐,奔而殿,将入门,策其马曰:'非敢后也,马不进也。'"质之《左氏》,则此文缓而周。(《左氏传》〔哀公十一年〕曰:"孟之侧后入,以为殿,抽矢策其马曰:'马不进也。'")(《论语·先进》)"南容三复白圭。"司马迁(《史记·仲尼弟子列传》)则曰:"三复'白圭之玷'。"辞虽备,而其意竭矣。(《论语·颜渊》)

"在邦必达,在家必达。"司马迁(《史记·仲尼弟子列传》)则曰:"在国及家必达。"辞虽约,而其意疏矣。

这里最后一句,指出司马迁文章的疏,正指《论语》文章的密,这里就接触到疏密问题。

先看《论语·宪问》里讲郑国创作辞命的经过,是请四位大夫来办的,先由裨谌起草,再由世叔讨论,再经子羽修饰,最后由子产润色。只要把《左传》所记跟它对比一下,就可看出疏密来了。《左传·襄公三十一年》:"子产之从政也,择能而使之:冯简子能断大事;子太叔美秀而文;公孙挥能知四国之为,而辨于其大夫之族姓班位,贵贱能否,而又善为辞令;裨谌能谋,谋于野则获,谋于邑则否。郑国将有诸侯之事,子产乃问四国之为于子羽,且使多为辞令。与裨谌乘以适野,使谋可否。而告冯简子,使断之。事成,乃授子太叔使行之,以应对宾客,是以鲜有败事。"《左传》这段话,作为历史记载,自然比较完备,比较详密。《论语》里记孔子的话,重点在讲郑国的外交文件,主要由四人定的,四人怎样分工,比较简单,侧重点不同,所以详略疏密也不一样。就疏密看,不谈子产怎样择能而使之,光就外交辞令的制定看,究竟由谁决定一切,《论语》里没有讲,《左传》里讲得很清楚,一切由子产决定,这是一。起草外交辞令,先要了解外国情况,提供有关资料,故先"问四国之为于子羽,且使多为辞令",子羽即公孙挥,"多为辞令"除了起草以外还有提供情况的含意,《论语》里没有,这是二。文件起草后还要征求群众意见。谋于野、谋于邑即和城外人商量和城里人商量,《左传》里讲了,《论语》里没有,这是三。辞令由谁来做论断,由谁来执行,《左传》指出"告冯简子,使断之","授子太叔使行之",子太叔即世叔。《论语》里也没有,这是四。就这四点说,《论语》疏,《左传》密就清楚了。

再看《论语·雍也》记孟之反的事,《左传·哀公十一年》:"孟孺子泄帅右师。……师及齐师战于郊……右师奔,齐人从之。陈瓘、陈庄涉泗。孟之侧后入,以为殿,抽矢策其马曰:'马不进也。'"《左传》里讲这是齐鲁清之战,在清(今山东长清)地作战。孟之侧参加右军,右军战败逃跑,两个将领渡过泗水逃。孟之侧殿后,到脱离危险后,他不要居功,说是马跑不快才落后。《左传》是历史,把事实交代清楚。这件事,当时人都清楚,所以《论语》里只简单提孟之反怎样不居功就行了。作为记录,要补充在什么战争里殿后不居功,《左传》较密。再看《论语·先进》:"南容三复白圭。""三复"是多次反复念诵,"白圭"指《诗经·大雅·抑》:"白圭之玷,尚可磨也;斯言之玷,不可为也。"白圭不是篇名,又不是句,称"白圭"是"白圭之玷"四句的省称。《史记·仲尼弟子列传》作"三复'白圭之玷'",把原文第一句引出,意思较明白,也较密。

再看《论语·颜渊》:

子张问:"士何如斯可谓之达矣?"子曰:"何哉,尔所谓达者?"子张对曰:"在邦必闻,在家必闻。"子曰:"是闻也,非达也。夫达也者,质直而好义,察言而观色,虑以下人。在邦必达,在家必达。夫闻也者,色取仁而行违,居之不疑,在邦必闻,在家必闻。"

《史记·仲尼弟子列传》把"在邦必达,在家必达",作"在国及家必达",把"在邦必闻,在家必闻",作"在国及家必闻"。陈骙认为司马迁这样改,"辞约"减少了两个字;"意疏",用意不够严密。"在邦必达",指在国家做官一定通行无阻;"在家必达",指在大夫家做官一定通行无阻。在国家做官的就不在大夫家做官了,在大夫家做官的就不在国家做官了,这样分开来说,有这个含意。改成"在国及家必达",这个含意就不清楚了,所以说"意疏"吧。

《文则》己一:

观《檀弓》之载事,言简而不疏,旨深而不晦,虽《左氏》之富艳,敢奋飞于前乎!略举二事以见。

世子申生为骊姬所谮,或令辩之。《左氏》载其事,则曰:"或谓太子:'子辞,君必辩焉。'太子曰:'君非姬氏,居不安,食不饱。我辞,姬必有罪。君老矣,吾又不乐。'"《檀弓》则曰:"'子盍言子之志于公乎?'世子曰:'不可,君安骊姬,是我伤公之心也。'"考此,则《檀弓》为优。(《穀梁传》载其事曰:"世子之傅里克谓世子曰:'入自明。入自明,则可以生;不入自明,则不可以生。'世子曰:'吾君已老矣,已昏矣,吾若此而入自明,则骊姬必死,骊姬死则吾君不安。'"若此文,非惟不及《檀弓》,亦不及《左氏》矣。)

  这里讲《礼记·檀弓》中的纪事,"言简而不疏",即言辞简约,用意不疏,是严密的;《左传》的纪事,文辞富艳,不简约,仅用意不如《檀弓》的严密。这里讲晋献公宠爱骊姬,骊姬生了个儿子叫奚齐,骊姬想害死太子申生,立奚齐做太子。因此骊姬教太子申生去祭祀他的母亲,申生把祭后的酒和肉送给父亲献公。献公出外打猎去了。骊姬在酒肉中下了毒,献公打猎回来,骊姬诬陷申生要毒死献公。《左传·僖公四年》记载这件事。讲到有人劝申生去申辩,申生不愿,说他的父亲离不开骊姬,他去一申辩,骊姬有罪,使父亲离开骊姬,一定不安,他也不乐。《檀弓》记作:"世子曰:'不可,君安骊姬,是我伤公之心也。'"话说得简单,提出"君安骊姬",把《左传》里"君非姬氏,居不安,食不饱"的意思都概括进去了。《檀弓》里提出"不可",指出自己的申辩,"是我伤公之心也"。这里指自己的申辩,会使骊姬有罪,离开献公,是伤献公的心。《檀弓》里提出"是我伤公之心也",这点指明了申生的心思,这点,比《左传》里讲的"君老矣,吾又不乐",更为深刻,在体会申生的用心上,比《左传》更为严密,《左传》没有指出这点,反而显得疏了。《榖梁传》里记的话更多,像说"吾君已昏矣",这是申生所不忍说不愿说的话。像"骊姬死则吾君不安",只说了《檀弓》里讲的"君安骊姬",对于《檀弓》里讲"是我伤公之心也"这点也没有提,所以更不如《左传》了。这里说明记人物言语,要抓住人物的心情,把人物的思想精神透露出来,这才是密切地写出了人物。否则话虽多,抓不住要害,反而显得疏了。这是写人物语言时发生的疏密。

深沉、平易

钱锺书先生《宋诗选注》就梅尧臣《陶者》:"陶尽门前土,屋上无片瓦。十指不沾泥,鳞鳞居大厦。"注:

汉代刘安《淮南子》卷十七《说林训》里有几句类似谚语的话讲到这种不合理的现象,也提及梅尧臣诗里所说的烧瓦工人:"屠者藿羹,车者步行,陶人用缺盆,匠人处狭庐——为者不得用,用者不肯为。"可是这几句只是轻描淡写,没有把"为者"和"用者"双方苦乐不均的情形对照起来,不像后来唐代一句谚语那样衬托得鲜明:"赤脚人趁兔,着靴人吃肉。"(慧明《五灯会元》卷十一《延沼语录》,《全唐诗》第十二函第八册"语"类)唐诗里像孟郊《织妇词》的"如何织纨素,自着蓝缕衣",郑谷《偶书》的"不会苍苍主何事,忍饥多是力耕人",于濆《辛苦行》的"垅上扶犁儿,手种腹长饥;窗下掷梭女,手织身无衣"和杜荀鹤《蚕妇》的"年年道我蚕辛苦,底事浑身着苎麻",也都表示对这种现象的愤慨。梅尧臣这首诗用唐代那句谚语的对照方法,不加论断,简辣深刻;同时人张俞的《蚕妇》:"昨日入城郭,归来泪满巾。遍身罗绮者,非是养蚕人。"(吕祖谦《皇朝文鉴》卷二十六)虽然落在孟郊、杜荀鹤等的范围里,也可以参看。

钱先生在这里指出梅尧臣的诗"简辣深刻",即跟刘安的话比起来,刘安没有把"双方苦乐不均的情形对照起来",梅诗做了有力的对照,显得深刻。再像这里引的"如何织纨素,自着蓝缕衣"也没有把"双方苦乐不均的情形对照起来"说,也不如梅诗的深刻。梅诗在修辞学上称为映衬格,用苦乐做对照来映衬,给人的印象更为强烈,所以更深刻了。刘安的话和孟郊等人的诗不用映衬法的较浅,即一深一浅的相对。这是跟表达的方法有关。

钱先生《谈艺录·梅宛陵》:

集(《宛陵先生集》)中明仿孟郊之作,数既甚少,格亦不类。哀逝惜殇,著语遂多似郊者。如"慈母眼中血,未干同两乳";"雨落入地中,珠沉入海底。赴海可见珠,入地可见水。唯人归泉下,万古知已矣";"惯呼犹口误,似往颇心积";"哀哉齐体人,魂气今何征。曾不若陨箨,绕树犹有声"。然取较东野《悼幼子》之"生气散成风,枯骸化为地。负我十年恩,欠汝千行泪";《杏殇》之"踏地恐土痛,损彼芳树根。此诚天不知,剪弃我子孙";则深挚大不侔。……东野五古佳处,深语若平,巧语带朴,新语入古,幽语含淡,而心思巉刻,笔墨圭棱,昌黎志墓所谓"刿目鉥心,钩章棘句"者也。都官❶意境无此邃密,而气格因较宽和,固未宜等类齐称。

❶ 都官:梅尧臣官尚书都官员外郎,故世称"梅都官"。

　　这里指出写哀悼的诗,孟郊用思深,用情挚,梅尧臣秉性宽和,不如孟郊诗的深挚。如孟郊《杏殇》,序称:"杏殇,花乳也。霜剪而落,因悲昔婴,故作是诗。"花乳,即花蕾,还没有开花而落,比喻婴孩的死。诗:"踏地恐土痛,损彼芳树根。此诚天不知,剪弃我子孙。垂枝有千落,芳命无一存。谁谓生人家,春色不入门。"这首诗,诗人用拟人化的手法,认为杏花花蕾的掉落,杏树根会痛惜,根在土中,附根的土也会痛惜。因此,踏到附根的土地怕土痛,怕牵连到根痛。实际是痛惜死去的婴孩,由痛婴孩到痛惜埋婴孩的土。踏上埋婴孩的土,怕土痛,即怕婴孩痛,不仅好像死去的婴孩是有知的,连埋婴孩的土也是有知的。这样来表达他深沉的痛。所以他家已经"春色不入门"了。这样的痛是深挚的。

再看梅尧臣《戊子三月二十一日殇小女称称》其二:"蓓蕾树上花,莹洁昔婴女。春风不长久,吹落便归土。娇爱命亦然,苍天不知苦。慈母眼中血,未干同两乳。"这首诗,跟《杏殇》的设想相似。《杏殇》的"花乳"即"蓓蕾",花乳"霜剪而落",即蓓蕾"吹落便归土"。"此诚天不知",即"苍天不知苦"。梅尧臣的一首,只写到"慈母眼中血,未干同两乳",写慈母的悲痛是真切的。但跟孟郊的一首比,用思的深入,用情的真诚,就差了,这又是深与浅的差异。

再看赵师秀《秋夜偶书》:

此生谩与蠹鱼同,白发难收纸上功。辅嗣《易》行无汉学,玄晖诗变有唐风。夜长灯烬挑频落,秋老虫声听不穷。多少故人天禄贵,犹将寂寞叹扬雄。

《瀛奎律髓汇评》卷十五载纪昀评:

结二句深婉有味,自古无人道,说来却平易近人。三四语特蕴藉,盖说经至辅嗣而妙,然义理胜而训诂荒;炼句至玄晖而工,然雕琢起而浑朴散。宋末实有此弊。

三四婉而章,乃言习俗日趋卑靡,所以不合时宜,而难收纸上之功也。

赵师秀这首诗,纪昀评为深婉,即用思深。辅嗣指三国魏的王弼,他注《易经》,讲义理。他的《易经》注推行以后,汉朝人的《易经》注就失传了。玄晖是谢朓,谢朓诗工于炼句,有唐诗的风味,不如汉魏诗的浑朴了。这两句批评宋末的学术和文艺的缺点,用思比较深刻。后两句说多少老友都贵了,自己还像扬雄那样寂寞,而感叹老友不能推荐他,他也不愿求人,所以称为深婉。

姚合《武功县中》:

县去帝城远,为官与隐齐。马随山鹿放,鸡杂野禽栖。绕舍惟藤架,侵阶是药畦。更师嵇叔夜,不拟作书题。

《瀛奎律髓汇评》卷六载纪昀评:

武功诗语僻意浅,大有伧气。惟一二新异之句,时有可采,然究非正声也。

姚合这首诗写得浅显,多用白描,只是末联说效法嵇康不拟写回信,用嵇康《与山巨源绝交书》:"素不便书,又不喜作书;而人间多事,堆案盈机,不相酬答,则犯教伤义,欲自勉强,则不能久,四不堪也。"不过即使不知道用典本于这封信,也可看懂它的用意,即不想写回信。所以这首诗是写得浅显的。不仅文辞浅显,纪昀指出用意也浅。不过这首诗也有可取处,反映他在武功县做官的生活,跟隐居差不多,下面四句具体地写出与隐齐的情状,再加上效法嵇康的不拟写回信,也说明自己像隐士的疏懒,所以这首诗虽不是正声,还是有可取之处的。说明浅显的诗也有可取处。

○
虚灵、朴实

李涂《文章精义》四：

《庄子》文章善用虚，以其虚而虚天下之实；太史公文字善用实，以其实而实天下之虚。

如《庄子·天道》：

桓公读书于堂上。轮扁斫轮于堂下，释椎凿而上，问桓公曰："敢问，公之所读者何言邪？"公曰："圣人之言也。"曰："圣人在乎？"公曰："已死矣。"曰："然则君之所读者，古人之糟魄已夫！"桓公曰："寡人读书，轮人安得议乎！有说则可，无说则死！"轮扁曰："臣也以臣之事观之。斫轮徐则甘而不固，疾则苦而不入，不徐不疾，得之于手而应于心，口不能言，有数存焉于其间。臣不能以喻臣之子，臣之子亦不能受之于臣，是以行年七十而老斲轮。古之人与其不可传也死矣，然则君之所读者，古人之糟魄已夫！"

庄子讲的寓言是虚构的，天下人都要读书，从读书中吸取知识，这是事实。庄子用这个虚构的寓言，把天下人读书的事实，都否定了，就是虚天下之实，认为通过读书来吸取知识是空的。庄子的话初看好像有道理，其实是诡辩。因为就斲轮说，这是一种技能训练，要经过长期的训练以后才能掌握这种技能，不是听人家讲了就能掌握的，好比游泳，要下水去经过一段游泳训练才能掌握游泳技术的。不下水，光在课堂上听老师讲怎样游泳，还是不会游泳的。庄子用这种技能训练所能掌握的技能来否定所有的书本知识，是诡辩。但就技能训练说，他的话是有道理的。

司马迁《史记·游侠列传》：

太史公曰：昔者虞舜窘于井廪，伊尹负于鼎俎，傅说匿于傅险，吕尚困于棘津，夷吾❶桎梏，百里❷饭牛，仲尼畏匡，菜色陈、蔡❸，此皆学士所谓有道仁人也，犹然遭此灾，况以中材而涉乱世之末流乎？其遇害何可胜道哉！鄙人有言曰："何知仁义，已飨其利者为有德。"故伯夷丑周，饿死首阳山，而文、武不以其故贬王。跖蹻暴戾，其徒诵义无穷。由此观之，

"窃钩者诛,窃国者侯,侯之门仁义存",非虚言也。

❶ 管仲名夷吾。
❷ 指百里奚,曾为楚人所执,牧牛为生。
❸ 《论语·子罕》载,"子畏于匡",畏,受威胁。《吕氏春秋》载,孔子穷乎陈、蔡之间,七日不尝粒。

司马迁列举虞舜、伊尹、傅说等七人,都是有道仁人,都曾遭灾,说明中材处乱世,更易遭灾。又举出伯夷反对周文王、武王的灭纣,不食周粟而饿死,但是周武王并不因此被贬低,还是称王;盗跖、庄蹻(jué)暴戾,但他们拥有徒众,徒众对他们诵义无穷。因此提出庄子所谓"窃钩者诛,窃国者侯,侯之门仁义存"不是空话。司马迁举了许多实事,即善于用实,从实事中归结出"窃钩者诛,窃国者侯,侯之门仁义存"这个理论,是用实事来证实天下之虚,即用实事来证实抽象的理论。这就是虚和实的不同。

张炎《词源·清空》:

词要清空,不要质实。清空则古雅峭拔;质实则凝涩晦昧。姜白石词如野云孤飞,去留无迹;吴梦窗词如七宝楼台,眩人眼目,碎拆下来,不成片段。此清空质实之说。梦窗《声声慢》云:"檀栾金碧,婀娜蓬莱,游云不蘸芳洲。"前八字恐亦太涩。如《唐多令》云:"何处合成愁,离人心上秋,纵芭蕉不雨也飕飕。都道晚凉天气好，有明月、怕登楼。　前事梦中休，花空烟水流。燕辞归客尚淹留。垂柳不萦裙带住，谩长是、系行舟。"此词疏快，却不质实。如是者集中尚有，惜不多耳。白石词如《疏影》《暗香》《扬州慢》《一萼红》《琵琶仙》《探春》《八归》《淡黄柳》等曲，不惟清空，又且骚雅，读之使人神观飞越。

张炎论词，主张清空，反对质实。他批评吴文英词质实。沈义父《乐府指迷》称："梦窗深得清真之妙，其失在用事下语太晦处，人不可晓。"张炎批评他的质实，就指用事下语有太晦处说。张炎的批评只指两句说，不指全词，全词如下：

声声慢

陪幕中钱孙无怀于郭希道池亭，闰重九前一日

檀栾金碧，婀娜蓬莱，游云不蘸芳洲。露柳霜莲，十分点缀成秋。新弯画眉未稳，似含羞、低护墙头。愁送远，驻西台车马，共惜临流。　知道池亭多宴，掩庭花、长是惊落秦讴。腻粉阑干，犹闻凭袖香留。输他翠涟拍甃，瞰新妆、时浸明眸。帘半卷，带黄花、人在小楼。

这词的开头，"檀栾金碧，婀娜蓬莱"是形容郭家园亭有如蓬莱仙景。檀栾，形容竹子秀美，指竹子；金碧，形容

亭台色彩金碧辉煌，指亭台。婀娜，美好，指像美好的蓬莱仙景。这两句比较质实，檀栾又较费解。"游云不蘸芳洲"，云在天空，蘸，指蘸水，云怎么蘸芳洲的水？也费解。下面"露柳霜莲"指秋景。"新弯画眉"指新月照在墙头。"送远"指饯别友人，在惜临流别，都好解。下片回想从前，在池亭多次欢宴，还有秦腔的歌唱，还有腻粉施香的歌女，凭倚阑干，好像阑干上还留有余香。再有池水澄碧，有微波拍击池壁。歌女的新妆在水中照影，曾照明眸。当时也在重阳，赏黄花，帘半卷，人与黄花相对在小楼上，这一切都使人怀念。所以就整首词看，怀旧的感情，悱恻缠绵，只是开头两句比较质实，第三句比较费解。再引吴文英的《唐多令》，就比较清空了。开头指"心上秋"合成"愁"字，跟离别有关，因此风吹芭蕉作雨声，也使人愁。又写怕登楼望月，引起对离人的怀念。下片感叹年来的好事如梦，自己久客不归。伊人离去，垂柳不把她系住，徒然长是系住我的行舟，使我不能归去。这首词写得疏快，即近于清空。

再看张炎赞美姜夔的清空骚雅的词，如《暗香》：

旧时月色，算几番照我，梅边吹笛。唤起玉人，不管清寒与攀摘。何逊而今渐老，都忘却春风词笔。但怪得竹外疏花，香冷入瑶席。　江国，正寂寂。叹寄与路遥，夜雪初积。翠尊易泣，红萼无言耿相忆。长记曾携手处，千树压、西湖寒碧。

又片片、吹尽也,几时见得。

　　这首词是写梅花的,虽是写梅花,却是在写对一个女子的怀念,是抒情,不是局限在梅花上,所以清空。开头点明"旧时月色",正写怀念。怀念旧时月色几番照我在梅边吹笛,怀念跟玉人一起赏梅,怀念旧日的爱情生活。接下来用南朝梁代的何逊自比,何逊曾在扬州作咏梅的诗。他又感叹自己渐老,谦逊地说自己的才华减退了。但还是爱赏竹外的梅花,幽香飘到酒席上来。"竹外疏花"本于苏轼《和秦太虚梅花》:"江头千树春欲暗,竹外一枝斜更好。"下片结合他在序里说的:"辛亥(公元1191年)之冬,余载雪诣石湖(指范成大,隐居在苏州西南的石湖,号石湖居士)。"石湖正是江南水乡,故称"江国"。又正在下雪,称"夜雪初积",这时在赏梅花。跟上片的怀念玉人联系,"叹寄与路遥",叹与玉人相隔遥远,不便折梅相赠。对着碧绿的酒杯,想念玉人容易悲泣,看到红梅耿耿地在怀念那人。长时记得曾经和那人在西湖携手赏梅,看到千树梅花映照在西湖寒冷的碧波之中。千树梅花跟碧波中的倒影相映,用一"压"字显出碧波中只有千树梅花的倒影压倒一切。又看到梅花的片片吹尽,不知何时再见。这个再见既指梅花的开放,也指再与玉人赏梅。借梅花来怀念伊人,表达了无限深情。句句不离梅花,但又在表达对伊人深切怀念的感情,所以是清空之作,这种感情清雅而富有诗意,所以又是骚雅的。

钱锺书先生《谈艺录》谈到清代钱载的诗，早岁所作空灵，后归朴实道：

> 萚石（钱载的号）早岁，未尝不作风致空灵之诗，今都删不入集，而见自注中。（参见《匏庐诗存》卷七《题国朝名家诗集》）如《秦淮河上》之"辛夷开后水榭，乙鸟飞来画帘"；《溪馆偶题》之"春色欲寻有处，少年能驻何时"；《志略》之"十月花开春自小，三竿日出睡方深"；体格轻巧者只存一二。（《谈艺录·钱萚石诗》）

> （萚石）言情近体，世多称《到家作》第二首之"儿时我母教儿地，母若知儿望母来。三十四年何限罪，百千万念不如灰"；七律对仗如此流转，自亦难能，而腔吻太厉，词意太尽，似逊其《先孺人生日》之"茫茫纵使重霄彻，杳杳难将万古回"，沉哀隐痛，较耐讽咏。《六月初三夜哭子》下半首云："桑园栖骨冷，萤火照魂孤。再来知爱惜，鞭扑忍相俱"；因情造境，由哀生悔。元微之《哭子》第五首云："节量梨栗愁生疾，教示诗书望早成。鞭扑较多怜较少，又缘遗恨哭三声。"萚石"再来"二句，绝望中仍为期望之词，用意又进。（《谈艺录·萚石言情诗》）

钱先生在这里指出钱载早年的诗，风致空灵。"辛夷"两句，写辛夷花开后的水榭，燕子飞来的画帘，写出春天的旖旎风光。"春色"两句，写出找寻春光处所，探索青春时期，也写出最美好的愿望。"十月"两句写十月小阳春，是美好的，日上三竿睡足是快适的。这些诗句都写出一种美好的情境，可供体味，所以称为空灵。钱先生又称钱载后来写的诗，"朴挚敦实"，语言是朴实的，感情是深厚真挚的。像这里引的几首诗，语言质朴，没有什么藻饰。感情真挚，能够感人。这里见得一人之作，像钱载的诗空灵与质朴都有，只是早岁与后来不同。

高妙、浅俗

钱锺书先生《谈艺录·随园诗话》：

香山才情，昭映古今，然词沓意尽，调俗气靡，于诗家远微深厚之境，有间未达。其写怀学渊明之闲适，则一高玄（按香山《题浔阳楼》称渊明曰："文思何高玄。"），一琐直，形而见绌矣。……故余尝谓：香山作诗，欲使老妪都解，而每似老妪作诗，欲使香山都解；盖使老妪解，必语意浅易，而老妪使解，必词气烦絮。浅易可也，烦絮不可也。

钱先生在这里，首先指出白居易诗的才情映照古今，这是一方面，如《琵琶行》《长恨歌》，以及著名的新乐府及古近体诗都是。但又指出，他的诗又有浅俗的一面。像他推重陶渊明诗风格高玄，高玄即高妙。然他的《效陶潜体诗十六首》，序称："会家酝新熟，雨中独饮，往往酣醉，终日不醒。懒放之心，弥觉自得，故得于此而有以忘于彼者。因咏陶渊明诗，适与意会，遂效其体，成十六篇。"他称赞陶诗的风格高妙，可是他仿效陶诗之作，却显得浅俗。从序里看，他是仿效陶渊明的《饮酒》诗，今引陶的《饮酒》诗一首跟他仿效的诗一首作一对比。先看陶的《饮酒二十首》序："余闲居寡欢，兼比夜已长，偶有名酒，无夕不饮，顾影独尽，忽焉复醉。既醉之后，辄题数句自娱，纸墨遂多……"看这篇序言中的话，与白居易上引序言中的话，可见白是仿效陶的《饮酒》诗写的。自称陶诗高玄，《饮酒》诗中确有高妙之作，如《饮酒》诗之五：

结庐在人境，而无车马喧。问君何能尔？心远地自偏。采菊东篱下，悠然见南山。山气日夕佳，飞鸟相与还。此中有真意，欲辨已忘言。

这首诗是陶诗中的名篇。这首诗的境界是高的。这首诗写自己辞官归隐，门无车马喧，即没有贵人来。陶渊明辞官归隐后，是不是贵人都把他忘了，不来看他呢？不是的。如当时的江州刺史王宏，想结交他，苦于跟他不熟。听说他要游庐山，于是请他的朋友庞通之备酒席候在路中，等他来时就请他入席对饮，王宏就闯到席间，由庞介绍和他相识。此后王宏就派人送酒给他，资助他的家用。继王宏做江州刺史的檀道济，亲自去拜访他，劝他出来做官，他不肯，并且退回道济送来的礼物。同样是归隐，有的人借隐居来抬高自己的身份，极力趋奉来访的贵人，贵人也借访问隐士来显示自己的礼贤下士。这样，隐士的门前时常有贵人的车马到来。渊明是真心归隐，不肯接待贵人，贵人自然不来了。但他在诗里，只是说"心远地自偏"，心思远于荣利，不接待贵人，他的住处就显得偏僻，贵人就不来了。这里显示出他憎恶当时官场的恶浊，不愿与官场中的贵人交往，在躬耕中过艰苦生活的高尚品格。接下来写他在东篱下采菊，悠然自得中看到庐山。他感到山气在黄昏时好，看到飞鸟结伴回巢。这里讲的"山气"当指山上的云气，云气和飞鸟又有什么好呢？他在《归去来兮辞》里说："云无心以出岫，鸟倦飞而知还。"这是写景，景中含情，是情景交融。他从云的无心出岫，想到自己不为追求荣利，而出来做官，看到鸟的相与飞还，感到自己厌倦官场生活而辞官归隐。这种感情没有明说，只在写景中含蓄着，这样的情景交融的含蓄写法，在"日夕佳"的"佳"里有点透露，在"此中有真意"的"真意"里有些透露。这种"真意"正是在他鄙弃当时官场的恶浊，决意辞官归隐中流露出来的。这点在诗里不用说，所以"欲辨已忘言"。这样情景交融的含蓄写法，正是这首诗的艺术成就，所以它的风格是高妙的。

再看白居易《效陶潜体诗十六首》之二：

翳翳窬月阴❶,沉沉连日雨。开帘望天色,黄云暗如土。行潦毁我墉,疾风坏我宇。蓬莠生庭院,泥涂失场圃。村深绝宾客,窗晦无俦侣。尽日不下床,跳蛙时入户。出门无所往,入室还独处。不以酒自娱,块然❷与谁语?

❶ 翳(yì)翳:昏暗。窬(yú):爬墙,引申为逾越。
❷ 块然:孤独貌。

陶诗里讲的"而无车马喧",指没有贵人来,这跟"心远地自偏"有关,这里就显示品格的高。白诗写"村深绝宾客,窗晦无俦侣",只是因雨天无客来,没有深的含意。陶诗写"飞鸟相与还",是情景交融,有情意的。这里写"跳蛙时入户",只是因雨水积在院子里,所以蛙跳入户,没有什么深远的情味。这诗显得浅俗,不能与陶诗的高妙相比了。这是思想性与艺术性的是否高妙决定的。

豪放、谨严

太白豪放,人中凤凰麒麟,譬如生富贵人,虽醉着瞑暗啽呓中作无义语,终不作寒乞声耳。(胡仔《苕溪渔隐丛话》前集卷五引黄庭坚语)

他(苏轼)批评吴道子的画,曾经说过:"出新意于法度之中,寄妙理于豪放之外。"从分散在他著作里的诗文评看来,这两句话也许可以现成地应用在他自己身上,概括他在诗歌里的理论和实践。后面一句说:"豪放"要耐人寻味,并非发酒疯似的胡闹乱嚷。前面一句算得"豪放"的定义,用苏轼所能了解的话来说,就是"从心所欲,不逾矩";用近代术语来说,就是:自由是以规律性的认识为基础,在艺术规律的容许之下,创造力有充分的自由活动。这正是苏轼所一再声明的,作文该像"行云流水"或"泉源涌地"那样的自在活泼,可是同时候很谨严的"行于所当行,止于所不可不止"。

李白以后,古代大约没有人赶得上苏轼这种"豪放"。(钱锺书《宋诗选注·苏轼》)

钱先生在这里对"豪放"的风格做了解释,指出"'豪放'要耐人寻味",要"在艺术规律的容许之下,创造力有充分的自由活动"。他又指出李白的豪放。李白《赠裴十四》:

朝见裴叔则,朗如行玉山❶。黄河落天走东海,万里写入胸怀间。身骑白鼋不敢度,金高南山买君顾。徘徊六合无相知,飘若浮云且西去!

❶ 裴叔则:西晋裴楷,字叔则。《世说新语·容止》:"见裴叔则,如玉山上行,光映照人。"此以裴叔则喻裴十四。

沈德潜《唐诗别裁》批:"'黄河落天'二语,自道所得。"这两句是写得豪放的。这样豪放的李白,怎么又"身骑白鼋不敢度"呢?因为看到了裴十四,要让裴十四看一下自己,"金高南山买君顾",要用高比南山的黄金来求得他的一顾。这里用了极夸张的手法。在这样的夸张中,也显示豪放的性格。

再看钱先生讲苏轼的豪放:

他在风格上的大特色是比喻的丰富、新鲜和贴切,而且在他的诗里还看得到宋代讲究散文的人所谓"博喻"或者西洋人所称道的莎士比亚式的比喻，一连串把五花八门的形象来表达一件事物的一个方面或一种状态。这种描写和衬托的方法仿佛是采用了旧小说里讲的"车轮战法"，连一接二的搞得那件事物应接不暇，本相毕现，降伏在诗人的笔下。……我们试看苏轼的《百步洪》第一首里写水波冲泻的一段："有如兔走鹰隼落，骏马下注千丈坡，断弦离柱箭脱手，飞电过隙珠翻荷。"四句里七种形象，错综利落……上古理论家早已着重诗歌语言的形象化，很注意比喻；在这一点上，苏轼充分满足了他们的要求。（《宋诗选注·苏轼》）

苏轼在《百步洪》里用的"博喻"，正是钱先生说的"从心所欲，不逾矩"，正是"像'行云流水'或'泉源涌地'那样的自在活泼"，这些正显示苏轼诗的豪放。

钱先生又指出"可是同时候很谨严的'行于所当行，止于所不可不止'"。苏轼诗又是很谨严的。豪放是"从心所欲"，谨严是"不逾矩"；豪放是"创造力有充分的自由活动"，谨严是遵守"艺术规律"，豪放与谨严这样密切结合，是很难得的。苏轼《红梅三首》其一：

怕愁贪睡独开迟，自恐冰容不入时。故作小红桃杏色，尚余孤瘦雪霜姿。寒心未肯随春态，酒晕无端上玉肌。诗老不知梅格在，更看绿叶与青枝。

纪批本集云："细意钩剔，却不入纤巧，以其中有寄托，不同刻画形似故也。"（《瀛奎律髓汇评》卷二十）

这首《红梅》诗写得"细意钩剔"，即细微严密，是谨严的。纪昀认为这首诗好在"其中有寄托"，即不光是细微地刻画红梅，还写出了作为梅花的品格，像"自恐冰容不入时""尚余孤瘦雪霜姿"，加上"寒心未肯随春态"，这几句都在写红梅，但又不限于写红梅，把自己的"冰容""雪霜姿"都写进去了，把自己的"寒心未肯随春态"，不肯去迎合权势的品格也写进去了，这样就显出风格的高。这就细微而不纤巧，是谨严的。石曼卿《红梅》诗："认桃无绿叶，辨杏有青枝。"没有写出红梅的品格，所以称为"诗老不知梅格在"了。苏轼不仅写出了红梅的品格，显得跟桃杏不同，也写出了诗人的品格，所以高出于光是刻画红梅，从细微刻画进入谨严，进入格调高了。

弘畅、纤仄

苏门诸子中,张文潜七律最格宽语秀,有唐人风。《柯山集》中《遣兴次韵和晁应之》先后八首尤苦学少陵;如"清涵星汉光垂地,冷觉鱼龙气近人""暗峡风云秋惨淡,高城河汉夜分明""双阙晓云连太室,九门晴影动天津""山川老去三年泪,关塞秋来万里愁";他如《夏日》之"错落晴山移斗极,阴森暗峡宿风雷"。胥弘畅不类黄(庭坚)、陈(师道)辈,而近元明人。顾不过刻画景物,以为伟丽,无苍茫激楚之致。(钱锺书《谈艺录·七律杜样》)

钱先生指出北宋张耒的七律,风格弘畅,即宽宏流畅,即刻画大的景物,如写"星汉光""鱼龙气""风云""河汉""双阙晓云""九门晴影""山川""关塞"等,再加上"连太室""动天津""三年泪""万里愁"等,显得境界阔大。不过他学杜甫,跟杜甫的诗不同,即"无苍茫激楚之致"。杜甫的诗,如《登高》

的"万里悲秋常作客,百年多病独登台",有身世之感。如《野望》:"海内风尘诸弟隔,天涯涕泪一身遥。"在身世之感里,还有忧时念乱的感叹,所以有"苍茫激楚之致"。这是张耒诗的弘畅,不同于杜甫诗的雄浑了。

阮圆海欲作山水清音,而其诗格矜涩纤仄,望可知为深心密虑,非真闲适人寄意于诗者。(《谈艺录·文如其人》)

余尝病谢客(灵运)山水诗,每以矜持矫揉之语,道萧散逍遥之致,词气与词意,苦相乖违。圆海况而愈下;听其言则淡泊宁静,得天机而造自然,观其态则挤眉弄眼,龇齿折腰,通身不安详自在。《咏怀堂诗》卷二《园居诗》刻意摹陶,第二首云:"悠然江上峰,无心入恬目。"显仿陶《饮酒》第五首之"采菊东篱下,悠然见南山"。"悠然"不足,申之以"无心"犹不足,复益之以"恬目",三累以明己之澄怀息虑而峰来献状。强聒不舍,自炫此中如镜映水照,有应无情。"无心"何太饶舌,着痕迹而落言诠,为者败之耳。《戊寅诗》如《微雨坐循元方丈》云:"隐几❶憺忘心,惧为松云有。"夫子綦"隐几",嗒焉丧我❷,"心"既"憺忘",何"惧"之为。岂非言坐忘而实坐驰耶。又如《昼憩文殊庵》云:"息机入空翠,梦觉了不分。一禽响山窗,亦复嗤为纷。"自诩"息机",泯分别相,却心嗔发为口"嗤",如欲弹去乌白乌、打起黄莺儿者,大异乎"鸟鸣山更幽"之与物俱适、相赏莫违矣。
(《谈艺录·文如其人补订》)

❶ 隐几:伏案。
❷ 嗒焉丧我:语出《庄子·齐物论》,嗒焉,离形去智状。

  钱先生在这里讲阮大铖诗的风格纤仄。阮大铖号圆海,在晚明时投靠太监魏忠贤,忠贤败后,名列逆案。在南京结交马士英。福王在南京即位,大铖官进兵部尚书,要陷害复社名士,用心忌刻,并非淡于功名的闲适人。他的诗模仿陶渊明,表示心情淡泊宁静,但写得矫揉造作,违反自然,显得纤涩偏仄,钱先生举例来做了证明。这种纤仄的风格正与弘畅相反,又跟作者的性格有关了。

作家的风格

刘勰在《文心雕龙·体性》篇里讲了作家的风格。他认为作家风格的形成，跟"才、气、学、习"相关。他称：

然才有庸俊，气有刚柔，学有浅深，习有雅郑❶，并情性所铄，陶染所凝，是以笔区云谲，文苑波诡❷者矣。故辞理庸俊，莫能翻其才；风趣刚柔，宁或改其气；事义浅深，未闻乖其学；体式雅郑，鲜有反其习：各师成心❸，其异如面。

❶ 习，习惯，习俗，习气。雅郑，雅正和淫靡；雅本指周王朝的标准音乐，郑本指郑国的靡靡之音。
❷ 笔区、文苑，指文学园地。
❸ 成心，犹个性。成心本指偏见、成见，这里借用。

他认为作家的风格的形成，有两方面：一方面是"情性所铄"，像各人的气质不同，有刚有柔，这跟风格有关；一方面是"陶染所凝"，是跟学问和习染有关。他从情性和陶染两方面结合起来看，是看得较全面的。他又具体地讲到作家的风格。

若夫八体屡迁，功以学成，才力居中，肇自血气；气以实志，志以定言，吐纳英华，莫非情性。是以贾生俊发，故文洁而体清❶；长卿傲诞，故理侈而辞溢❷；子云沉寂，故志隐而味深❸；子政简易，故趣昭而事博❹；孟坚雅懿，故裁密而思靡❺；平子淹通，故虑周而藻密❻；仲宣躁锐，故颖出而才果❼；公干气褊，故言壮而情骇❽；嗣宗傲倪，故响逸而调远❾；叔夜俊侠，故兴高而采烈❿；安仁轻敏，故锋发而韵流⓫；士衡矜重，故情繁而辞隐⓬。

❶ 《史记·屈贾列传》："每诏令议下，诸老先生不能言，贾生尽为之对。"足见贾谊才气卓越。
❷ 司马相如，字长卿。傲诞，骄傲夸诞，不拘礼法。
❸ 扬雄字子云。《汉书·扬雄传》："默而好深湛之思"。
❹ 刘向字子政。《汉书·刘向传》："向为人简易无威仪"。
❺ 班固字孟坚。《汉书·班固传》："九流百家之言无不穷究。"传论说："固文赡而事详。"
❻ 张衡字平子。《后汉书·张衡传》："通五经，贯六艺"，传论说："故智思引渊微"。
❼ 王粲字仲宣。《三国志·魏志·杜袭传》："粲性躁竞。"
❽ 刘桢字公干。气褊：气度窄。言壮情骇：语言壮厉，情思惊人。
❾ 阮籍字嗣宗。《晋书·阮籍传》："任性不羁。"
❿ 嵇康字叔夜。《晋书·嵇康传》："性烈而才俊。"
⓫ 潘岳字安仁。《晋书·潘岳传》："岳以才颖见称，……岳性轻躁，趋世利。"
⓬ 陆机字士衡。《晋书·陆机传》："伏膺儒术，非礼不动。"

这里讲到作家的风格，先提"八体"，即八种风格，主要是讲作品的风格，提出"功以学成"，说明后天学习的重要。接下来讲"才力居中，肇自血气"，把"才"跟"血气"结合起来谈，说明作家风格的养成，跟作家性情气质和学习有关，也即"才、气、学、习"造成的。他对气质很看重，称："气以实志，志以定言。"即认为"气有刚柔"，气质刚的，他要表达的情志和言辞会构成刚健的风格；气质柔的，他要表达的情志和言辞会构成柔婉的风格。虽然他在《体性》的风格里还没有讲到刚健、柔婉两种风格，但在《风骨》里已经讲到刚健的风格。这里试按照他讲作家的风格来谈。

○
屈原

刘勰在《文心雕龙·辨骚》里称:

故《骚经》❶《九章》,朗丽以哀志;《九歌》《九辩》,绮靡以伤情;《远游》《天问》,瑰诡而惠巧;《招魂》《招隐》❷,耀艳而深华;《卜居》标放言之致,《渔父》寄独往之才。故能气往轹古,辞来切今,惊采绝艳,难与并能矣。

自《九怀》以下,遽蹑其迹,而屈、宋逸步,莫之能追。故其叙情怨,则郁伊而易感;述离居,则怆怏而难怀;论山水,则循声而得貌;言节候,则披文而见时。

❶ 王逸《楚辞章句》称《离骚》为《离骚经》,是后人对《离骚》的尊称。
❷ 《招隐》应为《大招》,梁启超据篇中有"若鲜卑只"语,认为"此篇(《大招》)决为汉人作无疑",非屈原所作。

又《时序》:

屈平联藻于日月❶,宋玉交彩于风云❷。观其艳说,则笼罩《雅》《颂》,故知炜烨之奇意,出乎纵横❸之诡俗也。

❶ 《史记·屈贾列传》:"推此志也,虽与日月争光可也。"
❷ 宋玉有《风赋》和《高唐赋》(写朝云)。
❸ 出乎纵横:出于纵横家,受纵横家影响。

刘勰在这里讲了屈原、宋玉的作品和风格,主要是讲屈原的。他讲屈原的作品,风格是多样化的,有朗丽的、绮靡的、瑰诡的、耀艳的,总的是惊采绝艳。又指出"炜烨之奇意",是从战国时代纵横家游说夸张中来的,即认为屈原作品的风格,总的说来是瑰诡绮丽的。

明代胡应麟《诗薮·内编》卷一《古体上》里也谈到屈原:

屈原氏兴,以瑰奇浩瀚之才,属纵横艰大之运,因牢骚愁怨之感,发沉雄伟博之辞。上陈天道,下悉人情,中稽物理,旁引广譬,具纲兼罗,文辞巨丽,体制宏深,兴寄超远。百代而下,才人学士,追之莫逮,取之不穷,史谓争光日月,讵不信夫!

这里,对屈原的才华,所处的时代,所受的感触;对屈原作品的内容、文辞、体裁、艺术手法,屈原作品的成就和影响都谈到了。称屈原作品的风格为沉雄伟博,可以和刘勰的瑰诡绮丽互相补充。但这两家都没有说到屈原的性格。《史记·屈贾列传》里称："屈原者，名平，楚之同姓也。"指出屈原是楚王的宗族，楚国是屈原的宗国。又称"其志洁、其行廉""其志洁，故其称物芳；其行廉，故死而不容自疏。濯淖污泥之中，蝉蜕于浊秽，以浮游尘埃之外，不获世之滋垢，皭然泥而不滓者也。推此志也，虽与日月争光可也"。指出他的志洁行廉，志洁，故出污泥而不染，保持纯洁；行廉，故死而不容于世，对于宗国楚国，宁死不肯疏远，所以永远忠于楚国，虽被放逐，但也不肯离开宗国到别国去。这样的志行，这样的遭遇，加上他的才华，才能创作出与日月争光的伟大作品来。

　　刘勰讲作家的风格，在《体性》里还讲了十位作家，谈得比较简略。

贾谊、司马相如

刘勰称"贾生俊发,故文洁而体清"(《文心雕龙·体性》)。《史记·屈贾列传》称:"贾生年二十余,最为少。每诏令议下,诸老先生不能言,贾生尽为之对。"这里指贾谊的才学突出,称为俊发。才跟性情有关,说明他性情的俊发,所以在诸老先生前,显得才学突出。因此他"文洁而体清"。刘勰在《文心雕龙·才略》里说:"贾谊才颖,陵轶(超过)飞兔(骏马名),议惬而赋清,岂虚至哉?"说贾谊才华锋锐杰出,即"俊发"。说"赋清"即"文洁而体清",刘勰称"有韵为文",文指韵文,如赋,贾谊的赋如《鵩(fú)鸟赋》,称:

谊为长沙王傅,三年,有鵩鸟飞入谊舍,止于坐隅。鵩似鸮,不祥鸟也。谊既以谪居长沙,长沙卑湿,谊自伤悼,以为寿不得长,乃为赋以自广。

贾谊贬官到长沙，看到有鵩飞来，认为不吉利，写这篇赋来自己宽解，赋称："愚士系俗兮，窘若囚拘。至人遗物兮，独与道俱。众人惑惑兮，好恶积亿。真人恬漠兮，独与道息。"认为愚人众人受到处境的拘束，至人真人不受处境拘束，心情恬淡。这样的赋是抒情的，篇幅不大。跟司马相如的《子虚赋》篇幅大、尽力描绘各种事物不同，显得风格清新。这种风格的形成，是跟他性格的俊发结合的。那他个人的风格，是俊发清新的。

刘勰讲："长卿傲诞，故理侈而辞溢。"司马相如不守礼节，弹琴来挑引文君。与文君开一酒店，令文君卖酒，相如穿着犊鼻裤在市里洗涤酒器，使文君父卓王孙认为耻辱，送给相如大批钱财让他回乡。这就是"傲诞"。又《才略》称："相如好书，师范屈宋，洞入夸艳，致名辞宗。然核取精意，理不胜辞，故扬子（雄）以为'文丽用寡者长卿'，诚哉是言也。"因此他写的赋，内容夸大，文辞富丽，如《子虚赋》：

楚使子虚使于齐，王悉发车骑，与使者出畋（打猎）。畋罢，子虚过诧（夸耀）乌有先生……曰："仆乐齐王欲夸仆以车骑之众，而仆对以云梦之事也。……王车驾千乘，选徒万骑，畋于海滨。列卒满泽，罘罔弥山。……"顾谓仆曰："楚亦有平原广泽游猎之地，饶乐若此者乎？……"仆下车对曰："臣，楚国之鄙人也。幸得宿卫十有余年。……臣闻楚有七泽，尝见其一，未睹其余也。臣之所见，盖特其小小者耳，名曰云梦。云梦者方九百里。其中有山焉……"

这里写楚使子虚向齐王夸耀楚国游乐之地，认为小小的云梦已经方圆九百里了，其他大的更不必说了。接下去讲云梦中其山怎样，其土怎样，其石怎样；又描写云梦其东有什么花草，其南生什么植物，其西有什么景物，其中有什么珍禽，其下有什么异兽。接下来讲打猎，又做了夸张的描绘。打猎完了，写楚王观赏歌舞，又做了很多描写。这许多描写，用了极为富丽的文辞。全篇内容夸张，文辞富丽，这跟他的性情的傲诞结合，他的风格是傲诞浮侈的。

扬雄、刘向

刘勰《文心雕龙·体性》称:"子云沉寂,故志隐而味深。"又《才略》称:"子云属意,辞义最深,观其涯度幽远,搜选诡丽,而竭才以钻思,故能理赡而辞坚矣。"按《汉书·扬雄传》称他"默而好深湛之思",即他的性情沉静,甘于淡泊,默默自守,爱好深思。说"涯度幽远",即指他的作品内容的广度和深度,文辞奇丽,所以理论丰富,文辞坚确。如扬雄《解嘲》,《扬雄传》载其文并说了他的创作经过:

哀帝时,丁(明)、傅(晏)、董贤用事,诸附离之者,或起家至二千石。时雄方草创《太玄》,有以自守,泊如也。或嘲雄以玄尚白,而雄解之,号曰《解嘲》。其辞曰:

……夫上世之士,或解缚而相,或释褐而傅……是以士颇得信(伸)其舌而奋其笔,窒隙蹈瑕而无所诎也。当今县令不请士,郡守不迎师,群卿不揖客,将相不俯眉。言奇者见疑，行殊者得辟（罪），是以欲谈者宛舌而固声❶，欲步者拟足而投迹❷。……且吾闻之，炎炎者灭，隆隆者绝。观雷观火，为盈为实。天收其声，地藏其热。高明之家，鬼瞰其室。攫拿❸者亡，默默者存。位极者宗危，自守者身全。是故知玄知默，守道之极。爱清爱静，游神之廷。惟寂惟寞，守德之宅。

❶ 宛舌固声：宛，屈曲。形容心存顾虑，不敢出声。
❷ 拟足投迹：李善注"欲行者拟足不前，待彼行而投其迹也。"
❸ 攫拿：争夺。

扬雄的《解嘲》，指出时代不同，上世急于求贤，所以士子有才能的得以进用，到汉朝大一统，言奇见疑，行殊得罪，还是安于淡泊，可以保全。这里显出他的用意深刻，这跟他的秉性沉寂有关，他的风格是沉寂深隐的。

《文心雕龙·体性》指出："子政简易，故趣昭而事博。"又《才略》称刘向的"《新序》该练"。《汉书·刘向传》："向为人简易无威仪，廉静乐道，不交接世俗。"简易，即不讲究烦琐的礼仪，平易近人，这是指他的性格。"趣昭而事博"，旨趣明白，引证丰富，这是指他文章的风格。如刘向《理甘延寿等疏》：

郅支单于囚杀使者吏士以百数，事暴扬外国，伤威毁重，群臣皆闵焉。陛下赫然欲诛之意，未尝有忘。西域都护（甘）

延寿，副校尉（陈）汤，承圣指，倚神灵，总百蛮之君，揽城郭之兵，出百死，入绝域，遂蹑康居，屠五重城，搴歙侯之旗，斩郅支之首，悬旌万里之外，扬威昆山之西，扫谷吉之耻，立昭明之功，万夷慑伏，莫不惧震。呼韩邪单于见郅支已诛，且喜且惧，乡风驰义，稽首来宾，愿守北藩，累世称臣。立千载之功，建万世之安，群臣之勋莫大焉。

　　以上这一段，叙述甘延寿、陈汤替汉朝报仇雪耻，振扬国威，建立大功，用意非常明确。讲他们的报仇立功，从统率那里各国的兵，深入敌境，到攻破敌城，斩郅支单于等，这是"趣昭"。把事件叙述得明白。接下去再作引证，引周大夫方叔、吉甫为国立功受奖，齐桓公尊周有功，灭项有罪，以功覆过；李广利攻贰师城夺善马，功小过大，还加封赏。这就是"事博"，就是多引事例，证明甘延寿、陈汤功大过小，当加厚赏。说明文章的风格与作家的性格有关，刘向的风格是简易明博。

班固、张衡

《文心雕龙·体性》称:"孟坚雅懿,故裁密而思靡。"《后汉书·班固传》:"及长,遂博贯载籍,九流百家之言无不穷究。……性宽和容众,不以才能高人。""性宽和容众"指性情,"博贯载籍"指学问,性情和学问结合,构成才情,即"雅懿"。"裁密而思靡"指文章。如《汉书·异姓诸侯王表第一》:

秦既称帝,患周之败,以为起于处士横议,诸侯力争,四夷交侵,以弱见夺。于是削去五等,堕城销刃,箝语烧书,内锄雄俊,外攘胡、粤,用一威权,为万世安。

这里总结秦朝认为周朝灭亡的种种原因,定出种种防止的方法,讲得全面而确切,这就是"裁密而思靡",考虑得细致严密,这跟性情的宽和容众、能采取各种意见有关,跟有学问有关。即性情学问所构成的风格是宽和雅懿的。

《文心雕龙·体性》称"平子淹通,故虑周而藻密"。又《才略》称"张衡通赡"。《后汉书·张衡传》:"通《五经》,贯六艺,虽才高于世,而无骄尚之情。常从容淡静,不好交接俗人。"性情淡泊安静,学问贯通,性情和学问结合,构成"淹通"。"虑周而藻密",指他的作品。如《四愁诗》:

时天下渐弊,郁郁不得志,为《四愁诗》。屈原以美人为君子,以珍宝为仁义,以水深雪雾为小人,思以道术相报,贻于时君,而惧谗邪不得以通。其辞曰:
一思曰:我所思兮在太山,欲往从之梁父艰。侧身东望涕沾翰。美人赠我金错刀,何以报之英琼瑶。路远莫致倚逍遥,何为怀忧心烦劳?

这里引了《四愁诗》中的第一首。《文选》李善注:"太山以喻时君,梁父以喻小人也。"这里诗前的序虽不是张衡所写,与李善注用意一致,即想用道术来贡献时君,怕谗邪不得以通,所以掉泪。要报美人的赠物,无从送去,因而怀忧。这里的"太山""梁父""金错刀""英琼瑶"都是比喻,用得贴切,用来表达情思,所以称"虑周而藻密"。因他性情淡静,学问淹通,所以看到天下渐弊,内心怀忧,写出虑周藻密的诗,是性情学问和诗的结合,形成通赡周密的风格。

王粲、刘桢

《文心雕龙·体性》称:"仲宣躁锐,故颖出而才果。"《三国志·杜袭传》:"(王)粲性躁竞。"王粲性情急躁而有锋芒,指才情说;"颖出而才果",指作品说。又《才略》称:"仲宣溢才,捷而能密,文多兼善,辞少瑕累,摘其诗赋,则七子之冠冕乎!"《三国志·魏志·王粲传》:"善属文,举笔便成,无所改定,时人常以为宿构。然正复精意覃思,亦不能加也。"这指他的捷才。就他的作品说,如王粲《七哀诗二首》其一:

西京乱无象(无道),豺虎方遘患。复弃中国(中原)去,委身适荆蛮(荆州)。亲戚对我悲,朋友相追攀。出门无所见,白骨蔽平原。路有饥妇人,抱子弃草间,顾闻号泣声,挥涕独不还:"未知身死处,何能两相完?"驱马弃之去,不忍听此言。南登霸陵岸,回首望长安,悟彼下泉人,喟然伤心肝。

这首诗写长安极乱,他离开长安到荆州去。路上看见饥妇抛弃她的孩子,听见孩子啼哭,挥泪说,自身不保,怎能两全。写得比较突出。登上汉文帝陵,想到《诗经·下泉》篇,为什么伤心,因为想念明君。用思比较深刻,这就构成"颖出而才果",这跟他的才情是一致的,他的风格是颖发锋锐的。

《文心雕龙·体性》称:"公干气褊,故言壮而情骇。"又《才略》称:"刘桢情高以会采。"曹丕《与吴质书》:"公干有逸气,但未遒耳。"气褊与有逸气相关。曹丕《典论·论文》称:"刘桢壮而不密。"气褊当指气壮,所以称逸。因此他的作品"言壮而情骇"。钟嵘《诗品》称刘桢:"仗气爱奇,动多振绝。真骨凌霜,高风跨俗。但气过其文,雕润恨少。然自陈思(曹植)以下,桢称独步。"如刘桢《赠从弟三首》其二、三:

亭亭山上松,瑟瑟谷中风。风声一何盛,松枝一何劲。冰霜正惨凄,终岁常端正。岂不罹凝寒,松柏有本性。

凤皇集南岳,徘徊孤竹根。于心有不厌,奋翅凌紫氛。岂不常勤苦,羞与黄雀群。何时当来仪,将须圣明君。

前一首用松柏比从弟,指他的本性坚贞,是言壮。后一首用凤凰作比,设想奇特,所谓情骇。他的风格是壮健俊逸的。

阮籍、嵇康

《文心雕龙·体性》称:"嗣宗俶傥,故响逸而调远。"又《明诗》称"阮旨遥深"。《三国志·王粲传》:"(阮)籍才藻艳逸,而倜傥放荡,行己寡欲,以庄周为模则。"阮籍放荡,不拘守礼法,指性情。所以作品也不拘谨,"响逸而调远",即卓越而深远。如《咏怀》诗,钟嵘《诗品》称:"而《咏怀》之作,可以陶性灵,发幽思。言在耳目之内,情寄八荒之表。洋洋乎会于风雅,使人忘其鄙近,自致远大,颇多感慨之词。厥旨渊放,归趣对求。"如《咏怀八十二首》之十一:

湛湛长江水,上有枫树林。皋兰被径路,青骊逝骎骎。远望令人悲。春气感我心。三楚多秀士,朝云进荒淫。朱华振芬芳,高蔡相追寻。一为黄雀哀,涕下谁能禁。

这首诗前六句多用《楚辞·招魂》中的词语,如《招魂》

云："湛湛江水兮上有枫，目极千里兮伤春心。"又云："皋兰被径兮斯路渐。"又云："青骊结驷兮齐千乘。"（用余冠英先生《汉魏六朝诗选》注）下面"朝云进荒淫"，用宋玉《高唐赋》以巫山神女荒淫之事娱乐楚王，比喻魏主左右的臣子诱导荒淫。"高蔡"用《战国策·楚策》庄辛谏楚王语，讲蔡灵侯在高蔡（古邑名，今湖南常德一带）过着荒淫生活，为楚所灭。用来指魏主被司马师所废。这里感叹魏政权被司马氏所夺。这首诗声调激越而用意深远，跟性格的倜傥不羁有关，倘性情拘谨怕事的便不敢这样写。他的风格是俊逸含蓄的。

《文心雕龙·体性》称："叔夜俊侠，故兴高而采烈。"又《明诗》称"嵇志清峻"。《三国志·王粲传》："嵇康文辞壮丽，好言老庄而尚奇任侠。"嵇康性情豪侠，作品壮丽。钟嵘《诗品》称："过为峻切，讦直露才，伤渊雅之致。然托谕清远，良有鉴裁，亦未失高流矣。"如《四言赠兄秀才入军诗》之九：

良马既闲，丽服有晖。左揽繁弱（弓名），右接忘归（矢名）。风驰电逝，蹑景追飞。凌厉中原，顾盼生姿。

这首诗是嵇康送他哥哥嵇喜参军的诗，想象嵇喜穿着军装在军中驰射的英姿，称弓为"繁弱"，称矢为"忘归"；用"风驰电逝，蹑景追飞"来形容驰射，运用了夸张比喻手法，这样用辞藻，即丽；这样夸张，即壮。这两者结合，形成他风格的豪侠壮丽。

潘岳、陆机

《文心雕龙·体性》称:"安仁轻敏,故锋发而韵流。"又《才略》:"潘岳敏给,辞自和畅,钟美于《西征》,贾余于哀诔,非自外也。"《晋书·潘岳传》:"岳性轻躁趋世利,与石崇等谄事贾谧,每候其出,与崇辄望尘而拜。"潘岳性情轻躁浮浅,谄媚权贵,他又文思敏捷。"轻敏"是他的才性的结合。所以他的作品"锋发而韵流"。钟嵘《诗品》称:"《翰林》(李充《翰林论》)叹其翩翩然如翔禽之有羽毛,衣服之有绡縠,犹浅于陆机。谢混云:'潘诗烂若舒锦,无处不佳;陆文如披沙简金,往往见宝。'嵘谓益寿(谢混)轻华,故以潘为胜;《翰林》笃论,故叹陆为深。余常言:陆才如海,潘才如江。"如潘岳著名的《闲居赋》的序里说:

岳读《汲黯传》,至司马安四至九卿,而良史书之,题以"巧宦"之目,未曾不慨然废书而叹也。曰:嗟乎!巧诚为之,拙亦宜然。

潘岳读《汉书·汲黯传》,读到记载汲黯的姊子司马安,四次做到九卿,史家称他为"巧宦",即巧于做官。潘岳就感叹说:"巧实在是有的,拙也应该这样。"他的意思是巧于做官,所以四次做到大官;我拙于做官,所以多次被罢免。多次升官是巧,多次被罢官是拙。所以他要写《闲居赋》,表示在罢官后闲居养亲。他在赋的开头说:

> 傲坟素之长圃,步先哲之高衢。虽吾颜之云厚,犹内愧于宁蘧。有道余不仕,无道吾不愚。何巧智之不足,而拙艰之有余也。

这是说,在古书里遨游,在前贤走过的路上走。坟指三坟,讲三皇的书。素指素王书,即孔子的《春秋》。感到脸皮厚,对贤人宁武子、蘧伯玉感到惭愧。因为宁武子,邦有道则智,邦无道则愚。蘧伯玉邦有道则仕,邦无道则卷而怀之。他们在邦有道时出来做官,发挥才智;邦无道时退隐。潘岳比不上他们,邦无道时也在做官,到邦有道时被罢免,所以显出"智"不足,"拙"有余。从他的《闲居赋》序里看,他读书得闲,确有所见,这是"锋发";从《闲居赋》开头看,善于用韵语,是"韵流"。但是他的"锋发而韵流",只显示他的"轻敏"。

因为他性情轻躁，向上爬，爬不上去，所以感叹自己的"拙"。也认为向上爬不对，所以对贤人宁武子、蘧伯玉，又感到脸皮厚，内愧。这样写，显出他的风格轻敏浮华，正是他的性情的表现。

《文心雕龙·体性》称："士衡矜重，故情繁而辞隐。"又《才略》称："陆机才欲窥深，辞务索广，故思能入巧而不制繁。"《晋书·陆机传》："（机）服膺儒术，非礼不动。"性格是拘谨的。钟嵘《诗品》称他："才高词赡，举体华美。气少于公干，文劣于仲宣。尚规矩，不贵绮错，有伤直致之奇。然其咀嚼英华，厌饫膏泽，文章之渊泉也。"如《赠从兄车骑》诗：

孤兽思故薮，离鸟悲旧林。翩翩游宦子，辛苦谁为心。仿佛谷水阳，婉娈昆山阴。营魄怀兹土，精爽若飞沉。寤寐靡安豫，愿言思所钦。感彼归途艰，使我怨慕深。安得忘归草，言树背与襟。斯言岂虚作，思鸟有悲音。

这首诗是陆机送给从兄车骑将军陆士光的。诗里说"翩翩游宦子"，指从兄在晋朝做官。诗里写了思乡的感情，用了"孤兽思故薮，离鸟悲旧林"两个比喻；又提到"谷水""昆山"，谷水是长谷水，昔陆逊陆凯居此，是陆机的祖居。昆山在长谷水东，是陆逊家祖坟葬地，这几句还是写思乡。"感彼归途艰"，还在写思归。"安得忘归草，言树背与襟"，想得到萱草，种在故家的屋后堂前，也指思归。这样反复讲，所以说"情繁"。在朝廷做官,为什么这样反复讲思归呢?他说:"斯言岂虚作,思鸟有悲音。"他这样说不是空话,是有意的,这个意是什么,诗里没有说,所以说"辞隐"。陆机在晋朝做官,感到朝政的混乱,所以思归,但在诗里不便明言。这种情繁而辞隐的写法,跟他矜重的性情有关,他的风格是矜重繁隐的。

以上是刘勰讲作家的风格,根据作家不同的性情和才华,结合作品来讲作家的风格,讲得比较概括简要,这是当时讲作家风格的特色。此后如钟嵘《诗品》,也讲到作家风格,讲曹植:"骨气奇高,词采华茂,情兼雅怨,体被文质,粲溢古今,卓尔不群。"这里讲的"骨气",相当于刘勰讲的"风骨",风骨指作品的情和辞说,下面还是讲词情,不大讲作者的个性,所以对作品情辞虽讲得较详,对作者的个性还是忽略,还不如刘勰注意作者的性情。再像严羽的《沧浪诗话》,在《诗体》里讲到,"以人而论,则有苏李体、曹刘体、陶体、谢体"等,是属于作家风格的,但没有说明,比刘勰和钟嵘讲得更简。

李白

对作家风格谈得较详的,当推清代赵翼的《瓯北诗话》,卷一《李青莲诗》称:

诗之不可及处,在乎神识超迈,飘然而来,忽然而去,不屑屑于雕章琢句,亦不劳劳于镂心刻骨,自有天马行空,不可羁勒之势。……青莲一生本领,即在五十九首《古风》之第一首,开口便说大雅不作……直欲于千载后上接风、雅。盖自信其才分之高,趋向之正,足以起八代之衰,而以身任之,非徒大言欺人也。

青莲集中古诗多,律诗少。……盖才气豪迈,全以神运,自不屑束缚于格律对偶,与雕绘者争长。然有对偶处,仍自工丽,且工丽中别有一种英爽之气,溢出行墨之外。如"洗兵条支海上波,放马天山雪中草"(《战城南》);"天兵照雪下玉关,虏箭如沙射金甲"(《胡无人》);"边月随弓影，胡霜拂剑花"（《塞下曲》）；"笛奏龙吟水，箫鸣凤下空"(《宫中行乐词》)；何尝不研炼，何尝不精采耶？……

诗家好作奇句警语，必千锤百炼而后能成。……青莲则不然。如……"举手弄清浅，误攀织女机"（《游泰山》），"一风三日吹倒山，白浪高于瓦官阁"（《横江词》），皆奇警极矣，而以挥洒出之，全不见其锤炼之迹。其他刻露处，如"长风入短袂，两手如怀冰"（《新平少年》），"客土植危根，逢春犹不死"（《树中草》）……皆人所百思不到，而入青莲手，一若未经构思者。后人从此等处悟入，可得其真矣。

……青莲深于乐府，故亦多征夫怨妇惜别伤离之作，然皆含蓄有古意。如……《劳劳亭》之"春风知别苦，不遣柳条青"，《春思》之"春风不相识，何事入罗帏"。皆酝藉吞吐，言短意长，直接国风之遗。少陵已无此风味矣。……

青莲胸怀洒落，虽经窜徙，亦不甚哀痛。……及半道赦归，即有"我且为君槌碎黄鹤楼，君亦为我倒翻鹦鹉洲"之句。又《自汉阳病酒归，寄王明府》云："去岁左迁夜郎道，今年赦放巫山阳。"其下即云："愿扫鹦鹉洲，与君醉千场。莫惜连船沽美酒，千金一掷买群芳。"其豪气依然如故也。

从以上所引的诗看，赵翼讲李白诗的风格，是注意李白的性格的。讲他性格的豪放，称为"才气豪迈"，用"天马行空"来比；又称"别有一种英爽之气"，这也跟性格有关。又称"胸怀洒落"，称"豪气"，即指出他性格的特色。

再结合他的创作诗来看，提到他的"神识超迈"，是学识的卓越，趋向的正确，加上"英爽之气"，构成"才分之高"。提到他的诗，有《战城南》的"洗兵条支海上波，放马天山雪中草"。极写战争地域的广远，直到西海和天山。对仗工丽，又显出有英爽之气，这就跟他的性格有联系，也跟他的才华结合了。《战城南》又说："士卒涂草莽，将军空尔为。乃知兵者是凶器，圣人不得已而用之。"把"一将功成万骨枯"，说成"将军空尔为"，这是从另一角度来否定一将功成。萧士赟曰："开元、天宝中，上好边功，征伐无时，此诗盖以讽也。"这里就显出李白的识力。这样，结合作品指出李白的性情、才华、识力构成李白的风格。再像《游泰山》之六，写夜游泰山，看到天上的星和银河，想象飞腾："扪天摘匏瓜，恍惚不忆归。举手弄清浅，误攀织女机。"夸张地写泰山的高，想象举手可以碰到天上的匏瓜五星，这五星既称匏瓜，好像匏瓜那样可以摘取了。又好像举手就可碰到银河，《古诗十九首》称"河汉清且浅"，那自然可以弄银河的清浅水了。织女三星在银河北，织女在天上织锦，那手抬起来可以碰到织女机了。这样奇特的想象，在李白诗中十分普遍。这样的想象飞腾，是跟他的才气豪迈结合的。

再像《树中草》："鸟衔野田草，误入枯桑里。客土植危根，逢春犹不死。草木虽无情，因依尚可生。如何同枝叶，各自有枯荣。"胡震亨曰:"此诗虽拟旧题,而借讽同根,辞意尤微。"这是讲同根的枝叶各有枯荣,与曹植七步诗的同根生的豆和豆萁的相煎意不同,别有所讽。这又显示他的善于运思。又像《春思》:"燕草如碧丝,秦桑低绿枝。当君怀归日,是妾断肠时。春风不相识,何事入罗帏?"萧士赟曰:"燕北地寒,生草迟,秦地柔桑低绿之时,燕草方生,兴其夫方萌怀归之志,犹燕草之方生,妾则思君之久,犹秦桑之已低绿也。末句喻此心贞洁,非外物所能动。此诗可谓得《国风》不淫不诽之体矣。"这首诗,在用燕草秦桑来引起时,里面已含有情思,这种情思的深浅在下面点明。结合春思,又提到春风,又有寓意。这里又显示他含意深远的写法。但虽写思妇的柔情,还是风格清新,不显得愁苦,这与他的胸怀洒落有关。这样结合性格、才华、识力、技巧来论诗,较为全面,认为李白诗的风格豪放飘逸。

杜甫

《瓯北诗话》卷二《杜少陵诗》,讲杜甫诗的风格:

> 宋子京《唐书·杜甫传赞》,谓其诗"浑涵汪茫,千汇万状,兼古今而有之"。大概就其气体而言。……盖其思力沉厚,他人不过说到七八分者,少陵必说到十分,甚至有十二三分者。其笔力之豪劲,又足以副其才思之所至,故深人无浅语。……思力所到,即其才分所到,有不如是则不快者。此非性灵中本有是分际、而尽其量乎?……
>
> 一题必尽题中之义,沉着至十分者,如《房兵曹胡马》,既言"竹批双耳""风入四蹄"矣,下又云:"所向无空阔,真堪托死生。"……以至称李白诗"笔落惊风雨,诗成泣鬼神"……《赴奉先县》云:"朱门酒肉臭,路有冻死骨。"……此皆题中应有之义,他人说不到,而少陵独到者也。
>
> 有题中未必有此义,而铭心刻骨,奇险至十二三分者,

如《望岳》之"荡胸生层云,决眦入归鸟"。《登慈恩寺塔》之"七星在北户,河汉声西流"。……《登白帝城楼》之"扶桑西枝对断石,弱水东影随长流"。扶桑在东而曰"西枝",弱水在西而曰"东影",正极言其地之高、所眺之远。皆题中本无此义,而竭意摹写,宁过无不及,遂成此意外奇险之句,所谓十二三分者也。至于寻常写景,不必有意惊人,而体贴入微,亦复人不能到。如东坡所赏"四更山吐月,残夜水明楼","暗飞萤自照,水宿鸟相呼"等句,皆不甚经意,而已十分圆足,益可见其才力之独至也。

……杜诗五律,究以"江山有巴蜀,栋宇自齐梁"一联为最。东西数千里,上下数百年,尽纳入两个虚字中,此何等神力!其次则"星临万户动,月傍九霄多",亦有气势。……又七律中"五更鼓角声悲壮,三峡星河影动摇""锦江春色来天地,玉垒浮云变古今",亦是绝唱。

这里讲杜甫诗的风格,提到"浑涵汪茫""思力沉厚""笔力之豪劲"。又认为"思力所到,即其才分所到""出于性灵所固有"。这就把才华和气质相结合了。"才分"指才,性灵跟气质有关。"气有刚柔",那么杜甫诗的风格,主要是雄浑刚健而又沉着深厚。先就雄浑刚健说,叶梦得《石林诗话》卷下:

七言难于气象雄浑，句中有力，而纡徐不失言外之意。自老杜"锦江春色来天地，玉垒浮云变古今"与"五更鼓角声悲壮，三峡星河影动摇"等句之后，常恨无复继者。

按杜甫《登楼》"锦江春色"一联。已见前论作品风格"豪放"中。再像《阁夜》："五更鼓角声悲壮，三峡星河影动摇。野哭几家闻战伐，夷歌数处起渔樵。"上一联写所闻所见，五更天将晓时更感到鼓声的悲壮，在三峡的江水里看到星河的倒影在动摇。下一联写听到野哭和夷歌时的感触，从野哭中感到战伐，从夷歌中想见有渔樵起来。上联写景物，下联写感触，这两联的关系也在有无之间。鼓角声的悲壮跟战伐有关，所以造成野哭。夷歌起自渔樵，跟三峡有关。这样，上联不仅雄浑，也有含意了。

再就沉着深厚说，如《房兵曹胡马》：

胡马大宛名，锋棱瘦骨成。竹批双耳峻，风入四蹄轻。所向无空阔，真堪托死生。骁腾有如此，万里可横行。

这首诗写房兵曹的胡马，这匹马是从大宛来的名马，双耳像竹筒削成的小而尖，骨架瘦劲，四蹄轻快，奔腾如风，这是写马的骨相。再写马的奔跑，能够跳过溪涧即空阔处，主人可以生命相托。它的骁勇飞腾，可以横行万里。"所向"

一联是写马，已不限于写马，所谓沉着到十分的。

又《自京赴奉先县咏怀》："朱门酒肉臭，路有冻死骨。"《瓯北诗话》称："此语本有所自。《孟子（梁惠王上）》：'狗彘食人食而不知检，涂有饿莩而不知发。'……而一入少陵手，便觉惊心动魄，似从古未经人道者。"杜甫这两句，它的用意前人虽也讲过，但就形象的鲜明、对比的强烈讲，杜甫这两句更为突出，所以说是沉着至十分者。再像《望岳》："荡胸生层云，决眦入归鸟。"杜甫在山下望泰山，没有登上山。层云是在山上，在山下望时，想象飞腾，好像已经登上泰山，感到层云飘荡在胸前。归鸟是归林之鸟，这也是想象如在山上，睁大眼眶看到归林之鸟。这是在山下远处所看不到的，所以说"题中未必有此义，而铭心刻骨，奇险至十二三分者"。如《白帝城最高楼》："峡坼云霾龙虎卧，江清日抱鼋鼍游。扶桑西枝对断石，弱水东影随长流。"这诗写白帝城最高楼极高，上联写近景，峡如山的坼裂，被云封着的峡石，像龙虎卧着，"云霾"写峡的高。峡中江清，水中石在波浪冲击下，好像鼋鼍在游动，日光倒映在江中石上，像抱着鼋鼍在浮游。这里把石头比作龙虎鼋鼍，已是想象。下联写远景，全是想象了。说想象看到东面扶桑的西枝对着断石，西面弱水中的东影跟着水波长流。扶桑、弱水都是神话中的树和水，那全是想象。所以说是"铭心刻骨，奇险至十二三分者"。又如《月》："四更山吐月，残夜水明楼。尘匣元开镜，风帘自上钩。"这是写阴历二十四五日的夜里的月，月如钩，四更时月出，月照水而光映于楼，称"水明楼"。月穿云而出，如匣边露镜；月如钩在帘上，如钩上风帘。这里写得极为真切，所谓"十分圆足"，显得才思的深切。这些都构成杜甫的风格"浑涵汪茫"，沉着深厚。

韩愈

《瓯北诗话》卷三《韩昌黎诗》：

至昌黎时，李、杜已在前，纵极力变化，终不能再辟一径。惟少陵奇险处，尚有可推扩，故一眼觑定，欲从此辟山开道，自成一家，此昌黎注意所在也。然奇险处亦自有得失。盖少陵才思所到，偶然得之；而昌黎则专以此求胜，故时见斧凿痕迹，有心与无心异也。其实昌黎自有本色，仍在文从字顺中，自然雄厚博大，不可捉摸，不专以奇险见长。……

盘空硬语，须有精思结撰。若徒捃摭❶奇字，诘曲其词，务为不可读以骇人耳目，此非真警策也。……《送无本师》云："鲲鹏相摩窣❷，两举快一啖。"形容其诗力之豪健也。……《竹簟》云："倒身甘寝百疾愈，却愿天日恒炎曦。"谓因竹簟可爱，转愿天不退暑，而长卧此也。此已不免过火，然思力所至，宁过毋不及，所谓矢在弦上，不得不发也。……其实《石鼓歌》等杰作,何尝有一语奥涩,而磊落豪横,自然挫笼万有。又如《喜雪献裴尚书》《咏月和崔舍人》以及《叉鱼》《咏雪》等诗,更复措思极细,遣词极工,虽工于试帖者,亦逊其稳丽。此则大才无所不办,并以见诗之工,固在此不在彼也。……

自沈、宋创为律诗后,诗格已无不备。至昌黎又斩新开辟,务为前人所未有。……如《南山诗》连用数十"或"字,《双鸟诗》连用"不停两鸟鸣"四句,《杂诗》四首内一首连用五"鸣"字,《赠别元十八》诗连用四"何"字,皆有意出奇,另增一格。《答张彻》五律一首,自起至结,句句对偶,又全用拗体,转觉生峭。此则创体之最佳者。

❶ 挦撦(xián zhí):犹挦扯,生拉硬拽。
❷ 窣(sū):纵跃。

这里讲韩愈诗的风格,"雄厚博大"和"奇险"。就"雄厚博大"说,是"磊落豪横,自然挫笼万有",这就跟他的性格有关。就"奇险"说,是"思力所至,宁过毋不及",又"斩新开辟,务为前人所未有",这也跟性格有关。

韩愈诗的风格,也可从他的《荐士》诗里看到:

国朝盛文章,子昂始高蹈。勃兴得李杜,万类困陵暴。后来相继生,亦各臻阃奥❶。有穷者孟郊,受材实雄骜。冥观洞古今,象外逐幽好。横空盘硬语,妥帖力排奡❷。敷柔肆纡馀,奋猛卷海潦。荣华肖天秀，捷疾逾响报。行身践规矩，甘辱耻媚灶。孟轲分邪正，眸子看瞭眊❸。杳然粹而清，可以镇浮躁。

❶ 阃（kǔn）奥：内室深隐之处，引申指隐微深奥的境界。
❷ 排奡（ào）：矫健貌，指诗文风格刚劲有力。
❸ 瞭眊（liǎo mào）：眼珠明亮或不明。《孟子·离娄上》："胸中正，则眸子瞭焉；胸中不正，则眸子眊焉。"

在这首诗里，韩愈推重孟郊的诗。沈德潜《唐诗别裁》里认为："（横空）二语，昌黎自状其诗。"顾嗣立《寒厅诗话》："若公才大而力雄，思沉而笔锐，则庶乎可以配李杜而无惭矣。"认为这首诗里赞美孟郊的话，用孟郊来继承李杜，还嫌不够，由韩愈来继承李杜才恰当。即这里赞美孟郊的话，用来说韩愈自己的诗更恰当。诗里说："后来相继生，亦各臻阃奥。"即韩愈继承李杜，要另辟一径，于雄厚博大中求奇险。"受材实雄骜"，即韩愈的才力是雄杰的。"冥观洞古今，象外逐幽好"，即他的观察贯串古今，指学识之渊博；追逐到万象以外，用思极深刻。韩愈诗奇险的特色，一面是"横空盘硬语"，即奇横遒劲；一面又是"妥帖"而有力，奇特与妥帖结合。另一面又是敷柔与奋猛结合。"行身践规矩"，又跟他的品性结合。

韩愈《调张籍》诗里讲他推崇李杜诗，怎样有所取法道："徒观斧凿痕，不瞩治水航。想当施手时，巨刃磨天扬。垠崖划崩豁，乾坤摆雷硠。……精诚忽交通，百怪入我肠。刺手拔鲸牙，举瓢酌天浆。腾身跨汗漫，不著织女襄。"他对李杜的创作，徒然看到他们的斧凿痕迹，没有看到他们像大禹治水那样的整个工程。想象他们动手时，像用摩天的巨刃，劈开崖石，山崩时震动乾坤。他要追求李杜的创作精神，感到百怪入我肠，要转手拔鲸牙，举瓢酌天浆，想象飞腾。这些正说明韩愈诗的奇险。如《郑群赠簟》：

谁谓故人知我意，卷送八尺含风漪。呼奴扫地铺未了，光彩照耀惊童儿。青蝇侧翅蚤虱避，肃肃疑有清飙吹。倒身甘寝百疾愈，却愿天日恒炎曦。

这里把竹席称为"八尺含风漪"，"漪"是细浪。又说"青蝇侧翅蚤虱避"，都怕竹席。又疑竹席上"有清飙吹"。为了能够多睡竹席，希望天气老是炎热。这些正显示设想的奇特。又如《南山诗》，写山上石头的各种形态：

或连若相从，或蹙若相斗。或妥若弭伏，或竦若惊雊。或散若瓦解，或赴若辐辏。或翩若船游，或决若马骤。……

连用数十"或"字。再如《双鸟诗》：

雷公告天公，百物须膏油。自从两鸟鸣，聒乱雷声收。鬼神怕嘲咏，造化皆停留。草木有微情，挑抉示九州。虫鼠诚微物，不堪苦诛求。不停两鸟鸣，百物皆生愁；不停两鸟鸣，自此无春秋；不停两鸟鸣，日月难旋辀；不停两鸟鸣，大法失九畴。周公不为公，孔丘不为丘。天公怪两鸟，各捉一处囚。百虫与百鸟，然后鸣啾啾。两鸟既别处，闭声省怨尤。朝食千头龙，暮食千头牛。朝饮河生尘，暮饮海绝流。还当三千秋，更起鸣相酬。

连用"不停两鸟鸣"四句。《南山诗》的连用数十"或"字，是描绘石头的各种形态，石头的形状多种多样，用了数十"或"字，这种写法虽奇特，还可理解。《双鸟诗》设想的奇怪，更出常情。说"两鸟忽相逢，百日鸣不休"。这两鸟不停地叫了百天，使得天上不打雷了，蛰伏过冬的动物听不见雷声不活动了，百物皆生愁，没有春秋了，日月也不转动了，因此只能停止两鸟的鸣叫。这两鸟，"朝食千头龙，暮食千头牛"，这是《观物三昧经》和《海龙王经》中的神话，韩愈运用这种神话来写诗，正显出他的诗的奇险处。葛立方《韵语阳秋》："所谓双鸟者，退之与孟郊辈尔。所谓'不停两鸟鸣'等语，乃雷公告天公之言，甚其词以赞二鸟尔。"这是用极其夸张的手法来赞美自己和孟郊的诗，正显示他的诗的风格是奇险的。诗意表示他和孟郊两人的诗跟一般人的诗不同，他们的诗一出来，使一般人的诗不敢出来，夸张到这样，写得怪怪奇奇。

再看韩愈诗的"雄厚博大"，即"《石鼓歌》等杰作""磊落豪横，自然挫笼万有"。民国汪佑南《山泾草堂诗话》称《石鼓歌》："首段叙石鼓来历，次段写石鼓正面，三段从空中着笔作波澜，四段以感慨结。妙处全在三段凌空议论，无此即嫌平直。"按三段称：

鸾翱凤翥众仙下，珊瑚碧树交枝柯。金绳铁索锁钮壮，古鼎跃水龙腾梭。

这几句，注家认为是状石鼓文的。认为石鼓文不是一般的文字，极为珍贵，像众仙人乘鸾跨凤下来制作的，它的名贵像珊瑚碧树。它像大禹铸的九鼎已成为神物。《水经注·泗水》：九鼎沦没泗渊，秦始皇使数千人没水系而行之，未出，龙齿啮断其系。《晋书·陶侃传》：陶侃捕鱼得一织梭，挂于壁。有顷雷雨，梭变成龙，从屋而跃。这里指石鼓文也像古鼎，即用金绳铁索也锁不住它，它会像梭化龙那样，成为神物。那么《瓯北诗话》虽然称《石鼓歌》"何尝有一语奥涩"，还是有奇险的句子的。

陈师道《后山诗话》："韩以文为诗。"如《山石》：

山石荦确行径微，黄昏到寺蝙蝠飞。升堂坐阶新雨足，芭蕉叶大栀子肥。僧言古壁佛画好，以火来照所见稀。铺床拂席置羹饭，疏粝亦足饱我饥。夜深静卧百虫绝，清月出岭光入扉。天明独去无道路，出入高下穷烟霏。山红涧碧纷烂漫，时见松枥皆十围。当流赤足踏涧石，水声激激风吹衣。人生如此自可乐，岂必局束为人鞿。嗟哉吾党二三子，安得至老不更归。

方东树《昭昧詹言》："只是一篇游记，而叙写简妙，犹是古文手法。"又称："不事雕琢，自见精彩，真大家手笔。"韩愈诗的又一特色，即"以文为诗"。所谓"犹是古文手法"，但"不事雕琢，自见精彩"，是他的特点之一。张戒《岁寒堂诗话》："退之诗，大抵才气有余，故能擒能纵，颠倒崛奇，无施不可。放之则如长江大河，澜翻汹涌，滚滚不穷；收之则藏形匿影，乍出乍没，姿态横生，变怪百出，可喜可愕，可畏可服也。"这是对韩愈诗的奇险与雄厚博大与以文为诗的总的阐发。说他的以文为诗，即他的诗如他的文，他的文也是如长江大河，澜翻汹涌的。说他的诗如长江大河，正显出他的诗雄厚博大。在雄厚博大中又是变怪百出，正显示他的诗的奇险来。这一切又跟他的才气有关，跟他的性格有关，构成他的风格雄厚博大，奇险变怪。

白居易

《瓯北诗话》卷四《白香山诗》：

中唐诗以韩、孟、元、白为最。韩、孟尚奇警，务言人所不敢言；元、白尚坦易，务言人所共欲言。试平心论之，诗本性情，当以性情为主。奇警者，犹第在词句间争难斗险，使人荡心骇目，不敢逼视，而意味或少焉。坦易者，多触景生情，因事起意，眼前景，口头语，自能沁人心脾，耐人咀嚼。此元、白较胜于韩、孟。世徒以轻俗訾之，此不知诗者也。……

香山诗名最著……盖其得名，在《长恨歌》一篇。其事本易传，以易传之事，为绝妙之词，有声有情，可歌可泣。文人学士既叹为不可及，妇人女子亦喜闻而乐诵之，是以不胫而走，传遍天下。又有《琵琶行》一首助之。……惟香山诗则七律不甚动人，古体则令人心赏意惬，得一篇辄爱一篇，几于不忍释手。盖香山主于用意，用意则属对排偶，转不能纵横如意；而出之以古诗，则惟意所之，辨才无碍。且其笔快如并剪，锐如昆刀，无不达之隐，无稍晦之词；工夫又锻炼至洁，看是平易，其实精纯。

这里提到白居易"尚坦易"。《旧唐书·白居易传》："居易幼聪慧绝人，襟怀宏放。"即他的性格是坦率宏放的，这跟他的作品有关。"坦易者，多触景生情，因事起意。眼前景，口头语，自能沁人心脾，耐人咀嚼。"他的性情坦易，那他的诗怎么又得罪人呢？他在《与元九书》里说："闻《秦中吟》，则权豪贵近者相目而变色矣。""闻《宿紫阁村》诗，则握军要者切齿矣。"这又跟他的"襟怀宏放"有关。因为坦易，把心里话说出来，不加隐讳。因为宏放，他的注意力就放在国计民生上。这样，他把人民疾苦坦率地写出来，就要得罪人了。如《宿紫阁山北村》：

中庭有奇树，种来三十春。主人惜不得，持斧断其根。口称采造家，身属神策军。"主人慎勿语，中尉正承恩！"

这里直接写出太监统率的士兵，在民间进行掠夺的罪行，坦率地写出，不加隐讳，自然引起握军要者切齿了。这里又指出白居易的得名，由于他写了《长恨歌》和《琵琶行》，"有声有情，可歌可泣"。这里含有他写的讽喻诗的影响，不如

《长恨歌》等篇。因此《唐诗三百首》里选了《长恨歌》《琵琶行》，没有选他的讽喻诗。从艺术性的角度看，讽喻诗比较浅露直率，缺少含蓄，艺术性较差。《长恨歌》《琵琶行》"其事本易传，以易传之事，为绝妙之词"，是叙事诗。他工于叙事，描写人物、情节、背景，极为生动传神。又不像讽喻诗那样把他的用意在诗中点明，像《长恨歌》，只要把故事叙述出来，叙述得有声有情，这就够了。至于作者的用意，不用在诗里点明，含蓄在叙述中，这就更符合诗的要求，更富有艺术性。这跟他秉性坦易，富有感情有关。因为坦易而富有感情，把事件叙述得生动而有情味，就能感人，使人爱读。这里指出"盖香山主于用意""惟意所之"，这个"意"是指情意说的。在写人物和背景时，都富有感情。如《长恨歌》："黄埃散漫风萧索，云栈萦纡登剑阁。峨嵋山下少人行，旌旗无光日色薄。""鸳鸯瓦冷霜华重，翡翠衾寒谁与共？"写背景都富有感情。又如"玉容寂寞泪阑干，梨花一枝春带雨"，写人物善用比喻，也有感情，写得极为动人。再如《琵琶行》，工于描写音乐：

大弦嘈嘈如急雨，小弦切切如私语。嘈嘈切切错杂弹，大珠小珠落玉盘。间关莺语花底滑，幽咽泉流冰下难。冰泉冷涩弦凝绝，凝绝不通声渐歇。别有幽愁暗恨生，此时无声胜有声。银瓶乍破水浆迸，铁骑突出刀枪鸣。曲终收拨当心画，四弦一声如裂帛。东船西舫悄无言，唯见江心秋月白。

这是对音乐描写极为精彩的历代传诵的段落。它善于写出琵琶声的种种变化，有大弦小弦的错杂弹的，有声音低沉的，低沉到几乎声渐歇的，有突起高昂的，有曲终的四弦一声的。又工于运用各种各样的比喻，如急雨、私语、珠落玉盘、莺语花底、泉流冰下、银瓶乍破、铁骑突出、裂帛，这是博喻，运用多种多样的比喻把音乐声描绘出来。在描绘中又运用通感的手法，如"间关莺语"是听觉，"花底滑"的"滑"是触觉，"幽咽泉流"是听觉，"冰泉冷涩"是触觉，都是听觉通于触觉了。"幽咽"是感觉，是听觉通于感觉了。"刀枪鸣"是听觉，"铁骑突出"是视觉，是听觉通于视觉了。在这种对音乐的描写里，又富有感情，如"幽咽""幽愁暗恨"就是。又善于用陪衬，如"东船西舫悄无言，唯见江心秋月白"，衬出琵琶所奏音乐的感动人的力量。这样工于描写，显示作者卓越的艺术才华，使《琵琶行》成为传诵的名篇。这也是跟作者的富有感情相结合的。白居易的诗，主要风格在风华明丽、描绘精纯上，在艺术上，他的主要成就不在讽喻诗上。

○
李贺

《瓯北诗话》里没有谈李贺诗,对李贺诗研究得最精深的当推钱锺书先生的《谈艺录》。

> 长吉穿幽入仄,惨淡经营,都在修辞设色,举凡谋篇命意,均落第二义。……余尝谓长吉文心,如短视人之目力,近则细察秋毫,远则大不能睹舆薪;故忽起忽结,忽转忽断,复出傍生,爽肌戛魄之境,酸心刺骨之字,如明珠错落。与《离骚》之连犿荒幻,而情意贯注、神气笼罩者,固不类也。……盖长吉振衣千仞,远尘氛而超世网,其心目间离奇倣诡,鲜人间事。所谓千里绝迹,百尺无枝,古人以与太白并举,良为有以。若偶然讽喻,则又明白晓畅,如《马诗》二十三绝,借题抒意,寄托显明。(《谈艺录·李长吉诗》)

戈蒂埃(Gautier)作诗文,好镂金刻玉。……窃以为求之吾国古作者，则长吉或其伦乎。如《李凭箜篌引》之"昆山玉碎凤凰叫""石破天惊逗秋雨"……《唐儿歌》之"头玉硗硗眉刷翠"；《南园》之"晓月当帘挂玉弓"；《十二月乐词》之"香汗沾宝粟""夜天如玉砌"；《秦王饮酒》之"羲和敲日玻璃声"；《马诗》之"向前敲瘦骨，犹自带铜声"；《勉爱行》之"荒沟古水光如刀"……此外动字、形容字之有硬性者，如《箜篌引》之"空山凝云颓不流"；《忆昌谷山居》之"扫断马蹄痕"；《剑子歌》之"隙月斜明刮露寒"；《雁门太守行》之"黑云压城城欲摧""塞上燕脂凝夜紫""霜重鼓寒声不起"……皆变轻清者为凝重，使流易者具锋芒……长吉之屡用"凝"字，亦正耐寻味。至其用"骨"字、"死"字、"寒"字、"冷"字句，多不胜举，而作用适与"凝"字相通。……夫鲍家（照）之诗，"操调险急"。长吉化流易为凝重，何以又能险急。曰斯正长吉生面别开处也。其每分子之性质，皆凝重坚固；而全体之运动，又迅疾流转。故分而视之，辞藻凝重；合而咏之，气体飘动。此非昌黎之长江秋注，千里一道也；亦非东坡之万斛泉源，随地涌出也。此如冰山之忽塌，沙漠之疾移，势挟碎块细石而直前，虽固体而具流性也。故其动词如"石破天惊逗秋雨""老鱼跳波瘦蛟舞""露脚斜飞湿寒兔""自言汉剑当飞去""苔色拂霜根""宫花拂面送行人""烟底蓦波乘一叶""光风转蕙百余里""暖雾驱云扑天地"……"东关酸风射眸子""直贯开花风"……"飞"也、"扑"也、"蓦"也、"舞"也,皆飘疾字,至"逗"字、"贯"字、"射"字,又于迅速中含坚锐。长吉言物体多用"凝"字、"死"字,言物态则凝死忽变而为飞动。此若人手眼。(《谈艺录·长吉字法》)

长吉赋物,使之坚,使之锐,余既拈出矣。而其比喻之法,尚有曲折。……如《天上谣》云:"银浦流云学水声。"云可比水,皆流动故,此外无似处;而一入长吉笔下,则云如水流,亦如水之流而有声矣。《秦王饮酒》云:"羲和敲日玻璃声。"日比琉璃,皆光明故;而来长吉笔端,则日似玻璃光,亦必具玻璃声矣。同篇云:"劫灰飞尽古今平。"夫劫乃时间中事,平乃空间中事;然劫既有灰,则时间亦如空间之可扫平矣。(《谈艺录·长吉曲喻》)

钱先生论李贺诗,有独特见解,多为前人所未发。如说李贺诗的"离奇俶诡,鲜人间事",即"长吉纯从天运着眼,亦其出世法,远人情之一端也"。这里指出,李贺讲"年命之短,世变无涯",不是从人世方面说,而从自然变化方面说,如《天上谣》"海尘新生石山下";如《浩歌》:"南风吹山作平地,帝遣天吴移海水"。他讲沧海变桑田,是自然变化,这种变化是极长期造成的,他却说成是眼前的事,说成"新生",说成"吹山作平地",说成"天吴移海水",这是一种神奇的想象。这种想象还是从"光阴之速,年命之短,世变无涯"来的,不过他的着眼点放在"天运"上,这有与李白相同而又不同之处。钱先生指出:"李太白亦有《日出入行》,略谓:'人非元气,安得与之久徘徊。草不谢荣于春风,木不怨落于秋天。''鲁阳何德,驻景挥戈。逆道违天,矫诬实多。吾将囊括大块,浩然与溟涬同科。'"(《谈艺录·长吉年命之嗟》)这是说,自然的变化很快,人的生命短促,不能跟自然长久徘徊。但草木都跟着自然的变化而变化,因此说,鲁阳挥戈,能使日倒退,这是胡说,不可信。我将跟着自然的变化而变化。这里李白也从自然的变化来说,跟李贺的从"天运"来说是相同的。但李白只是一般地说,李贺加上想象,把自然界的长期形成的变化,说成就在眼前所见,是不同。钱先生又指出:李白"乘化顺时,视长吉之感流年而欲驻急景者,背道以趣"(同上)。如李贺的《苦昼短》:"天东有若木,下置衔烛龙。吾将斩龙足,嚼龙肉,使之朝不得回,夜不得伏。自然老者不死,少者不哭。"与李白的顺着自然变化的想法不同,在悲叹年命的短促。这显出他的设想和想象的一个特色。钱先生又指出李贺诗用凝重的辞藻,结合流动的词,构成飘动的气体,既是用词凝重,而又操调险急,这又是一个特色。钱先生又指出李贺诗善用曲喻,他用比喻,由一端生发出另一端来,这又是他的特殊的想象。钱先生讲李贺诗不止这些。就这些看,显示李贺诗的风格,虚幻荒诞,词诡调激,凝重险急。

杜牧

《瓯北诗话》卷十一《杜牧诗》：

杜牧之作诗，恐流于平弱，故措词必拗峭，立意必奇辟，多作翻案语，无一平正者。方岳《深雪偶谈》所谓"好为议论，大概出奇立异，以自见其长"也。如《赤壁》云："东风不与周郎便，铜雀春深锁二乔。"《题四皓庙》云："南军不袒左边袖，四老安刘是灭刘。"《题乌江亭》云："胜败兵家事不期，包羞忍耻是男儿。江东子弟多才俊，卷土重来未可知。"此皆不度时势，徒作异论，以炫人耳，其实非确论也。惟《桃花夫人庙》云："细腰宫里露桃新，脉脉无言度几春。至竟息亡缘底事？可怜金谷坠楼人！"以绿珠之死，形息夫人之不死，高下自见；而词语蕴藉，不显露讥讪，尤得风人之旨耳。

赵翼在这里称杜牧的诗，词必拗峭，避免平弱，这是对的。评杜牧《题桃花夫人庙》诗,赞美石崇的爱妾绿珠抗拒有权势的孙秀的掠夺,跳楼自杀来报答石崇,胜过息夫人被楚王掠夺,顺从楚文王。肯定这诗是对的。但批评杜牧《赤壁》等诗是不公允的。杜牧在这几首绝诗里像是发议论,作翻案,其实是表达他的情思,还是抒情的。如"东风不与周郎便,铜雀春深锁二乔"。在这里含有周瑜赤壁之战大破曹操,是有天幸的意思,假如那时没有东风,不能用火攻,东吴就有覆灭的危险。这里表达出他对周瑜破曹的一种新的看法,是议论,但它是结合东风、铜雀台、二乔这种想象来的,不同于抽象的议论,是诗的。再像"南军不袒左边袖,四老安刘是灭刘"(《题商山四皓庙一绝》)。刘邦爱少子如意,想废太子惠帝立如意为太子。张良建议吕后请商山四皓来辅佐太子,使太子的位子稳固,这是四皓安刘。这样,惠帝即位,大权落在吕后手里,吕后重用吕产、吕禄掌兵权。吕后死了,太尉周勃入北军,下令军中曰:"为吕氏右袒,为刘氏左袒。"军中皆左袒为刘氏。周勃因得将兵诛诸吕,安刘氏。倘吕产、吕禄不放弃兵权,或军中右袒为吕氏,那么吕家就要夺刘家政权,要灭刘了。在这里,杜牧表达了对四皓安刘的另一看法,是议论,但通过南(当作北)军左袒、四皓安刘来说,是诗的。再像"江东子弟多才俊,卷土重来未可知",这里表达了对项羽的同情,可惜他的乌江自刎。这几首诗,都表达了他对历史人物和事件的独特看法,结合具体事件来反映他的情思,是诗的议论，有爱憎感情在内，不能用"非确论"来加以否定，因为这是诗，不是议论文，诗要求反映作者的独特感受，不同于议论文的求确论。

杜牧的七绝，有本于传说而含蓄深婉的，如《过华清宫绝句三首》其一：

长安回望绣成堆，山顶千门次第开。一骑红尘妃子笑，无人知是荔枝来。

按宋代程大昌《程氏考古编》称，说者谓明皇以十月幸华清，涉春辄回，是荔枝熟时，未尝在骊山。然袁郊作《甘泽谣》，称：天宝十四年六月一日，贵妃诞辰，驾幸骊山，进新曲，未有名。会南海献荔枝，因名《荔枝香》。那么杜牧这诗，根据当时传说所作，讥讽明皇致远物来讨好妃子，这个意思写得含蓄。又如《泊秦淮》：

烟笼寒水月笼沙，夜泊秦淮近酒家。商女不知亡国恨，隔江犹唱《后庭花》。

这里写秦淮河的荒凉，只有烟笼月照，衬出南朝陈后主的亡国恨，在酒家歌女唱《玉树后庭花》中透露。这里含有陈后主荒淫亡国的感慨，也写得含蓄深婉。像结合自己经历

来写的,如《初冬夜饮》:

淮阳多病偶求欢,客袖侵霜与烛盘。砌下梨花一堆雪,明年谁此凭阑干?

这首诗显示他的用典,极为自然。《汉书·汲黯传》:"迁为东海太守……黯多病,卧阁内不出……召黯拜为淮阳太守,黯伏谢不受印绶,诏数强予,然后奉诏。"第一句借汲黯来自比,是用典,暗指自己屡次出任外郡,由黄州、池州到睦州,正像汲黯被迫外调的不得已。客袖句指自己的孤独寂寞。下面用的是暗喻,本是雪似梨花,却说成"砌下梨花一堆雪",加上"明年谁此凭阑干",有漂泊无定,明年又不知调往何处的感叹,呼应上文用典,还是含蓄深婉的。

杜牧的七律,有用比兴手法,含义深沉的,如《早雁》:

金河秋半虏弦开,云外惊飞四散哀。仙掌月明孤影过,长门灯暗数声来。须知胡骑纷纷在,岂逐春风一一回。莫厌潇湘少人处,水多菰米岸莓苔。

这首诗借早雁来比人民。武宗会昌二年(公元842年)八月,回纥南侵,大肆掳掠。边地人民南逃,正像早雁的南飞。仙掌,汉未央宫有仙人掌托承露盘来取露。长门,汉有长门宫。

指南逃的人民，逃到京城一带，感叹朝廷不能保护人民。从胡骑的侵略，说明人民无家可归，只在南方寄居。情哀辞丽，气韵跌宕昭彰。又如《题宣州开元寺水阁阁下宛溪夹溪居人》：

六朝文物草连空，天淡云闲今古同。鸟去鸟来山色里，人歌人哭水声中。深秋帘幕千家雨，落日楼台一笛风。惆怅无因见范蠡，参差烟树五湖东。

这首诗写杜牧在开成三年（公元838年）做宣州团练判官时的感触。感叹六朝的繁华都完了，但风物之美还是今古相同的。山色里有鸟的来去，水声中有人的歌哭，像陶渊明在《归去来兮辞》里指出"鸟倦飞而知还"，即鸟的来去；像《礼记·檀弓下》讲"晋献文子成室"，文子即赵武，晋国名臣赵盾之孙，有名的"赵氏孤儿"。赵武归晋复位，筑室新成，张老说"歌于斯，哭于斯"，即人的歌哭，这是今古相同的。那里有千家帘幕，落日楼台，在风送笛声中，感叹范蠡的功成身退，归隐五湖。这诗吊古伤今，情景交融，归结到范蠡的功成身退，感慨遥深，寄托着自己有才，不能如范蠡的建功立业。

杜牧《献诗启》里说："某苦心为诗，本求高绝，不务奇丽，不涉习俗，不今不古，处于中间。"他要独辟新的境界，有新的意味，所以称为"高绝"。他的七绝有新的意味，或即此意。

他的"不务奇丽",或不学李贺的奇丽;"不涉习俗",或不涉于元稹、白居易的风华流靡;"不今不古"即求独创。他的独创风格,即俊爽峭健,豪宕逸丽。刘熙载《艺概》卷二称:"杜樊川诗雄姿英发,李樊南诗深情绵邈。"与李商隐齐名。

○
李商隐

《瓯北诗话》里也没有谈李商隐诗。钱锺书先生在《谈艺录》里谈到了。

《锦瑟》一篇借比兴之绝妙好词,究风骚之甚深密旨,而一唱三叹,遗音远籁,亦吾国此体绝群超伦者也。(《谈艺录·长吉诗境补订》)

"锦瑟"喻诗,犹"玉琴"喻诗,如杜少陵《西阁》第一首:"朱绂犹纱帽,新诗近玉琴。"……锦瑟、玉琴,正堪俪偶。……而《锦瑟》一诗借此器发兴,亦正睹物触绪,偶由瑟之五十弦而感"头颅老大",亦行将半百。"无端"者,不意相值。所谓"没来由",犹今语"恰巧碰见"或"不巧碰上"也。首两句"锦瑟无端五十弦,一弦一柱思华年",言景光虽逝,篇什犹留,毕世心力,平生欢戚,"清和适怨",开卷历历,所谓"夫君自有恨,聊借此中传"。三四句"庄生晓梦迷蝴蝶,望帝春心托杜鹃",言作诗之法也。心之所思,情之所感,寓言假物,譬喻拟象;如庄生逸兴之见形于飞蝶,望帝沉哀之结体为啼鹃,均词出比方,无取质言。举事寄意,故曰"托";深文隐旨,故曰"迷"。……五六句"沧海月明珠有泪,蓝田日暖玉生烟",言诗成之风格或境界,犹司空表圣之形容《诗品》也。……兹不曰"珠是泪",而曰"珠有泪",以见虽凝珠圆,仍含泪热,已成珍饰,尚带酸辛,具宝质而不失人气。……"日暖玉生烟"与"月明珠有泪",此物此志,言不同常玉之冷、常珠之凝。喻诗虽琢磨光致,而须真情流露,生气蓬勃,异于雕绘汩性灵、工巧伤气韵之作。……七八句"此情可待成追忆,只是当时已惘然",乃与首二句呼应作结,言前尘回首,怅触万端,顾当年行乐之时,即已觉世事无常,抟沙转烛,黯然于好梦易醒,盛筵必散。登场而预有下场之感,热闹中早含萧索矣。(《谈艺录·说圆补订》)

李义山《柳枝》词云:"花房与蜜脾,蜂雄蛱蝶雌。同时不同类,那复更相思。"按斯意义山凡两用,《闺情》亦云:"红露花房白蜜脾,黄蜂紫蝶两参差。"窃谓盖汉人旧说。《左传》僖公四年:"风马牛不相及。"服虔注:"牝牡相诱谓之风。"《列女传》卷四齐孤逐女传:"夫牛鸣而马不应者,异类故也"……义山一点换而精彩十倍。(《谈艺录·黄山谷诗补注》)

至诗人修辞,奇情幻想,则雪山比象,不妨生长尾牙;满月同面,尽可装成眉目。英国玄学诗派之曲喻,多属此类。……而要以玉溪为最擅此,着墨无多,神韵特远。如《天涯》曰:"莺啼如有泪,为湿最高花。"认真"啼"字,双关出"泪湿"也;《病中游曲江》曰:"相如未是真消渴,犹放沱江过锦城。"坐实"渴"字,双关出沱江水竭也。《春光》曰:"几时心绪浑无事,得及游丝百尺长。"执着"绪"字,双关出"百尺长"丝也。(《谈艺录·黄山谷诗补注 附论比喻》)

李义山学昌谷(李贺),深染此习。如"幽泪欲干残菊露""湘波如泪色谬谬""夭桃惟是笑""蜡烛啼红怨天曙""蔷薇泣幽素""幽兰泣露新香死"……夫伟长(徐幹)之"思如水流",少陵之"忧若山来"……像物宜以拟衷曲,虽情景兼到,而内外仍判。只以山水来就我之性情,非于山水中见其性情;故仅言我正如山水境,而不知山水境亦自有其心,待吾心为映发也。(《谈艺录·长吉用啼泣字》)

(元好问)《鸳鸯扇头》:"双宿双飞百自由,人间无物比风流。若教解语终须问,有底愁来也白头。"……义山则另出心裁,《代赠》:"鸳鸯可羡头俱白,飞去飞来烟雨秋。"以白头为偕老之像而非多愁所致矣。(《谈艺录·遗山论江西派补订》)

钱先生论李商隐诗,称《锦瑟》诗是"借比兴之绝妙好词,究风骚之甚深密旨",即认为《锦瑟》不是悼亡诗,有像《离骚》那样的甚深密旨。又说:"遗音远籁,亦吾国此体绝群超伦者也。"即认为这首诗的音韵情思富有深远的情味,又认为"此体绝群超伦","此体"即指"无题"诗体,因《锦瑟》诗不是咏锦瑟,只是用诗的开头两字作题,也是无题诗,即认为李商隐的无题诗主要是像《离骚》有深远的寄托,不是爱情诗。又认为他的无题诗绝群超伦。对这几点需要加以说明。

先说《锦瑟》诗不是悼亡诗。说《锦瑟》是悼亡的理由:一,锦瑟二十五弦,断为五十弦,断弦即悼亡。二,讲庄生,用庄生妻死鼓盆而歌,即悼亡。三,"玉生烟"指化为异物,即悼亡。这三个理由结合诗来看都不能成立。"锦瑟无端五十弦":《汉书·郊祀志》:"泰帝使素女鼓五十弦瑟,悲,帝禁不止,故破其瑟为二十五弦。"是把五十弦破为二十五弦,减少了一半的弦,不是断弦,与断弦无关。"庄生晓梦迷胡蝶":《庄子·齐物论》:"昔者庄周梦为胡蝶,栩栩然胡蝶也。"栩栩是自得貌,讲自得。庄子鼓盆是《至乐》篇中的事,与《齐物论》里讲的"梦为胡蝶"是两回事,谈不上悼亡。"玉生烟"是玉还在,比喻玉的蓬勃有生气,不是"玉化烟",化烟是玉消失了,才可比悼亡,"玉生烟"也不是悼亡。悼亡说既不能成立,所以这首诗还是感慨生平,像钱先生讲的,是有"甚深密旨"的。

再说李商隐的《无题》诗,主要是有寄托的,不都是爱情诗,虽然其中也有爱情诗。如《无题》:

相见时难别亦难,东风无力百花残。春蚕到死丝方尽,蜡炬成灰泪始干。晓镜但愁云鬓改,夜吟应觉月光寒。蓬山此去无多路,青鸟殷勤为探看。

这首诗"春蚕到死"一联极为有名,有的读者作为爱情诗看。这首诗是不是爱情诗,关键在"蓬山"这个词上。倘把蓬山作为女方居处,即为爱情诗。蓬山究作何解,在《无题四首》中可证,今引其中之一、三、四首如下。

来是空言去绝踪,月斜楼上五更钟。梦为远别啼难唤,书被催成墨未浓。蜡照半笼金翡翠,麝熏微度绣芙蓉。刘郎已恨蓬山远,更隔蓬山一万重。

含情春晼晚,暂见夜阑干。楼响将登怯,帘烘欲过难。多羞钗上燕,真愧镜中鸾。归去横塘晓,华星送宝鞍。

何处哀筝随急管,樱花永巷垂杨岸。东家老女嫁不售,白日当天三月半。溧阳公主年十四,清明暖后同墙看。归来展转到五更,梁间燕子闻长叹。

这里引了《无题四首》中的一、三、四首，意在说明"蓬山"指什么。倘作为爱情诗，蓬山指女方住处。那么这里引的第二首，说"暂见夜阑干"，即在"北斗阑干"时相见，约指五更时相见。又说"楼响将登怯"，写他登楼相见，因楼上有人在伺候，所以称"楼响"；"帘烘欲过难"，因为楼上灯烛辉煌，所以感到帘内烘暖，要过帘去见不觉步子慢了。倘蓬山指女方住处，那他已登楼暂见，怎么说"更隔蓬山一万重"呢？倘蓬山指女方住处，他登楼去见女，女方住处怎么会"楼响""帘烘"呢？都讲不通了。按旧注：《后汉书·窦章传》："学者称东观为老氏藏室，道家蓬莱山。"那么蓬山指后汉的东观，唐人用来指翰林院。又上引第三首，点明《无题四首》的主旨是"东家老女嫁不售"，他自比老女，嫁不出去，即比作自己不能进入翰林院，好比老女嫁不售。上引的一首"蓬山此去无多路"，认为进入翰林院有希望，望令狐绹推荐。这里说"更隔蓬山一万重"，认为令狐绹不肯推荐，已经没有希望了。诗里说的登楼暂见，即登令狐绹的楼得以暂见，那是在令狐绹五更入朝前，所以写得那样气派。这样看来，上引的四首《无题》诗，都不是爱情诗，都是有所寄托的诗。别的《无题》诗也一样，以有寄托为主，所以钱先生称为"究风骚之甚深密旨"了。再看李商隐《无题》诗的"绝群超伦"。吴乔《西昆发微序》："夫唐人能自辟宇宙者，惟李、杜、昌黎、义山。义山始虽取法少陵，而晚能规模屈、宋，优柔敦厚，为此道之瑶草琪花。"指出商隐诗在李、杜外能独辟一种新的境界。这种风格是从李白、杜甫、白居易到韩愈、李贺等所不曾开创过的，它的特点是思深意远、情致缠绵，有百宝流苏的绮丽，有千丝织网的细密，有行云流水的空明，使读者回肠荡气，不能自已。它在唐诗中开辟了一种新境界，丰富了唐诗的艺术成就，这就是钱先生指出的商隐诗的艺术风格："借比兴之绝妙好词，究风骚之甚深密旨。"又指出商隐诗的比兴手法，有"一点换而精彩十倍"的，有运用曲喻而"神韵特远"的，有能"于山水中见其性情""待吾心为映发"的，有特出新意的，成了诗国中的瑶草琪花。

商隐的风格是风骚比兴，绮丽缠绵。

温庭筠

温庭筠词,《花间集》收六十六首。周济《介存斋论词杂著》:

词有高下之别,有轻重之别。飞卿下语镇纸,端己(韦庄)揭响入云,可谓极两者之能事。

皋文曰:"飞卿之词,深美闳约。"信然。飞卿酝酿最深,故其言不怨不怼,备刚柔之气。针缕之密,南宋人始露痕迹,《花间》极有浑厚气象。如飞卿则神理超越,不复可以迹象求矣。然细绎之,正字字有脉络。

刘熙载《艺概》卷四:

温飞卿词精妙绝人,然类不出乎绮怨。

王国维《人间词话》卷上:

张皋文谓"飞卿之词,深美闳约"。余谓此四字唯冯正中足以当之。刘融斋谓"飞卿精妙绝人",差近之耳。……"画屏金鹧鸪",飞卿语也,其词品似之。……温飞卿之词,句秀也。

这里对温庭筠的词的风格,有两种不同的评价。一种是张惠言(字皋文)《词选序》:"而温庭筠最高,其言深美宏约。"这是根据对温庭筠《菩萨蛮》的评语。

菩萨蛮

小山重叠金明灭,鬓云欲度香腮雪。懒起画蛾眉,弄妆梳洗迟。 照花前后镜,花面交相映。新贴绣罗襦,双双金鹧鸪。

张惠言《词选》评:"此感士不遇也。篇法仿佛《长门赋》,而用节节逆叙。此章从梦晓后领起,'懒起'二字,含后文情事。'照花'四句,《离骚》初服之意。"这里把这首词说成有寄托,即写感士不遇,好比屈原《离骚》:"进不入以离尤兮,退将复修吾初服。制芰荷以为衣兮,集芙蓉以为裳。"屈原的"修吾初服",是个人的品德修养。《词选》认为照花四句,也是指个人的品德修养。把这首词比作屈原的《离骚》,所以称为"深美闳约"了。

刘熙载《艺概》评温庭筠词"精妙绝人,然类不出乎绮怨"。即认为像上面这首词是写闺怨,不是感士不遇,跟《离骚》无关。作为写闺怨,没有寄托,就谈不上"深美闳约"了。王国维《人间词话删稿》反对张惠言的评语:"固哉,皋文之为词也!飞卿《菩萨蛮》、永叔《蝶恋花》、子瞻《卜算子》,皆兴到之作,有何命意,皆被皋文深文罗织。"王国维的话是对的。"小山重叠"一首,是写闺怨,写闺中女子绣罗襦上有一双金鹧鸪,可她一人独处,与金鹧鸪的成双相映衬,衬出独居孤寂的怨恨。"懒起画蛾眉,弄妆梳洗迟。"刘熙载说是"绮怨"是对的。因此,温庭筠词的风格是"精妙绝人",像"画屏金鹧鸪"。

陈廷焯《白雨斋词话》卷一:"飞卿词全祖《离骚》,所以独绝千古。《菩萨蛮》《更漏子》诸阕,已臻绝诣,后来无能为继。"这里又提出《更漏子》来。

更漏子

柳丝长,春雨细。花外漏声迢递。惊塞雁,起城乌。画屏金鹧鸪。　香雾薄,透帘幕。惆怅谢家池阁。红烛背,绣帘垂。梦长君不知。

星斗稀,钟鼓歇。帘外晓莺残月。兰露重,柳风斜。满庭堆落花。　虚阁上,倚阑望。还似去年惆怅。春欲暮,思无穷。旧欢如梦中。

《白雨斋词话》卷一:"飞卿《更漏子》首章云:'惊塞雁,起城乌。画屏金鹧鸪。'此言苦者自苦,乐者自乐。次章云:'兰露重,柳风斜。满庭堆落花。'此又言盛者自盛,衰者自衰,亦即上章苦乐之意。颠倒言之,纯是风人章法,特改换面目,人自不觉耳。"这是一说。

陈廷焯解释这两首词,同张惠言解释《菩萨蛮》一样,也认为"全祖《离骚》",即另有寄托,即认为有苦乐不均、盛衰不一的感慨,认为词人在感叹自己处境的孤苦、衰颓,在想念君王,而君王不顾念他,所以称为"全祖《离骚》"了。俞陛云《唐五代两宋词选释》称:"塞雁、城乌,俱为惊起,而画屏上之鹧鸪,仍漠然无知,犹帘垂烛背,耐尽凄凉,而君不知也。"那么第二首的"露重""风斜""满庭堆落花",是伤春。所以说:"春欲暮,思无穷。旧欢如梦中。"末句点明题意,即怀念旧欢。这两首都写闺怨,怨"梦长君不知"。这个"君"不指君王而指恋人。因此陈廷焯的解释和张惠言同样附会,温庭筠的风格实是细密秀丽,精妙绝人,而不是深美闳约。

冯延巳

冯煦《四印斋刻〈阳春集〉序》:

南唐起于江左,祖尚声律。二主(中主、后主)倡于上,翁(延巳)和于下,遂为词家渊薮。翁俯仰身世,所怀万端,缪悠其辞,若显若晦,揆之六义,比兴为多。若《三台令》《归国谣》《蝶恋花》诸作,其旨隐,其词微,类劳人、思妇、羁臣、屏子郁伊怆怳之所为,翁何致而然耶?周师南侵,国势岌岌。中主既昧本图,汶暗不自强,强邻又鹰瞵而鹗睨之,而务高拱,溺浮采,芒乎芴乎(状恍惚迷糊),不知其将及也。翁负其才略,不能有所匡救,危苦烦乱之中,郁不自达者,一于词发之。其忧生念乱,意内而言外,迹之唐、五季之交,韩致尧(偓)之于诗,翁之于词,其义一也。世宣以靡曼目之,诬已。

又在成肇麟《唐五代词选序》里说：

吾家正中翁（冯延巳字正中），鼓吹南唐，上翼二主，下启欧、晏，实正变之枢纽，短长之流别。

这里说的"下启欧、晏"，即刘熙载《艺概》卷四："冯延巳词，晏同叔（殊）得其俊，欧阳永叔（修）得其深。"这里称冯的《三台令》《归国谣》《蝶恋花》都有寄托。按这里说的《蝶恋花》，即《鹊踏枝》，有十四首，选几首看看是不是有寄托。

谁道闲情抛弃久。每到春来，惆怅还依旧。日日花前常病酒，不辞镜里朱颜瘦。　河畔青芜堤上柳。为问新愁，何事年年有。独立小桥风满袖，平林新月人归后。

几日行云何处去。忘却归来，不道春将暮。百草千花寒食路，香车系在谁家树。　泪眼倚楼频独语。双燕飞来，陌上相逢否。撩乱春愁如柳絮，悠悠梦里无寻处。

陈廷焯《白雨斋词话》卷一评冯延巳《蝶恋花》："'谁道闲情抛弃久……'始终不渝其志，亦可谓自信而不疑，果毅而有守矣。"陈秋帆《阳春集笺》："谭复堂（谭献《词辨》评卷一）云：'行云、百草、千花、双燕，必有所托。按此词牢愁郁抑之气，溢于言外，当作于周师南侵、江北失地、民怨丛生、避贤罢相之日。不然，何忧思之深也？后主之"一寸相思千万缕，人间没个安排处"，与之同慨。身世之悲，先后一辙。'"

　　窗外寒鸡天欲曙。香印成灰，起坐浑无绪。庭际高梧凝宿雾。卷帘双鹊惊飞去。　屏上罗衣闲绣缕。一晌关情，忆遍江南路。夜夜梦魂休谩语。已知前事无寻处。

　　俞陛云《唐五代两宋词选释》："凡词家言情之作，如韦端己（庄）之忆宠姬，吴梦窗（文英）之怀遣妾，周清真（邦彦）之赋柳枝娘，皆有其人。冯词未能证实，殆寄托之辞。南唐末造，冯蒿目时艰，姑以愁罗恨绮之词，寓忧盛危明之意耳。"

　　这里引了三家的解释，都认为冯延巳的《鹊踏枝》是有寄托的。王鹏运《半塘丁稿·鹜翁集》也说："冯正中《鹊踏枝》十四阕，郁伊惝怳，义兼比兴。"也认为是有寄托的。王国维《人间词话》卷上："冯正中词，虽不失五代风格，而堂庑特大，开北宋一代风气。"说冯词"堂庑特大"，即指他内容的广大，反映的生活面广，不限于写绮怨，即认为有寄托了。又说："正中词品，若欲于其词句中求之，则'和泪试严妆'，殆近之欤？"又说："张皋文（惠言）谓：'飞卿之词，深美闳约。'

余谓此四字唯冯正中足以当之。"那么冯延巳词的风格是深美闳约的。深和闳指他的词含意深沉,反映的生活面广。美和约指他的词精美和简练。他的词含蓄隐微,运用比兴,表达难于明言的家国身世的感触,语言精美,内容深广。

李 煜

　　李煜是南唐李后主,王国维《人间词话》卷上:"词人者,不失其赤子之心者也。故生于深宫之中,长于妇人之手,是后主为人君所短处,亦即为词人所长处。"这话是确切的。李煜的词,突出的成就是他亡国后过着俘虏的生活时所作,反映了后主在被俘后还保持了赤子之心,真实地写出了亡国后的痛苦和怀念故国的感情,不考虑会触犯宋太宗的忌讳。他终于因写了这些词被宋太宗用牵机药毒死。但也因此写出了传诵不朽的词。王国维又说:"词至李后主而眼界始大,感慨遂深,遂变伶工之词而为士大夫之词。周介存(周济《介存斋论词杂著》)置诸温(庭筠)、韦(庄)之下,可谓颠倒黑白矣。'自是人生长恨水长东''流水落花春去也,天上人间'。《金荃》《浣花》(温和韦的词集)能有此气象耶?"试引李煜眼界大、感慨深的词,如:

虞美人

春花秋月何时了。往事知多少。小楼昨夜又东风。故国不堪回首月明中。　　雕阑玉砌应犹在,只是朱颜改。问君能有几多愁,恰似一江春水向东流。

浪淘沙令

帘外雨潺潺。春意阑珊。罗衾不耐五更寒,梦里不知身是客,一晌贪欢。　　独自莫凭阑。无限江山。别时容易见时难。流水落花春去也,天上人间。

李煜用词来写亡国之痛,这是以前的词所没有的,扩大了词的题材。俞陛云《唐五代两宋词选释》:"亡国之音,何哀思之深耶?……《后山诗话》谓秦少游(观)词'飞红万点愁如海'出于后主'一江春水'句,《野客丛书》又谓白乐天(居易)之'欲识愁多少,高于瀼濿堆'、刘禹锡之'水流无限似侬愁',为后主词所祖。但以水喻愁,词家意所易到,屡见载籍,未必互相沿用。就词而论,李、刘、秦诸家之以水喻愁,不若后主之'春江'九字,真伤心人语也。"又称:"言梦中之欢,益见醒后之悲,昔日歌舞《霓裳》,不堪回首。结句'天上人间'三句怆然欲绝,此归朝后所作。……《浪淘沙令》尤极凄黯之音,如峡猿之三声肠断也。"

李煜的词,以真率的性情,写亡国之痛。胡应麟《诗薮·杂编》说:"后主一目重瞳❶子,乐府为宋人一代开山祖。盖温、韦虽藻丽,而气颇伤促,意不胜辞。至此君方是当行作家,清便宛转,词家王、孟。"李煜的词题材扩大,胜过了温庭筠、韦庄的局促;他亡国后的词,情意深沉,改变了温、韦"意不胜辞"的缺点。李煜早期的词,清便宛转,明快艳丽,胜过了温、韦;他亡国后的词,更清新秀丽,深沉凄婉,形成了他的风格。

❶ 重瞳:眼中有两个瞳子。

○
柳 永

周济《介存斋论词杂著》:

耆卿为世訾謷❶久矣。然其铺叙委婉,言近意远,森秀幽淡之趣在骨。

刘熙载《艺概》卷四:

耆卿词,细密而妥溜,明白而家常,善于叙事,有过前人。惟绮罗香泽之态,所在多有,故觉风期未上耳。

郑文焯《与人论词遗札》:

屯田❷,北宋专家,其高浑处不减清真(周邦彦)。长调尤能以沉雄之魄,清劲之气,写奇丽之情,作挥绰之声。私辑柳词之深美者，精选三十余解，更冥探其一词之命意所注，确有层析，如画龙点睛，神观飞越，只在一二笔，便尔破壁飞去也。盖能见耆卿之骨，始可通清真之神。不独声律之空积忽微，以岁世绵邈而求之至难，即文字之托于音，切于情，发而中节，亦非深于文章，贯串百家，不能识其流别。

❶ 訾謷（zǐ áo）：毁谤非议。
❷ 屯田：柳永以屯田员外郎致仕，故世称柳屯田。

这里推柳永词细密妥溜，清劲奇丽，如：

雨霖铃·秋别

寒蝉凄切。对长亭晚，骤雨初歇。都门帐饮无绪，留恋处，兰舟催发。执手相看泪眼，竟无语凝噎。念去去，千里烟波，暮霭沉沉楚天阔。　　多情自古伤离别。更那堪，冷落清秋节。今宵酒醒何处？杨柳岸、晓风残月。此去经年，应是良辰好景虚设。便纵有、千种风情，更与何人说？

俞陛云《唐五代两宋词选释》：

首三句虚写送别时之秋景，后乃言留君不住，别泪沾巾，目送兰舟向楚水湘云而去，举别时情事，次第写之。后半起句用提空之笔，言南浦、阳关，为自古伤心之事，况凉秋远役，遥想酒醒梦回，扁舟摇漾，当在垂杨岸侧、晓风残月之中。客情之凄其，风景之清幽，怀人之绵邈，皆在"杨柳岸"七字之中……此七字已探骊得珠。……后阕以"自古伤离""更与何人说"二语作起结，提得起，勒得住，能手无弱笔也。

八声甘州

对潇潇暮雨洒江天，一番洗清秋。渐霜风凄紧，关河冷落，残照当楼。是处红衰翠减，苒苒物华休。唯有长江水，无语东流。

不忍登高临远，望故乡渺邈，归思难收。叹年来踪迹，何事苦淹留。想佳人、妆楼颙望，误几回、天际识归舟。争知我、倚阑干处，正恁凝愁。

同上俞陛云释：

起二句有俊爽之致。"霜风""残照"三句音节悲抗，如江天闻笛，古戍吹笳，东坡极称之，谓唐人佳处，不过如此。以其有提笔四顾之慨，类太白之"牛渚望月"，少陵之"夔府清秋"也。其下二句顺笔写之，至结句江水东流，复能振起。后半首分三叠写法，先言己之欲归不得，何事淹留；次言闺人念远，误认归舟，与温飞卿之"过尽千帆皆不是，斜晖脉脉水悠悠"，皆善写闺人心事；结句言知君忆我，我亦忆君。

前半首之"霜风""残照",皆在凝眸怅望中也。

　　从对柳永这两首名作的解释看,像写秋景,用"霜风""关河""残照"来写,景中含情,情景相生。又像把"伤离别"跟"冷落清秋节",跟"杨柳岸、晓风残月"结合起来,也是情景交融。再像写分别时,点明"方留恋处",接写"兰舟催发",含有依依不舍、无可奈何的感情。写"相看泪眼",更写"竟无语凝噎",虽有千言万语,只有泪眼相看,无从说起。构成柳永的风格,是清丽遒劲、婉转细密的。

王安石

《瓯北诗话》卷十一《王荆公诗》：

荆公专好与人立异，其性然也。王介与荆公素好，因荆公屡召不起，后以翰林学士一召即赴，介寄以诗云："草庐三顾动幽蛰，蕙帐一空生晓寒。"盖讽之也。公答以诗，即云："丈夫出处非无意，猿鹤从来不自知。"《登北高峰塔》云："飞来峰上千寻塔，闻说鸡鸣见日升。不畏浮云遮望眼，自缘身在最高层。"……晏元献有题上竿伎诗："百尺竿头袅袅身，足腾跟挂骇旁人。汉阴有叟君知否？抱瓮区区亦未贫。"……公又题一绝云："赐也能言未识真，误将心许汉阴人。桔槔❶俯仰何妨事，抱瓮区区老此身。"可见其处处别出意见，不与人同也。（以上见《石林诗话》）晚归金陵，题谢公墩云："我名公字偶相同，我屋公墩在眼中。公去我来墩属我，不应墩姓尚随公。"或谓公好与人争，在朝则争新法，在野则与谢争墩。又咏诗云:"穰侯❷老擅关中事,长恐诸侯客子❸来。我亦暮年专一壑,每逢车马便惊猜。"则不惟出而专朝廷,虽丘壑亦欲专之矣。(以上见瞿佑《归田诗话》)……咏明妃句"汉恩自浅胡自深,人生乐在相知心",则更悖理之甚。推此类也,不见用于本朝,便可远投外国;曾自命为大臣者,而出此语乎!晚年又专求属对之工,如"含风鸭绿粼粼起,弄日鹅黄袅袅垂"。"鸭绿"作水波,尚有"汉水鸭头绿"之句可引;"鹅黄"则新酒亦可说,岂能专喻新柳耶?况柳已袅袅垂,则色已浓绿,岂尚鹅黄耶?

❶ 桔槔(jié gāo):古代汲水工具。
❷ 穰侯:魏冉,战国秦臣,一生四任秦相。
❸ 客子:游说之士。

赵翼对王安石的诗,表示不满。认为他的个性好与人立异,这话说得不够正确,大抵他有独立见解,不肯人云亦云,这里有求真求实而不一定是立异之意。如王介给他诗:"蕙帐一空生晓寒。"这话本于孔稚珪《北山移文》,讥讽周(颙)由隐居而入仕,说:"蕙帐空兮夜鹤怨,山人去兮晓猿惊。"王安石不同意这种讥讽,回答他:"丈夫出处非无意,猿鹤从来不自知。"针对他提蕙帐,认为猿鹤是不了解他的出仕朝廷的,实际指王介不了解他出来的用意。就这事说,他是对的,不能说立异。他说的:"不畏浮云遮望眼,自缘身在最高层。"

像李白《登金陵凤凰台》:"总为浮云能蔽日,长安不见使人愁。"李白是离开京城,所以感叹浮云蔽日,是对的。王安石说"身在最高层",即在皇帝身边,自然不怕浮云蔽日,这也对,也不是立异。再像"桔槔俯仰何妨事,抱瓮区区老此身"。《庄子·天地》假托子贡(名赐)看见汉阴丈人抱瓮打水来浇菜圃。子贡劝他改用桔槔,丈人认为用了机械会有机心,所以反对。子贡被他说服。王安石认为子贡不懂真理,用水车是对的。这也是求真,不是立异。至于咏谢公墩,谢公是古人,也谈不上争墩,只是好发议论吧。至于《明妃曲》的"汉恩自浅胡自深"是讲王昭君,王昭君是汉元帝把她嫁给呼韩邪单于的,不是她自己出去的,说成大臣远投外国,不够恰当。赵翼论王安石诗,就以上举例看,只能得出他的诗有独立见解,即有创见。

钱锺书先生《宋诗选注》"王安石"篇:

他比欧阳修渊博,更讲究修辞的技巧,因此尽管他自己的作品大部分内容充实,把锋芒犀利的语言时常斩截干脆得不留余地、没有回味地表达了新颖的意思,而后来宋诗的形式主义却也是他培养了根芽。他的诗往往是搬弄词汇和典故的游戏、测验学问的考题;借典故来讲当前的情事,把不经见而有出处的或者看来新鲜而其实古旧的词藻来代替常用的语言。典故辞藻的来头愈大,例如出于《六经》《四史》,

或者出处愈僻,例如来自佛典、道书,就愈见功夫。有时他还用些通俗的话作为点缀,恰像大观园里要来一个泥墙土井、有"田舍家风"的稻香村,例如最早把"锦上添花"这个"俚语"用进去的一首诗可能是他的"即事"。

……(他)又说自己:"某自百家诸子之书至于《难经》《素问》《本草》、诸小说无所不读。"所以他写到各种事物,只要他想"以故事记实事"——萧子显所谓"借古语申今情",他都办得到。他还有他的理论,所谓"用事"不是"编事","须自出己意,借事以相发明";这也许正是唐代皎然所说"用事不直",的确就是后来杨万里所称赞黄庭坚的"妙法","备用古人语而不用其意"。后面选的《书湖阴先生壁》里把两个人事上的古典成语来描写青山绿水的姿态,可以作为"借事发明"的例证。这种把古典来"挪用",比了那种捧住了类书,说到山水就一味搬弄山水的古典,诚然是心眼儿活得多,手段高明得多,可是总不免把借债来代替生产。……

钱先生在这里讲的《书湖阴先生壁》:"一水护田将绿绕,两山排闼送青来。"钱先生注:

这两句是王安石的修辞技巧的有名例子。"护田"和"排闼"都从《汉书》里来,所谓"史对史","汉人语对汉人语"(叶梦得《石林诗话》卷中);整个句法从五代时沈彬的诗里来(吴曾

《能改斋漫录》卷八），所谓"脱胎换骨"。可是不知道这些字眼和句法的"来历"，并不妨碍我们了解这两句的意义和欣赏描写的生动；我们只认为"护田""排闼"是两个比喻，并不觉得是古典。所以这是个比较健康的"用事"的例子，读者不必依赖笺注的外来援助，也能领会，符合中国古代修辞学对于"用事"最高的要求，"用事不使人觉，若胸臆语也"。

钱先生又在王安石《泊船瓜洲》"春风又绿江南岸"的注里说：

这句也是王安石讲究修辞的有名例子。据说他在草稿上改了十几次，才选定这个"绿"字。最初是"到"字，改为"过"字，又改为"入"字，又改为"满"字等（洪迈《容斋续笔》卷八）。王安石《送和甫至龙安微雨因寄吴氏女子》诗里又说："除却春风沙际绿，一如看汝过江时。"也许是得意话再说一遍。……

钱先生讲王安石的诗，注意他学识渊博，讲究修辞技巧，工于"借事发明"。

就上文讲王安石诗看，王安石具有坚强不屈的性格，形成他独立思考的个性，结合他的博学和工于修辞，正如方东树在《昭昧詹言》里说的："荆公健拔奇气胜六一（欧阳修），而深韵不及，两人分得韩（愈）一体也。荆公才较爽健，而情韵幽深，不逮欧公。"又称："今读半山（王安石），其思深妙，更过于欧。"因此王安石的风格是思深学博、爽健峭拔的。

苏轼

《瓯北诗话》卷五《苏东坡诗》：

今试平心读之，大概才思横溢，触处生春，胸中书卷繁富，又足以供其左旋右抽，无不如志。其尤不可及者，天生健笔一枝，爽如哀梨，快如并剪❶，有必达之隐，无难显之情，此所以继李、杜后为一大家也。而其不如李、杜处，亦在此。盖李诗如高云之游空，杜诗如乔岳之矗天，苏诗如流水之行地，读诗者于此处着眼，可得三家之真矣。

坡诗不尚雄杰一派，其绝人处在乎议论英爽，笔锋精锐，举重若轻，读之似不甚用力，而力已透十分，此天才也。试即其诗，略为举似。……七古如："当其下手风雨快，笔所未到气已吞。"（《题王维吴道子画》）……"觉来落笔不经意，神妙独到秋毫颠。"（《题吴道子画》）……此皆坡诗中最上乘，读者可见其才分之高，不在功力之苦也。

坡诗有云:"清诗要锻炼,方得铅中银。"然坡诗实不以锻炼为工,其妙处在乎心地空明,自然流出,一似全不着力,而自然沁人心脾,此其独绝也。今第就七言律论之,如"天外黑风吹海立,浙东飞雨过江来"。(《有美堂暴雨》)……"属纩家无十金产,过车巷哭六州民。"(《陆龙图诜挽词》)……

东坡襟怀浩落,中无他肠,凡一言之合,一技之长,辄握手言欢,倾盖如故,而不察其人之心术,故邪正不分,而其后往往反为所累。……

❶ 哀梨:传说汉朝秣陵人哀仲做种之梨,实大味美。并剪:古时并州出产的剪刀,以锋利著称。哀梨并剪,喻文辞流畅爽利。

这里指出苏轼"心地空明""襟怀浩落",这是他的性格。具有这种性格,对事物能够虚心观察,确有所见。像他在做凤翔府判官时,听到"岐下岁以南山木筏自渭入河,经砥柱之险,衙前以破产者相继也。公遍问老校,曰:'木筏之害本不至此,若河渭未涨,操筏者以时进止,可无重费也,患其乘河渭之暴,多方害之耳。'公即修衙规,使衙前得自择水工,筏行无虞。"(苏辙《东坡先生墓志铭》)正由于他"心地空明",所以能虚心听取各种经验者的意见,改正各种弊病。他的创作也这样。他在《〈江行唱和集〉叙》说:"而山川之秀美,风俗之朴陋,贤人君子之遗迹,与凡耳目之所接者,杂然有触于中而发于咏叹。"对于他所经历的山川、风俗,他所接触或了解的贤人君子，正由于他的心地空明，虚怀若谷，观察了解得极为深切细致，他的感触也比较深，这样积累得深厚，所以他在《文说》里说："吾文如万斛泉源，不择地而出，在平地滔滔汩汩，虽一日千里无难。及其与山石曲折，随物赋形而不可知也。"正因为他对事物的复杂曲折了解得极为深细，所以他的文思，能够像与山石曲折一样具有种种变化，能够随物赋形，具有很高的艺术性。他在《答谢民师书》里说："求物之妙，如系风捕影，能使是物了然于心者，盖千万人而不一遇也，而况能使了然于口与手者乎？"他的"随物赋形"，正由于他的观察的深细，体会的深刻，感受的真切，所以能如系风捕影捉到事物的妙处，创作出杰出的作品。《瓯北诗话》里称他"才思横溢"，正由于他的生活积累得极为深厚；称他"触处生春"，正由于他能捕捉事物之妙处，能使是物了然于心于口与手。又称他"议论英爽，笔锋精锐"，正由于他对事物确有所见，不同于人云亦云。又说他"举重若轻"，他既了然于事物之妙，能够了然于口与手，出之自然，所以"举重若轻"了。

《瓯北诗话》又举《题王维吴道子画》来做证明。在凤翔开元寺壁上有吴道子画佛像，王维画竹。诗称："道子实雄放，浩如海波翻。当其下手风雨快，笔所未到气已吞。亭亭双林间，彩晕扶桑暾。中有至人谈寂灭，悟者悲涕迷者手自扪。蛮君鬼伯千万万，相排竞进头如鼋。"吴道子画的，是释迦牟尼佛在两株娑罗树中间化去，佛家称为涅槃。画里有彩晕的初生朝暾，有佛化去前的谈寂灭，有佛弟子的悟者以及其他迷者，还有蛮君鬼伯千万万，这一切在壁画上都画了。所以称这幅画雄放，有如海波翻腾。再想象他下笔如风雨的快，意在笔先，笔没有画到时，格局已经布置好了。在这里，苏轼不仅熟悉画的内容，从画里看出吴道子的设色、构思，还看到他的意在笔先，看到他气势旺盛。他又赞王维的画竹："摩诘本诗老，佩芷袭芳荪。今观此壁画，亦若其诗清且敦。……门前两丛竹，雪节贯霜根。交柯乱叶动无数，一一皆可寻其源。"对王维的画竹，用屈原的佩香草来比喻他的画中有诗情，可以跟诗的清醇风格相配。举这样的例子，就可以说明他的"才思横溢，触处生春"了。再像《有美堂暴雨》："天外黑风吹海立，浙东飞雨过江来。"这里写飓风，盘旋而上，挟海水竖立，所以称"黑风吹海立"，用字极为雄奇确切，这是写景。他的《陆龙图诜挽词》："属纩家无十金产，过车巷哭六州民。"属纩，病重将死，指死时家贫，写他的清廉；过车指丧车过，六州民巷哭，极写百姓爱戴的深切。这两句的对照，语极精练，把这个人物的精神写出来了。

再说苏轼的词，胡寅《向子諲〈酒边词〉序》："柳耆卿（永）后出，掩众制而尽其妙，好之者以为不可复加。及眉山苏氏（轼），一洗绮罗香泽之态，摆脱绸缪宛转之度，使人登高望远，举首高歌，而逸怀浩气，超然乎尘垢之外，于是《花间》为皂隶，而柳氏（永）为舆台矣。"刘熙载《艺概》卷四："东坡词颇似老杜诗，以其无意不可入，无事不可言也。若其豪放之致，则时与太白为近。太白《忆秦娥》，声情悲壮。晚唐、五代唯趋婉丽。至东坡始能复古。后世论词者，或转以东坡为变调，不知晚唐、五代乃变调也。东坡《定风波》云：'尚余孤瘦雪霜姿。'《荷花媚》云：'天然地，别是风流标格。''雪霜姿''风流标格'，学坡词者，便可从此领取。……东坡词具神仙出世之姿，方外白玉蟾诸家，惜未诣此。"王鹏运《半塘遗稿》："北宋人词，如潘逍遥（阆）之超逸，宋子京（祁）之华贵，欧阳文忠（修）之骚雅，柳屯田（永）之广博，晏小山（几道）之疏俊，秦太虚（观）之婉约，张子野（先）之流丽，黄文节（庭坚）之隽上，贺方回（铸）之醇雅，皆可模拟得其仿佛。唯苏文忠（轼）之清雄，敻乎轶尘绝迹，令人无从步趋。盖霄壤相悬，宁止才华而已。其性情，其学问，其襟抱，举非恒流所能梦见。词家苏辛并称，其实辛犹人境也，苏其殆仙乎！"夏敬观《映庵手批〈东坡词〉》："东坡词如春花散空，不著迹象，使柳枝歌之，正如天风海涛之曲，中多幽咽怨断之音，此其上乘也。若夫激昂排宕、不可一世之概，陈无己（师道）所谓'如教坊雷大使之舞，虽极天下之工，要非本色'，乃其第二乘也。后之学苏者，惟能知第二乘，未有能达上乘者，即稼轩（辛弃疾）亦然。"

这里几家讲苏轼词，王鹏运从性情、学问、襟抱着眼，看得比较深。苏轼十岁时,他的母亲教他读书,教他读到《后汉书·范滂传》,他母亲叹口长气。苏轼问:"轼若为滂,母许之否乎?"他的母亲说:"汝能为滂,吾顾不能为滂母耶?"(《宋史·苏轼传》)范滂以忠直被诬陷为党人,被害,滂母安慰他道:"既有令名,复求寿考,可兼得乎?"苏轼在小时候就有忠诚的性格。他又"博通经史",富有学问。他"读《庄子》,叹曰:'吾昔有见,口未能言,今见是书,得吾心矣。'"(同上)这里显出他从《庄子》里学会表达各种难以表达的情思的文才。他的抱负,在朝廷,要做福国利民的事,他反对王安石变法,认为王安石的变法,变动得太大、太快,用人不够审慎,会造成种种流弊,对国家对人民不利,他还是就国家和人民着想。他到地方上做官,为人民做了许多好事。根据他这样的性情、学问、才华、抱负,自然反对词为艳科的做法,要在词里反映出他的性情、学问、才华、抱负来,这样,就打破词为艳科的局限,以诗为词,创立了豪放派的词,但也不废婉约,也写出他的婉约词来。他的词既有豪放的,又有婉约的,还有逸怀浩气极为高超的,正如王鹏运所称道。以下试引几首词来看。

江城子·密州出猎

老夫聊发少年狂,左牵黄,右擎苍,锦帽貂裘,千骑卷平冈。为报倾城随太守,亲射虎,看孙郎。 酒酣胸胆尚开张。鬓微霜,又何妨！持节云中，何日遣冯唐？会挽雕弓如满月，西北望，射天狼。

夏承焘《唐宋词选》评这首词："北宋时期，西夏曾是它的来自西北的主要军事威胁。这首词借出猎写下作者保卫北宋边疆的坚强决心。上片描绘出猎的壮举。下片希望朝廷能够起用他，他还要为国出力。全篇有气氛，有声势，意气昂扬，音节激越，反映了作者的用世心情。"

水调歌头

丙辰中秋，欢饮达旦，大醉，作此篇，兼怀子由。

明月几时有？把酒问青天。不知天上宫阙，今夕是何年。我欲乘风归去，又恐琼楼玉宇，高处不胜寒。起舞弄清影，何似在人间。 转朱阁，低绮户，照无眠。不应有恨，何事长向别时圆？人有悲欢离合，月有阴晴圆缺，此事古难全。但愿人长久，千里共婵娟。

黄蓼园《蓼园词选》："按通首只是咏月耳。前阕是见月思君，言天上宫阙，高不胜寒，但仿佛神魂归去，几不知身在人间也。次阕言月何不照人欢洽，何似有恨，偏于人离索之时而圆乎？复又自解，人有离合，月有圆缺，皆是常事，惟望长久共婵娟耳。缠绵悱恻之思，愈转愈曲，愈曲愈深，忠爱之思,令人玩味不尽。"

念奴娇·赤壁怀古

大江东去,浪淘尽,千古风流人物。故垒西边,人道是,三国周郎赤壁。乱石穿空,惊涛拍岸,卷起千堆雪。江山如画,一时多少豪杰。　遥想公瑾当年,小乔初嫁了,雄姿英发。羽扇纶巾,谈笑间,樯橹灰飞烟灭。故国神游,多情应笑我,早生华发。人间如梦,一樽还酹江月。

俞陛云《唐五代两宋词选释》:"起笔入门下马,已气压江东。'乱石'三句壮健称题。'江山'二句尤深雄慨。题为《赤壁怀古》,故下阕追怀瑜亮英姿,笑谈摧敌。'华发'句抚今思昔,有少陵'看镜''倚楼'之思(杜甫《江上》:'勋业频看镜,行藏独倚楼。')。结句感前朝之如梦,洒杯酒而招魂,瑜亮有知,当凌云一笑也。"

水龙吟·次韵章质夫杨花词

似花还似非花,也无人惜从教坠。抛家傍路,思量却是,无情有思。萦损柔肠,困酣娇眼,欲开还闭。梦随风万里,寻郎去处,又还被、莺呼起。　不恨此花飞尽,恨西园、落红难缀。晓来雨过,遗踪何在,一池萍碎。春色三分,二分尘土,一分流水。细看来,不是杨花,点点是离人泪。

俞陛云《唐五代两宋词选释》:"起二句已吸取杨花之全神。'无情有思'句以下,人与花合写,情味悠然。转头处别开一境。……'遗踪萍碎'句仍归到本题。'春色'三句万紫千红,同归尘劫,不仅为杨花惜也。结句怨悱之怀,力透纸背,既伤离索,兼有迁谪之感。"

从以上这四首词看,《江城子》是他在密州(今山东诸城)做太守时作的。他在政治上不得志,出外做地方官,将自己比作汉朝被罢官的魏尚,魏尚因冯唐向汉文帝进谏而被复官,他也希望朝廷能起用他为国效力,在保卫边疆上发挥作用。这里显出他忠诚为国的抱负。再像《水调歌头》,也是他在做密州太守时写的,在怀念他的弟弟苏辙。他虽然不能在朝廷有所作为,但还是不愿离开人间。《坡仙集外纪》称:"神宗读至'琼楼玉宇'二句,乃叹曰:'苏轼终是爱君。'"说明他不愿离开人间,正要为国效力,所以被称为"终是爱君"。再像《念奴娇》,在一首词里写出了赤壁之战中的主将,为豪放派词的代表作。《水龙吟》咏杨花,"人与花合写",富有情思,又为婉约派的名作。但又与词为艳科不同,从"'春色'三句万紫千红,同归尘劫"里,又有很深的感叹。这样,他的词,不论写得豪放的,或写得婉约的,都打破"词为艳科"的局限,高出于前人艳冶的词。再看《水调歌头》上片的设想奇特,所谓"逸怀浩气,超然乎尘垢之外"。总之,他用思卓越,在豪放或婉约中具有雄奇或清俊的风格。

黄庭坚

《瓯北诗话》卷十一《黄山谷诗》:

北宋诗推苏、黄两家,盖才力雄厚,书卷繁富,实旗鼓相当。然其间亦自有优劣:东坡随物赋形,信笔挥洒,不拘一格,故虽澜翻不穷,而不见有矜心作意之处。山谷则专以拗峭避俗,不肯作一寻常语,而无从容游泳之趣。且坡使事处,随其意之所之,自有书卷供其驱驾,故无挦撦痕迹。山谷则书卷比坡更多数倍,几于无一字无来历,然专以选才庀料为主,宁不工而不肯不典,宁不切而不肯不奥,故往往意为词累,而性情反为所掩。此两家诗境之不同也。

(山谷)又语杨明叔云:"诗须以俗为雅,以故为新。百战百胜,如孙、吴之用兵;棘端可以破镞,如甘蝇、飞卫之射❶。此诗人之奇,昔得此秘于东坡,今举以相付。"此可见其得力之处矣。

自中唐以后，律诗盛行，竞讲声病，故多音节和谐，风调圆美。杜牧之恐流于弱，特创豪宕波峭一派，以力矫其弊。山谷因之，亦务为峭拔，不肯随俗为波靡，此其一生命意所在也。究而论之，诗果意思沉着，气力健举，则虽和谐圆美，何尝不沛然有余？若徒以生僻争奇，究非大方家耳。山谷诗，如"世上岂无千里马，人中难得九方皋"，《潜夫诗话》谓可为律诗之法。又如"与世浮沉惟酒可，随人忧乐以诗鸣"，此真独辟蹊径。至如洪龟父（朋）所赏："蜂房各自开户牖，蚁穴或梦封侯王。""黄流不解洗明月，碧树为我生凉秋。"此不过昔人未经道过，其实无甚意味。

❶ 甘蝇：古之善射者，彀弓（张满弓，指未射）而兽伏鸟下。弟子名飞卫，巧过其师。

赵翼认为黄庭坚的诗，"才力雄厚，书卷繁富"，专从古书中找求生奥的典故来写诗，形成一种拗峭挺拔的风格，对他有不满的表示。

钱锺书先生《宋诗选注》"黄庭坚"篇：

他（黄庭坚）说："老杜作诗，退之作文，无一字无来处；盖后人读书少，故谓韩杜自作此语耳。古之能为文章者，真能陶冶万物，虽取古人之陈言入于翰墨，如灵丹一粒，点铁成金也。"在他的许多关于诗文的议论里,这一段话最起影响,最足以解释他自己的风格,也算得江西诗派的纲领。

钱先生《谈艺录》论黄庭坚诗:

《再次韵杨明叔·引》:"盖以俗为雅,以故为新,百战百胜,此诗人之奇也。"……近世俄国形式主义文评家希克洛夫斯基等以为文词最易袭故蹈常,落套刻板,故作者手眼须使熟者生,或亦曰使文者野。……夫以故为新,即使熟者生也;而使文者野,亦可谓之使野者文,驱使野言,俾入文语,纳俗于雅尔。……抑不独修词为然,选材取境,亦复如是。歌德、诺瓦利斯、华兹华斯、柯尔律治、雪莱、狄更斯、福楼拜、尼采、巴斯可里等皆言观事体物,当以故为新,即熟见生。

《次韵高子勉第二首》:"行布佺期近。"……窃谓"行布"之称,虽创自山谷,假诸释典,实与《文心雕龙》所谓"宅位"及"附会",三者同出而异名耳。《章句》篇曰:"夫设情有宅,置言有位。……"《附会》篇曰:"附辞会义,务总纲领。……"兹引而申之,以竟厥绪。……贺子翼《诗筏》曰:"诗有极寻常语,以作发句无味,倒用作结方妙者。如郑谷《淮上别故人》诗云:'扬子江头杨柳春,杨花愁杀渡江人;数声风笛离亭晚,君向潇湘我向秦。'盖题中正意,只'君向潇湘我向秦'七字而已。若开头便说，则浅直无味；此却倒用作结，悠然情深，令读者低徊流连，觉尚有数十句在后未竟者。"……又古希腊、罗马文律以部署或配置为要义。有曰："词意位置得当，文章遂饶姿致。同此意也，置诸句首或句中，索然乏味，而位于句尾，则风韵出焉。"

《荆南签判向和卿用予六言见惠次韵奉酬》第三首："安排一字有神。"……前者"行布"，句在篇中也；此之"安排"，字在句内也。……夫曰"安排"，曰"安"，曰"稳"，则"难"不尽在于字面之选择新警，而复在于句中之位置贴适，俾此一字与句中乃至篇中他字相处无间，相得益彰。倘用某字，固足以见巧出奇，而入句不能适馆如归，都似生客阑座，或金屑入眼，于是乎虽爱必捐，别求朋合。盖非就字以选字，乃就章句而选字。儒贝尔有妙语曰："欲用一佳字，须先为之妥觅位置处。"正斯之谓。

《次韵文潜》："水清石见君所知，此是吾家秘密藏。"……山谷盖重提十六年前旧语耳。世故颟洞，人生艰窘，拂意失志，当息躁忍事，毋矜气好胜；日久论定，是非自分。……（《谈艺录·黄山谷诗补注补订》）

钱先生论山谷诗，重在讲他的诗法，"虽取古人之陈言入于翰墨,如灵丹一粒,点铁成金也"。既取陈言,怎么能够"点铁成金"呢?因为真"能陶冶万物"。以"陶冶万物"为主,必有独特的感受,再用陈言来表达。在表达时,要讲究"以俗为雅,以故为新",他的创作方法通于西方文学家的论创作,这是就意匠经营说。就章句的安排说,他又讲"行布",工于布置,使余味曲包,令读者低徊不尽。在用字上又求一字有神,安置妥帖,相得益彰。在创作的时会上,当人生艰窘时,应息躁忍事,以求日久论定,即陈与义《夏日集葆真池上以绿阴生昼静赋诗得静字》名句所谓"微波喜摇人,小立待其定"也。

方东树《昭昧詹言》卷十二"黄山谷":

> 山谷之妙,在乎迥不犹人,时时出奇。故能独步千古,所以可贵。……
>
> 涪翁以惊创为奇才,其神兀傲,其气崛奇,玄思瑰句,排斥冥筌,自得意表。玩诵之久,有一切厨馔腥蝼而不可食之义。
>
> 入思深,造句奇崛,笔势健,足以药熟滑,山谷之长也。又须知其从杜公来,却变成一副面目,波澜莫二,所以能成一作手。……
>
> 山谷之妙,起无端,接无端,大笔如椽,转折如龙虎,扫弃一切,独提精要之语。每每承接处,中亘万里,不相联属,非寻常意计所及。此小家何由知之?亦无此力,故作家不易

得也。奇思,奇句,奇气。

方东树讲黄庭坚诗"奇思、奇句、奇气",这里引他的诗作例。如《登快阁》:

痴儿了却公家事,快阁东西倚晚晴。落木千山天远大,澄江一道月分明。朱弦已为佳人绝,青眼❶聊因美酒横。万里归船弄长笛,此心吾与白鸥盟。

❶ 青眼:眼珠在眼眶中间,指对人喜爱、器重,跟"白眼"相对。

这首的开头就奇特,用《晋书·傅咸传》:"生子痴,了官事,官事未易了也。了事正作痴,复为快耳。"他了却官事,登上快阁,所以自比痴儿,又与"快"字联系。这里也说明他的善于用典,使人不觉。接下来写登快阁所见,看到远山,看到赣江:"落木千山天远大,澄江一道月分明。"比较杜甫《登高》:"无边落木萧萧下,不尽长江滚滚来。"写落木,写江流。杜甫写眼前所见,气象阔大。黄庭坚的两句从白天写到夜里,白天是"落木千山天远大",景象阔大;夜里是"澄江一道月分明"。把白天夜里在快阁上所见的最好景象,用两句话来概括了。接下来从望远转到怀念远人,这是跳脱,跳到佳人不在,钟子期绝弦。这样,青眼只好为美酒倾了。一结有辞官归隐的意思,作者当时在吉州太和县做县官,所以要坐万里归船,与白鸥结盟,即归隐之意。就这首诗看,这样的开头,切合他的做官,又呼应"快"字,又以做官为痴,与结尾的想辞官归隐呼应,这个开头是突出的。第二联写景,高度概括,也是突出的。第三联跳到怀人,第四联转到想归隐,也都较突出。所以说"奇思,奇句,奇气"。黄庭坚的诗,跟他性格的兀傲结合,构成一种深沉奇崛、挺拔瑰丽的风格。

秦观

冯煦《宋六十一家词选例言》：

少游以绝尘之才，早与胜流，不可一世；而一谪南荒，遽丧灵宝。故所为词，寄慨身世，闲雅有情思。酒边花下，一往而深，而怨悱不乱，悄乎得《小雅》之遗，后主而后，一人而已。……他人之词，词才也；少游，词心也，得之于内，不可以传。虽子瞻（苏轼）之明俊，耆卿（柳永）之幽秀，犹若有瞠乎后者，况其下耶！

况周颐《蕙风词话》卷二：

有宋熙、丰间，词学称极盛。苏长公（轼）提倡风雅，为一代山斗（北斗泰山）。黄山谷（庭坚）、秦少游（观）、晁无咎（补之），皆长公之客也。山谷、无咎皆工倚声，体格于长公为近。唯少游自辟蹊径，卓然名家。盖其天分高，故能抽秘骋妍于寻常濡染之外，而其所以契合长公者独深。张文潜（耒）《赠李德载》诗有云："秦文倩丽舒桃李。"彼所谓文，固指一切文字而言。若以其词论，直是初日芙蓉，晓风杨柳，倩丽之桃李，容犹当之有愧色焉。

夏敬观《吷庵手校〈淮海词〉跋》：

少游词清丽婉约，辞情相称。诵之回肠荡气，自是词中上品。比之山谷，诗不及远甚，词则过之。盖山谷是东坡一派，少游则纯乎词人之词也。

这里称秦观的词清丽婉约，如：

鹊桥仙

纤云弄巧，飞星传恨，银汉迢迢暗度。金风玉露一相逢，便胜却人间无数。　柔情似水，佳期如梦，忍顾鹊桥归路。两情若是久长时，又岂在朝朝暮暮。

在南宋何士信所辑词选本《草堂诗余》上，明人多好评。李攀龙眉批："七夕歌以双星会少别多为恨。独少游此词谓'两情若是久长'二句，最能醒人心目。"沈际飞："此词独谓情长不在朝暮，化臭腐为神奇。"

满庭芳

　　山抹微云，天粘衰草，画角声断谯门。暂停征棹，聊共引离尊。多少蓬莱旧事，空回首、烟霭纷纷。斜阳外，寒鸦数点，流水绕孤村。　销魂。当此际，香囊暗解，罗带轻分。谩赢得、青楼薄幸名存。此去何时见也，襟袖上、空惹啼痕。伤情处，高城望断，灯火已黄昏。

　　俞陛云《唐五代两宋词选释》："起三句写凉秋风物，一片萧瑟之音，已隐含离思。四五句叙明停棹饯别，此后若接写别离，便落恒径。作者用拓宕之笔，追怀往事，局势振起，且不涉儿女而托之蓬岛烟云，尤见超逸。'斜阳外'三句传神绵渺，向推隽咏。下阕纯叙离情，结笔返棹归来，登城遥望征帆，已隔数重烟浦，阑珊灯火，只益人悲耳。""斜阳外"三句，本隋炀帝诗"寒鸦千万点，流水绕孤村"，加以化用。

浣溪沙

　漠漠轻寒上小楼。晓阴无赖似穷秋。淡烟流水画屏幽。
　自在飞花轻似梦，无边丝雨细如愁。宝帘闲挂小银钩。

　　俞陛云释："清婉而有余韵，是其擅长处。此调凡五首，此首最胜。"

秦观的词,从前引的词和评论看,他是婉约派词人的代表之一。婉约派的词,以婉转轻细的笔调来抒情写景,秦观的《浣溪沙》表现了这个特点。他写寒是"轻寒",烟是"淡烟",飞花是"轻似梦",雨是"丝雨细如愁",都极轻细。他的写情是含蓄而婉转的。再像《满庭芳》,开头三句是写景,景中含有离思。下面写追怀往事,"多少蓬莱旧事",回头想望,只有"烟霭纷纷",一片迷茫。接着写景物,"斜阳外,寒鸦数点,流水绕孤村",在萧条中透露离别的情思。一结"高城望断,灯火已黄昏",点明"伤情",也是即景抒情。再像《鹊桥仙》,从"纤云""飞星"里也是借景抒情。在"柔情似水,佳期如梦"里也写出轻柔的情景。所以秦观的风格是清新倩丽、柔情婉约的。

周邦彦

冯煦《宋六十一家词选例言》：

陈氏子龙曰："以沉挚之思，而出之必浅近，使读之者骤遇之如在耳目之前，久诵之而得隽永之趣，则用意难也。以儇利之词，而制之必工炼，使篇无累句，句无累字，圆润明密，言如贯珠，则铸词难也。其为体也纤弱，明珠翠羽，犹嫌其重，何况龙鸾？必有鲜妍之姿，而不借粉泽，则设色难也。其为境也婉媚，虽以惊露取妍，实贵含蓄不尽，时在低回唱叹之余，则命篇难也。"张氏纲孙曰："结构天成，而中有艳语、隽语、奇语、豪语、苦语、痴语、没要紧语，如巧匠运斤，毫无痕迹。"毛氏先舒曰："北宋词之盛也，其妙处不在豪快而在高健，不在艳冶而在幽咽。豪快可以气取，艳冶可以言工，高健幽咽，则关乎神理，难可强也。"又曰："言欲层深，语欲浑成。"诸家所论，未尝专属一人，而求之两宋，惟片玉（周邦彦词集名）、梅溪（史达祖），足以备之。周之胜史，则又在浑之一字，词至于浑而无可复进矣。

王国维《清真先生遗事》：

以宋词比唐诗，则东坡似太白，欧（阳修）秦（观）似摩诘（王维），耆卿（柳永）似乐天（白居易），方回（贺铸）、叔原（晏几道）则大历十子之流，南宋惟一稼轩（辛弃疾）可比昌黎（韩愈），而词中老杜，非先生不可。读先生之词，于文字之外，须更味其音律。今其声虽亡，读其词者，犹觉拗怒之中，自饶和婉，曼声促节，繁会相宣，清浊抑扬，辘轳交往，两宋之间，一人而已。

这里称周邦彦的词，用思沉挚隽永，用词圆润明密，体制纤弱，设色鲜艳，境界婉媚，结构天成而深成。试引他的词如下。

兰陵王·柳

柳阴直。烟里丝丝弄碧。隋堤上、曾见几番，拂水飘绵送行色。登临望故国，谁识京华倦客。长亭路、年去岁来，应折柔条过千尺。　　闲寻旧踪迹。又酒趁哀弦，灯照离席。梨花榆火催寒食。愁一箭风快，半篙波暖，回头迢递便数驿。望人在天北。　凄恻，恨堆积。渐别浦萦回，津堠岑寂。斜阳冉冉春无极。念月榭携手，露桥闻笛。沉思前事，似梦里，泪暗滴。

俞陛云《唐五代两宋词选释》："上阕但赋'柳'字，而有清刚之气。中阕之'梨花'句，下阕之'斜阳'句，闰庵云：'有此二语顿挫之力，以下便一气奔赴。'余亦谓然。无此二语，则中阕于别后，即言行舟迅发；下阕在客途，即言回首前欢，便少纡徐之致。赖此顿挫，非特涵养局势，且句中风韵悠然，名作也。"

少年游

并刀如水，吴盐胜雪，纤手破新橙。锦幄初温，兽烟不断，相对坐调笙。　低声问，向谁行宿，城上已三更。马滑霜浓，不如休去，直是少人行。

俞平伯先生《清真词释》："此词醒快，说之则陋。但如'并刀如水，吴盐胜雪'，状冬闺静物，至'明'而且'清'，与感觉心象，匀融无间，写景之圣也。说'如画'，画似不到，说是'如见'，见似亦不到，盖画逊其肖，见逊其妙也。一妙肖者，其唯文章乎！

"窃谓明、清之原唯在于简，简斯明且清矣。……'如水'

一喻,外着一形容字以状刀不得,'如雪'一喻,外着一形容字以状盐不得。……谭评曰:'丽极而清,清极而婉,然不可忽过"马滑霜浓"四字。'

"通观全章,其上写景,其下纪言,极呆板而令人不觉者,盖言中有景,景中有情也。先是实写,温香暖玉,旖旎风流,后是虚写,城上三更,霜浓马滑。室内何其甘秾,室外何其凄苦,……于是才转到'不如休去'——至此词意俱竭矣而调未尽,忽又找补了一句'直是少人行',不知是埋怨呢,还是痛惜与深怜,……风情如活。"

玉楼春

桃溪不作从容住。秋藕绝来无续处。当时相候赤栏桥。今日独寻黄叶路。　烟中列岫青无数。雁背夕阳红欲暮。人如风后入江云,情似雨余粘地絮。

俞平伯先生《清真词释》:"通体记叙,以偶句立干,以规矩立极,……尽工巧于矩度,敛飞动于排偶……词情与调情相惬,一也。《玉楼春》四平调也,故宜排偶,便铺叙。……着色之秾酣,二也。……'相候赤栏桥',是何等意兴,'独寻黄叶路'又是何等意兴,未免有情,谁能遣此,于是'今日'也,'当时'也,便为不可不有之对偶……当曰深稳之极,自见飞动。

"过片两句实用义山诗'虹收青嶂雨,鸟没夕阳天'……

青是浓的,浓好。红是那么淡的,淡好。……用大排偶法,三也。尽八句作四对仗。三四七八为对,人所知,一二五六为对,或不尽人而知,而三四七八之如何为对,人或知而不尽也。……首句'桃溪'用天台事,桃与藕对,实以春对秋,故于'藕'上特着一'秋'字。……即'赤栏桥'之于'黄叶路',亦是以春对秋也。夫'黄叶路'吾知其为秋矣,'赤栏桥'奈何定是春?……《花间集》卷一温庭筠《杨柳枝》'一渠春水赤栏桥',着'春'字特多……'赤栏桥'对'黄叶路',工矣,而'栏'之对'叶'终似不甚工而实甚工者,盖明以赤栏对,暗以柳色对也。……

"陈(廷焯)曰:'不病其板,不病其纤,此中消息难言。'今请言此难言者。夫不病板者,其笔健也;不病纤者,其情厚也。于流散中寓排偶,亦于排偶中见飞动,又于其中见拗怒,复于拗怒中见温厚。春华秋实,文质彬雅,其辞丽以则,其声和而悲。大巧若拙,大辩若讷,非清真其孰堪之。斯足领袖词流,冠冕百代矣。"

这里提到"于排偶中见飞动,又于其中见拗怒,复于拗怒中见温厚",是什么意思呢?因为排偶容易显出滞钝,这里却见飞动,为什么?一开头写刘、阮到天台碰到仙女,在桃溪不是从容住下去,却要回到人间,回来后却又反悔,再去寻仙女,像藕断丝连,但已无法找寻,如藕断不能再续了。因此"当时"句正写与仙女的相遇,"今日"句正写无从寻觅;"烟中列岫青无数",正写不知从哪里去寻;"雁背夕阳",正写已近黄昏尚无处找寻。"人如风后入江云",正感叹漂泊无定;"情似雨余粘地絮",又苦于无法超脱。这样缠绵婉转的情思,通过排偶来表达,读者只从中体会到这种固结不解又无法摆脱的情思,所以只看到排偶的飞动。这里又含有仙女让自己的住处变成"烟中列岫",使刘、阮无法找寻,所以有拗怒。虽有拗怒,却没有责备仙女,只感叹自己已如雨后粘地絮的无法摆脱,所以是温厚,这一切都由于情厚。这首词里的"桃溪"用刘、阮入天台的故事,只是用典,借来写自己缠绵婉转固结不解的感情。从这里看到周邦彦具有层深浑厚、拗怒和婉、圆润明密的风格。

李清照

王灼《碧鸡漫志》卷二：

（易安居士）作长短句，能曲折尽人意，轻巧尖新，姿态百出。

沈曾植《菌阁琐谈》：

易安跌宕昭彰，气韵极类少游（秦观），刻挚且兼山谷（黄庭坚）。篇章惜少，不过窥豹一斑，闺房之秀，固文士之豪也。……自明以来，堕情者醉其芬馨，飞想者赏其神骏，易安有灵，后者当许为知己。渔洋（王士禛）称易安、幼安（辛弃疾）为济南二安，难乎为继。易安为婉约主，幼安为豪放主，此论非明代诸公所及。

这里称李清照的词有的"轻巧尖新",有的婉约刻挚,芬馨而兼神骏,如:

如梦令

昨夜雨疏风骤。浓睡不消残酒。试问卷帘人,却道"海棠依旧"。知否,知否?应是绿肥红瘦。

夏承焘《唐宋词选》评:"这首词通过和卷帘人的对话,反映了李清照这位女作家对大自然间变化的敏感,表现手法相当灵活。'绿肥红瘦'这一词汇准确地表现了暮春时节的风物。"按这首词可以作为"轻巧尖新"的例,通过与卷帘人的对话,担心花事的凋零,这里显出轻巧来。从"绿肥红瘦"里,"绿"和"红"代叶和花,即近乎尖新。

渔家傲

天接云涛连晓雾,星河欲转千帆舞。仿佛梦魂归帝所,闻天语,殷勤问我归何处。 我报路长嗟日暮,学诗谩有惊人句。九万里风鹏正举,风休住,蓬舟吹取三山去。

夏承焘《唐宋词选》:"作品一开始描写壮丽的梦境,云海波涛,千帆飞舞。她飞上了天,和天帝问答起来。最后表现了作者要冲破现实寻找幸福的愿望。李清照的词一般说来风格清丽,善于写自己的生活感受。可是这首词却写得气势壮阔,词语瑰丽,浪漫色彩很浓,在她的词中具有独特的风格和表现手法。"

声声慢

寻寻觅觅,冷冷清清,凄凄惨惨戚戚。乍暖还寒时候,最难将息。三杯两盏淡酒,怎敌他、晚来风急。雁过也,正伤心,却是旧时相识。 满地黄花堆积,憔悴损,如今有谁堪摘。守着窗儿,独自怎生得黑。梧桐更兼细雨,到黄昏、点点滴滴。这次第,怎一个愁字了得。

夏承焘《唐宋词选》:"这首词写孤独心情。据《贵耳集》说,是李清照在丈夫死后所作,就词意看,大概是可信的。'寻寻觅觅',是在极无聊赖中,内心空虚,好像失掉了什么。'冷冷清清'是环境,'凄凄惨惨戚戚'是心境,一开头用十四个叠字分三层写。以下写天气难将息,淡酒不解愁,雁过花落,梧桐细雨,无一不是引愁之媒,因而触处生愁。最后用一个'愁'字总束全篇,而说自己的情绪不是'愁'字说得尽的。这正是加倍写愁,使人觉得愁的茫无边际而已。全篇从各方面来描写愁的气氛,总括起来,无非是心境与物境的交互影响。"按这首词,结合物境来写心境,在物境中寄托着深厚的情思,正是婉转刻挚之作。李清照的风格是新巧清丽,婉约刻挚的。

陆游

《瓯北诗话》卷六《陆放翁诗》：

放翁诗凡三变。……《示子遹》诗云："我初学诗日，但欲工藻绘。中年始少悟，渐若窥宏大。……数仞李杜墙，常恨欠领会。……"此可见其宗尚之正，故虽挫笼万有，穷极工巧，而仍归雅正，不落纤佻，此初境也。后又有《自述》一首云："……四十从戎驻南郑，酣宴军中夜连日。打球筑场一千步，阅马列厩三万匹。华灯纵博声满楼，宝钗艳舞光照席。琵琶弦急冰雹乱，羯鼓手匀风雨疾。诗家三昧忽见前，屈贾在眼元历历。……"是放翁诗之宏肆，自从戎巴蜀而境界又一变。及乎晚年，则又造平淡，并从前求工见好之意亦尽消除，所谓"诗到无人爱处工"者，刘后村谓其"皮毛落尽"矣。此又诗之一变也。

放翁以律诗见长，名章俊句，层见叠出，令人应接不暇。使事必切，属对必工；无意不搜而不落纤巧，无语不新而不事涂泽，实古来诗家所未见也。……其古体诗才气豪健，议论开辟，引用书卷，皆驱使出之，而非徒以数典为能事。意在笔先，力透纸背，有丽语而无险语，有艳词而无淫词，看似华藻，实则雅洁；看似奔放，实则谨严，此古体之工力更深于近体也。……

方回《桐江续集》卷八《读张功父〈南湖集〉并序》：

乾淳以来，称尤、杨、范、陆……梁溪（尤袤）之槁淡细润，诚斋（杨万里）之飞动驰掷，石湖（范成大）之典雅标致，放翁之豪宕丰腴，各擅一长。

这里指出陆游诗的风格"豪宕丰腴"，也称"宏肆"，这跟他性格豪迈有关。陆游自己还指出诗歌创作跟生活经历有关，他有了从戎的丰富的生活经历，看到了"诗家三昧"。又跟对诗歌创作的认识有关，所谓"渐若窥宏大"，既指经历的丰富，又归于雅正。在这方面，钱锺书先生《宋诗选注》"陆游"篇又有了说明：

他的作品主要有两方面：一方面是悲愤激昂，要为国家报仇雪耻，恢复丧失的疆土，解放沦陷的人民；一方面是闲适细腻，咀嚼出日常生活的深永的滋味，熨帖出当前景物的曲折的情状。……他不但写爱国、忧国的情绪，并且声明救国、卫国的胆量和决心。……在这一场英雄事业里准备有自己的份儿的。……从没有人像陆游那样把它发挥得淋漓酣畅。……

关于陆游的艺术，也有一点应该补充过去的批评。……他说："法不孤生自古同，痴人乃欲镂虚空！君诗妙处吾能识，正在山程水驿中。"又说："大抵此业在道途则愈工……愿舟楫鞍马间加意勿辍，他日绝尘迈往之作必得之此时为多。"换句话说，要做好诗，该跟外面的世界接触，不用说，该走出书本的字里行间，跳出蠹鱼蛀孔那种陷人坑。……像他自己那种独开生面的、具有英雄气概的爱国诗歌，也是到西北去参预军机以后开始写的，第一首就是下面选的《山南行》。至于他颇效法晚唐诗人而又痛骂他们，很讲究"组绣""藻绘"而最推重素朴平淡的梅尧臣，这些都表示他对自己的作品提出更严的要求，悬立更高的理想。

这里称陆游的爱国诗，第一首是《山南行》：

……地近函秦气俗豪，秋千蹴鞠分朋曹；苜蓿连云马蹄健，杨柳夹道车声高。古来历历兴亡处，举目山川尚如故；将军坛上冷云低，丞相祠前春日暮。国家四纪失中原，师出江淮未易吞；会看金鼓从天下，却用关中作本根。

这首诗正是他从戎后到了前线，有了亲身感受后所作，也写出了恢复失地的设想，是表达他的爱国思想之作。他的闲适细腻之作，似可举《临安春雨初霁》：

世味年来薄似纱，谁令骑马客京华。小楼一夜听春雨，深巷明朝卖杏花。矮纸斜行闲作草，晴窗细乳戏分茶。素衣莫起风尘叹，犹及清明可到家。

钱锺书先生在《宋诗选注》里指出小楼"这一联仿佛是引申陈与义《怀天经智老因访之》的名句'杏花消息雨声中'"。又指出："据说草书大家张芝'下笔必为楷则，号"匆匆不暇草书"'……所以陆游说'闲作草'。'分'就是宋徽宗《大观茶论》所谓'鉴辨'……所以陆游说'戏分茶'，表示他不过聊以消遣，并非胜任这桩'难'事的专家。……'细乳'指煮茶时水面的泡沫。"诗里写这些，正表达作者闲适细腻的生活。他的悲愤激昂的爱国感情和闲适细腻的生活情趣，跟他豪迈的性格与"高明之性"有关。正由于他性格豪迈，所以亲自从戎，要为国雪耻，积累了丰富的生活经历，创作出充满强烈的爱国感情的诗篇。正由于他"高明之性"，所以能体会到日常生活的深永的滋味，构成豪宕丰腴的风格。

辛弃疾

邹祗谟《远志斋词衷》：

稼轩雄深雅健，自是本色，俱从南华、冲虚(《庄子》《列子》)得来。然作词之多，亦无如稼轩者。中调、短令亦间作妩媚语。观其得意处，真有压倒古人之意。

刘熙载《艺概》卷四：

苏、辛皆至情至性人，故其词潇洒卓荦，悉出于温柔敦厚。……稼轩词龙腾虎掷，任古书中理语、廋语，一经运用，便得风流，天姿是何复异。

王国维《人间词话》卷上：

南宋词人,白石(姜夔)有格而无情,剑南(陆游)有气而乏韵,其堪与北宋人颉颃者,惟一幼安耳。近人祖南宋而祧北宋,以南宋之词可学,北宋不可学也。学南宋者,不祖白石则祖梦窗(吴文英),以白石、梦窗可学,幼安不可学也。学幼安者,率祖其粗犷、滑稽,以其粗犷滑稽处可学,佳处不可学也。幼安之佳处,在有性情、有境界,即以气象论,亦有横素波、干青云之概,宁后世龌龊小生所可拟耶?

东坡之词旷,稼轩之词豪。无二人之胸襟而学其词,犹东施之效"捧心"也。

读东坡、稼轩词,须观其雅量高致,有伯夷、柳下惠之风。白石虽似蝉蜕尘埃,然不免局促辕下。

这里,指出辛弃疾词,既有"雄深雅健"的一面,又有"作妩媚语"的一面;又称辛弃疾"有性情,有境界",品格高。试引数首于下。

破阵子

为陈同甫(亮)赋壮词以寄

醉里挑灯看剑,梦回吹角连营。八百里分麾下炙,五十弦翻塞外声。沙场秋点兵。　　马作的卢飞快,弓如霹雳弦惊。了却君王天下事,赢得生前身后名。可怜白发生。

夏承焘《唐宋词选》:"开头两句写军中夜晓生活。'八百里'三句写军队生活和阅兵场面。下片'马作的卢飞快'二句写投入战斗。'了却君王天下事'二句写破敌成功的愿望,最后五字说这愿望到老落空。……前九句写军容之整和意气之豪,写建功立业的雄心和希望,都是想望之辞。末句五字是现实情况,完全否定了前面九句的理想。前几句写得酣恣淋漓,正为加重末五字的失望之情。"这篇正显出"雄深雅健"的风格,写阅兵和战斗场面,是雄健的,一结的深切感叹,跟前面的雄心壮志构成对照,这就显得深沉刚健而雅正。

祝英台近·晚春

宝钗分,桃叶渡。烟柳暗南浦。怕上层楼,十日九风雨。断肠片片飞红,都无人管,更谁劝、啼莺声住。　鬓边觑,试把花卜归期,才簪又重数。罗帐灯昏,哽咽梦中语。是他春带愁来,春归何处,却不解、带将愁去。

俞陛云《唐五代两宋词选释》:"《贵耳集》云:吕正己'有女事辛幼安,因以微事触其怒,竟逐之。今稼轩"桃叶渡"词因此而作'。首三句言送别之地,后五句言别后之怀,万点飞花,离愁亦万点也。下阕明指伊人,归期屡卜,而消息沉沉,惟有索之梦中,孤灯独语,其深悔杨枝之遣耶?结处'春带愁来'三句,伤春纯是自伤。……此借伤春以怀人,有徘徊宛转之思。"说明这首词是婉约的。

沈谦《填词杂说》:"稼轩词以激扬奋厉为工,至'宝钗分,桃叶渡'一曲,昵狎温柔,魂销意尽,才人伎俩真不可测。……"这首《祝英台近》,是属于"作妩媚语",即写婉转柔情的。不写自己对伊人的怀念,写伊人"试把花卜归期,才簪又重数"。是伊人"哽咽梦中语"。这正像杜甫的《月夜》,是他在怀念闺人,却说闺人在怀念他:"今夜鄜州月,闺中只独看。遥怜小儿女,未解忆长安。"是情思婉转的婉约派词。

摸鱼儿

淳熙己亥(公元1179年),自湖北漕移湖南(从湖北转运副使调任湖南转运副使),同官王正之置酒小山亭,为赋。

更能消、几番风雨。匆匆春又归去。惜春长怕花开早,何况落红无数。春且住。见说道、天涯芳草无归路。怨春不语。算只有殷勤,画檐蛛网,尽日惹飞絮。　　长门事,准拟佳期又误。蛾眉曾有人妒。千金纵买相如赋,脉脉此情谁诉?君莫舞。君不见,玉环飞燕皆尘土。闲愁最苦。休去倚危阑,斜阳正在,烟柳断肠处。

俞陛云《唐五代两宋词选释》:"上阕笔势动荡,留春不住,深惜其归,但芳草天涯,春去苦无归处,见英雄无用武之地。蛛网罥花,隐寓同官多情,为置酒少留之意。当其在理宗朝曾拥节钺，后之奉身而退，殆有谗挝之者，故上阕写不平之气。下阕'蛾眉曾有人妒'，更明言之：玉环飞燕，皆归尘土，则妒人者果何益耶？结句斜阳肠断，无限牢愁，即以词句论，亦绝妙之语。《鹤林玉露》云：'词意殊怨。斜阳、烟柳之句，其与"未须愁日暮，天际乍轻阴"者异矣。'"

这首词是有寄托的，表面上写惜春，实际上是借要想留住春光，比喻想挽救南宋。"怨春不语"，比喻朝廷没有振作，即使有蛛网惹飞絮，也无济于事。这里含有他有抗击金人、振兴南宋的大志，没有得到朝廷的支持，无法实现的痛苦。不但这样，还被人妒忌，被排挤出朝廷，也无人替他申诉。最后指出自己的愁苦心情，不要倚高处栏杆，怕看斜阳正在没落，比喻不忍心看到南宋的趋向没落。在这首词里，反映了他到南宋后的遭遇，他的抱负、他的爱国精神无法实现的苦闷心情。这即是"有性情，有境界"之作，借惜春来抒情，情意真挚。这里也显出他的深心卓见。辛弃疾具有雄浑雅健、激昂排宕的豪放风格。

○
姜 夔

张炎《词源》：

词要清空，不要质实，清空则古雅峭拔，质实则凝涩晦昧。姜白石如野云孤飞，去留无迹。……白石词如《疏影》《暗香》《扬州慢》《一萼红》《琵琶仙》《探春慢》《淡黄柳》等曲，不惟清空，又且骚雅，读之使人神观飞越。

又云：

姜白石《暗香》赋梅云……《疏影》云……此数词皆清空中有意趣，无笔力者未易到。

周济《宋四家词选·序论》：

白石脱胎稼轩，变雄健为清刚，变驰骤为疏宕。盖二公皆极热中，故气味吻合。辛宽姜窄，宽故容秽，窄故斗硬。

刘熙载《艺概》卷四：

姜白石词幽韵冷香，令人把之无尽。拟诸形容，在乐则琴，在花则梅也。

这里称姜夔词，清空骚雅而有意趣，或称清刚疏宕。

暗香

辛亥（公元1191年）之冬，余载雪诣石湖（范成大住苏州石湖）。止既月，授简索句，且征新声，作此两曲。石湖把玩不已，使二妓肄习之，音节谐婉，乃名之曰《暗香》《疏影》。

旧时月色。算几番照我，梅边吹笛。唤起玉人，不管清寒与攀摘。何逊而今渐老，都忘却春风词笔。但怪得竹外疏花，香冷入瑶席。　江国，正寂寂。叹寄与路遥，夜雪初积。翠尊易泣，红萼无言耿相忆。长记曾携手处，千树压西湖寒碧。又片片吹尽也，几时见得。

疏影

苔枝缀玉。有翠禽小小，枝上同宿。客里相逢，篱角黄昏，无言自倚修竹。昭君不惯胡沙远，但暗忆江南江北。想佩环月夜归来，化作此花幽独。　犹记深宫旧事，那人正睡里，飞近蛾绿。莫似春风，不管盈盈，早与安排金屋。还教一片随波去，又却怨玉龙哀曲。等恁时重觅幽香，已入小窗横幅。

俞陛云《唐五代两宋词选释》："张叔夏（炎）云：'二曲前无古人，后无来者。'《疏影》曲前段用少陵诗（杜甫《咏怀古迹》：'画图省识春风面，环佩空归月夜魂。千载琵琶作胡语，分明怨恨曲中论。'），后段用寿阳公事（刘宋武帝女寿阳公主卧于含章殿檐下，有梅花落在她额上，宫女争相仿效，名梅花妆，见程大昌《演繁露·含章梅妆》），此皆'用事不为事所使'。今寻绎《暗香》词意，乃发怀旧之思，而托诸美人香草。起笔'旧时月色'句已标明本旨，'何逊渐老'二句有'同学少年多不贱，五陵衣马自轻肥'（杜甫《秋兴八首》之三）之慨，通篇一往情深。'翠尊''红萼'四句在西湖千树幽香中与玉人携手，如见绿萼仙人（女仙萼绿华，见陶弘景《真诰》），一笑嫣然，在残雪轻冰之外，词意清迥，不得以妮子语视之。况'寄与路遥'句与《疏影》曲'胡沙忆远'用意，则咏而兼有人在也。《疏影》曲叔夏言其'用事不为事所使'，诚然。但其意不仅用明妃、寿阳事，殆以两宫北狩（宋徽宗、钦宗被金人掳掠北去），有故主蒙尘之感，故云花片随波，胡沙忆远，寓霜塞玉鞭之慨。转头处即言深宫旧事,与《暗香》曲'旧时月色'相应。否则落花随水及'玉龙哀曲'与寿阳何涉耶?……二曲借花写怨,一片神行,宜推绝唱也。"这里指出《疏影》有寄托。

这两首词是写梅花的,但是借梅花来写他对情人的怀念。从"旧时月色"里,想起从前与玉人在月下吹笛采梅。因此现在看到竹外的梅花,又想起旧日的情事。现在想采梅来寄给玉人,相隔遥远,无从寄去。对着酒杯与红梅,怀念玉人,长记在西湖上与她携手赏千树梅花的事,几时可以再见。这样《暗香》写梅花,其实是借梅来写对情人的怀念,怀念往日的欢娱,写月下吹笛,采梅赏梅,在西湖赏梅,是风雅的。

再看《疏影》,"苔枝缀玉",指枝头梅花开放。翠禽同宿,当指双栖,那就与《暗香》的怀念玉人相应了。"客里相逢"梅花,"无言自倚修竹",本于杜甫《佳人》的"日暮倚修竹",即指"竹外疏花"。下面写昭君魂化此花,与《暗香》"寄与路遥"似有不同,《暗香》中的玉人只是远隔,《疏影》中的昭君魂化此花,似已不在。下点"深宫",点"玉龙哀曲",玉龙,笛子名,见《事物异名录》。哀曲当指《梅花落》。这样,《暗香》是怀人,《疏影》是含有悼念二宫北狩时的后妃之意了。两首咏梅花的词,都不执着于梅花,借梅花来抒怀,所以是清空。词中写的,都属于雅人深致,所以是骚雅。两首词是抒情的,有情味,所以称有意趣。清空骚雅而有意趣,成为姜夔词的风格。

元好问

《瓯北诗话》卷八《元遗山诗》:

盖生长云、朔,其天禀本多豪健英杰之气;又值金源亡国,以宗社丘墟之感,发为慷慨悲歌,有不求而自工者,此固地为之也,时为之也。同时李冶,称其"律切精深,有豪放迈往之气。乐府则清雄顿挫,用俗为雅,变故作新,得前辈不传之妙"。郝经亦称其"歌谣跌宕,挟幽并之气,高视一世。以五言雅为工,出奇于长句、杂言,揄扬新声,以写怨思"。《金史》本传亦谓其"奇崛而绝雕刻,巧缛而谢绮丽"。是数说者,皆可得其真矣。

遗山(古体诗)则专以单行,绝无偶句;构思窅渺,十步九折,愈折而意愈深、味愈隽,虽苏、陆亦不及也。七言律则更沉挚悲凉,自成声调。唐以来律诗之可歌可泣者,少陵十数联外,绝无嗣响,遗山则往往有之。如车驾遁之"白骨又多兵死鬼,青山元有地行仙","蛟龙岂是池中物,虮虱空悲地上臣";《出京》之"只知灞上真儿戏,谁谓神州遂陆沉";《送徐威卿》之"荡荡青天非向日,萧萧春色是他乡";《镇州》之"只知终老归唐土,忽漫相看是楚囚。日月尽随天北转,古今谁见海西流";《还冠氏》之"千里关河高骨马,四更风雪短檠灯";《座主闲闲公讳日》之"赠官不暇如平日,草诏空传似奉天"。此等感时触事,声泪俱下,千载后犹使读者低徊不能置。盖事关家国,尤易感人。……

这里称元好问的古体诗,"构思窅渺,十步九折,愈折而意愈深"。如《虞坂行》:

虞坂盘盘上青石,石上车踪深一尺。当时骐骥知奈何,千古英雄泪横臆。龙蟠于泥《易》所叹,麟非其时圣为泣,元龟竟堕豫且❶网,老凤常饥竹花实。天生神物似有意,验以乖逢知未必。若论美好是不祥,正使不逢何足惜!孙阳骐骥不并世,百万亿中时有一。乃知此物非不逢,辕下一鸣人已识。我行坂路多阅马,敢谓群空如冀北。孙阳已矣谁汝知,努力盐车莫称屈。

❶ 豫且:春秋时宋国渔人。

按赵翼称元好问的古体诗"专以单行，绝无偶句"，恐不尽确。如这首，"龙蟠"句与"麟非"句偶，"元龟"句与"老凤"句偶，似只可说偶句较少吧。但这首诗的用意确实多转折。先看"虞坂"，施国祁注："《国策》：昔骐骥驾盐车上虞坂，迁延负辕而不能进，盖其困处也。"按《战国策·楚策四》，称骥服盐车，中坂迁延，负辕不能上。伯乐下车攀而哭之，解纻衣以冪之。骥于是俯而喷，仰而鸣，声达于天，若出金石声者，彼见伯乐之知己也。这是写骐骥在困顿中遇到知己之感，是一个意思。接下来讲龙蟠于泥，麟出非时，元龟落网，老凤常饥，也指处在困顿中，但不讲什么遇到知己而感激，却说天生神物，天如有知，不会使神物困顿，现在神物遭遇困顿，可见天是无知的，这一转，转到天是无知上去了。这样转，就是所谓"意愈深、味愈隽"了。

这里又称他的七律"沉挚悲凉，自成声调"。如《壬辰十二月车驾东狩后即事五首》之三：

郁郁围城度两年，愁肠饥火日相煎。焦头无客知移突，曳足何人与共船。白骨又多兵死鬼，青山元有地行仙。西南三月音书绝，落日孤云望眼穿。

按壬辰（公元1232年）十二月，蒙古军攻金南京（开封），金哀宗东走。次年正月，哀宗奔归德。南京大臣崔立以南京降于蒙古。这首诗就是写金哀宗东走时的情况,这是写金亡国时的诗。开头写南京被围两年,在围城中愁苦饥疲。这正像救火时被火烧得焦头烂额,但没人懂得事前把烟囱改得弯曲,避免火灾,指没有人能够在事出出谋划策,抵抗蒙古军,到这时弄得狼狈不堪。"曳足"用后汉时马援领兵作战,碰上暑热,马援病倒了,他还拖着脚上前线督战。这里指金国将领白华坐船像马援那样上前线,但没有人跟他共患难,他只能退回。金哀宗逃入归德,派人去召邓州兵,派出去的人有人到乐土去,故称"地行仙"。金哀宗东走后,西南的南京城里音讯断绝,城中人望眼欲穿,这首诗写亡国之痛,所谓"沉挚悲凉,自成声调"。

这里又称元好问的乐府"清雄顿挫,用俗为雅,变故作新"。如《望云谣》:

涉江采芙蓉,芙蓉待秋风。登山采兰苕,兰苕霜早凋。美人亭亭在云霄,郁摇行歌不可招。湘弦沉沉写幽怨,愁心历乱如曳茧。金支翠蕤纷在眼,春草迢迢春波远。

按《古诗十九首》:"涉江采芙蓉,兰泽多芳草。采之欲遗谁?所思在远道。"即采荷花或兰苕,欲遗所思之人,但其人在远处,无法送去而忧伤。那么荷花或兰苕,是可以采的,这里"变故作新",说要采荷花、采兰苕,荷花待秋风,已零落了，兰苕被霜早凋落了，采不到了，这跟《古诗十九首》中的提法不同了。《古诗十九首》说"所思在远道"，望不见，无法送去。这里说"美人亭亭在云霄"，"金支翠蕤纷在眼"，"金支翠蕤"即美人头上的首饰；"纷在眼"，纷纷在眼前；即所思念的美人在眼前，可以望见，与"所思在远道"不同。美人虽在眼前，但又在云霄不可接近。这又跟《古诗十九首》的说法不同。钱起《湘灵鼓瑟》："苦调凄金石，清音入杳冥。苍梧来怨慕，白芷动芳馨。"是写湘灵即湘夫人在怨，即美人在怨。杜甫《渼陂行》："湘妃汉女出歌舞，金支翠旗光有无。""金支翠旗"即"金支翠蕤"，杜甫是用来指湘妃的。元好问在这里用来指在天上的美人。钱起是指湘灵的怨，元好问这里是作者借湘弦来写幽怨，这又跟前人的说法不同。这些不同，正是"变故作新"，写美人在云霄，可望而不可即，所以有"幽怨""愁心"，这样的用意和《古诗十九首》不同，与《离骚》相似，用意深远了。这样，元好问的风格是豪健英杰，廉悍沉挚的。

高启

《瓯北诗话》卷八《高青丘诗》：

惟高青丘（高启号青丘子）才气超迈，音节响亮，宗派唐人而自出新意，一涉笔即有博大昌明气象，亦关有明一代文运。……要其英爽绝人，故学唐而不为唐所囿。……

李青莲（白）诗，从未有能学之者，惟青丘与之相上下，不惟形似，而且神似。青莲乐府及五古，多主叙事，不着议论，盖用古人"意在言外"之法，此古诗正体也。青丘乐府及《拟古十二首》《寓感二十首》《秋怀十首》《咏隐逸十六首》，亦只叙题面，不复于题面内推究意义，发挥议论。……而一种迈往高逸之致，自见于楮墨之外。此正是学青莲处。七古内如《将进酒》《将军行》《赠金华隐者》《题天池石壁图》《登阳山绝顶》《春初来》《忆昨行》等作，置之青莲集中，虽明眼者亦难别择。昔司马子微谓青莲有仙风道骨；而青丘

《赠陶蓬先生》亦云:"谓予有仙契,泥滓非久沦。"盖二人实皆有出尘之才,故相契在神识间耳。然青丘非专学青莲者,如《游龙门》及《答衍师见赠》等作,骨坚力劲,则竟学杜。……

今姑摘其七律数首于后,观者可识其才力矣。

"重臣分陕去台端,宾从威仪尽汉官。四塞河山归版籍,百年父老见衣冠。潼(函)关月落听鸡度,华岳云开立马看。知尔西行定回首,如今江左是长安。"(《送沈左司从汪参政分省陕西》)

"城苑秋风蔓草深,豪华都向此销沉。赵佗❶空有称尊意,刘表初无弭乱心。半夜危楼俄纵火,十年高坞漫藏金。废兴一梦谁能问,回首青山落日阴。"(《吴城❷感旧》,盖咏张士诚也。)

盖其用力全在使事典切,琢句浑成,而神韵又极高朗,此正是细腻风光,看似平易,实则洗炼功深。观唐以来诗家,有力厚而太过者,有气弱而不及者,惟青丘适得诗境中恰好地步,固不必石破天惊,以奇杰取胜也。

❶ 赵佗:原为秦将,秦末大乱时割据岭南,建南越国。
❷ 吴城:此处指苏州,元末至正十六年至二十七年(公元 1356—1367 年)为张士诚部占据。

这里称他的诗"多主叙事","意在言外",如《忆昨行寄吴中诸故人》:

忆昨结交游侠客,意气相倾无促戚。十年离乱如不知,日费黄金出游剧。狐裘蒙茸欺北风,霹雳应手鸣雕弓,桓王地下衰草白,仿佛地是辽城东。马行雪中四蹄热,流影欲追飞隼灭,归来笑学曹景宗,生击黄獐饮其血。皋桥秦娘双翠蛾,唤来尊前为我歌,白日欲没奈愁何?回潭水绿春始波,此中夜游乐更多。月出东山白云里,照见船中笛声起,惊鸥飞过片片轻,有似梅花落江水。……

这里写游侠客,写他的射箭,"霹雳应手",有声势;写他的骑马,"流影欲追",极为神速;用曹景宗来比,极写他的英雄。再写他的听歌夜游,用水绿春波、月出东山来做陪衬;写船中笛声,用鸣鸥飞过来做衬托,写出诗情画意。这样来写人物,既极英俊,又有韵味,都通过叙述写景来透露,所谓意在言外,得李白诗的神情了。

这里再讲他的七律,"使事典切,琢句浑成,而神韵又极高朗"。如"重臣分陕"一首,"四塞河山归版籍,百年父老见衣冠",正写出明朝的统一中国,恢复汉代服装。再像"城苑秋风"一首,"赵佗空有称尊意,刘表初无弭乱心",写张士诚占有吴地,想效法南越王赵佗的称尊而不成,又像刘表的占有荆州,实无弭乱意,用事均极贴切。就整篇看,用意又极完整,一结更有意味。如"西行定回首",因"江左是长安",正切明初在南京建都。又如"废兴一梦","青山落日阴",正切张士诚的覆灭。这就是所谓浑成和神韵了。这一切又跟他才气超迈、自出新意结合。这里指出高启诗高逸浑成,英爽超迈,加上博大昌明气象,形成了他的风格。

吴伟业

《瓯北诗话》卷九《吴梅村诗》：

梅村诗有不可及者二：一则神韵悉本唐人，不落宋以后腔调，而指事类情，又宛转如意，非如学唐者之徒袭其貌也；一则庀材多用正史，不取小说家故实，而选声作色，又华艳动人，非如食古者之物而不化也。……故以唐人格调，写目前近事，宗派既正，词藻又丰，不得不推为近代中之大家。

梅村之诗最工者，莫如《临江参军》《松山哀》《圆圆曲》《茸城行》诸篇，题既郑重，诗亦沉郁苍凉，实属可传之作。其他闲情别趣，如《松鼠》《石公山》《缥缈峰》《王郎曲》，摹写生动，几于色飞眉舞。《直溪吏》《临顿儿》《芦洲》《马草》《捉船》等，又可与少陵《兵车行》《石壕吏》《花卿》等相表里，特少逊其遒炼耳。

七律不用虚字,全用实字,唐时贾至等《早朝大明宫》诸作,已开其端。……然不过写景。梅村则并以之叙事,而词句外自有余味,此则独擅长处。如《赠袁韫玉》云:"西州士女《章台柳》,南国江山《玉树花》。"十四字中,无限感慨,固为绝作。他如《扬州感事》云:"将军甲第櫜❶弓卧,丞相中原拜表行。"《吊卫紫岫殉难》云:"埋骨九原江上月,思家百口陇头云。"……皆不著议论而意在言外,令人低徊不尽。

❶ 櫜(gāo):收藏盔甲、弓矢的器具。

这里讲吴伟业的诗"神韵悉本唐人",即富有情韵;又称"华艳动人",即极富文采。《镇洋县志》称吴伟业"幼有异质,笃好史汉",指他天资聪明,对《史记》《汉书》极爱好。这样的天资,加上学力,又从张溥学习,所以他的诗富有才情。这里称他的七言古诗,最著名的为长篇叙事诗《圆圆曲》。靳荣藩注:"此首以'恸哭六军俱缟素,冲冠一怒为红颜'作挈领;以'若非壮士全师胜,争得蛾眉匹马还'作中权;以'全家白骨成灰土,一代红妆照汗青'作收束。此六句真史笔也,是全篇之眼目。"那么《圆圆曲》不光以叙事著称,以富于文采显耀,还以史笔的传信为特色。这首诗写陈圆圆和吴三桂的故事。李自成攻进北京,执吴三桂父吴襄,令他写信向吴三桂招降。三桂为总兵,镇守山海关，闻他的爱妾陈圆圆被李自成部下所掳掠，大怒，即投降清军，与清军合攻李自成军。李自成战败，杀吴襄全家，退走。这即所谓"冲冠一怒为红颜"。吴三桂与清军击败李自成军，复得陈圆圆，这即"争得蛾眉匹马还"。三桂以功封平西王，镇云南。陈圆圆不居王妃之位，请三桂别娶，独居别院，请为女道士。后康熙帝拟撤藩，三桂起兵反清，旋病死，其孙世璠为清所灭。圆圆没有被俘。故称"全家白骨成灰土，一代红妆照汗青"。这首诗就这样以史笔著称。

这首诗写陈圆圆：

家本姑苏浣花里，圆圆小字娇罗绮。梦向夫差苑里游，宫娥拥入君王起。前身合是采莲人，门前一片横塘水。……

用西施来做比，正写她后来得到吴三桂的宠爱。三桂后来封王，故用吴王作比，好像西施的得到吴王的宠爱。写陈圆圆与吴三桂在战争中相见，作：

蛾眉马上传呼进，云鬟不整惊魂定。蜡炬迎来在战场，啼妆满面残红印。……

从这些节引里，可见他的叙事诗不仅工于用诗来叙事，还富有文采。在用西施作比里，还富有想象，结合圆圆后来的经历来比。写战场上相见，又工于白描。总之富有才情。再看《圆圆曲》的结尾：

君不见馆娃初起鸳鸯宿，越女如花看不足。香径尘生乌自啼，屧廊❶人去苔空绿。换羽移宫万里愁，珠歌翠舞古梁州。为君别唱吴宫曲，汉水东南日夜流。

❶ 屧（xiè）廊：春秋时吴宫廊名，泛指屋前走廊。

清代靳荣藩《吴诗集览》注："此一段再咏叹之，若预知三桂有覆灭之祸者。"吴伟业写这首诗时，吴三桂正在封王得意时，诗人在结尾好像已经预见他的覆亡，所以用吴王夫差的灭亡来比。吴王灭亡后，吴王为西施建筑的"香径尘生"，"屧廊人去"了。因此"别唱吴宫曲"，想到李白《江上吟》："功名富贵若长在，汉水亦应西北流。"末句"汉水东南日夜流"，正说明功名富贵不能长在，与吴王的覆亡相应，暗指吴三桂也会覆亡。那这首诗不仅是诗史，还有先见之明，正见出诗人的远见。诗里写到吴王覆亡后吴宫的荒凉冷落，所以赵翼说"诗亦沉郁苍凉"了。

赵翼又指出吴伟业写闲情别趣的诗，摹写生动，如《石公山》：

伛偻一老人，独立拊其背。既若拱而揖，又疑隐而睡。
此乃为石公，三问不吾对。

石公山在吴县西南一百二十里。山根有石，形如老翁，独立水中。这里写到这个石公，既像在拱手作揖，又像在瞌睡，这就讲他的摹写生动。再像写民生疾苦的，如《直溪吏》：

一翁被束缚，苦辞橐如洗。吏指所居堂，即贫谁信尔。呼人好作计，缓且受鞭箠。穿漏四五间，中已无窗几。屋梁记日月，仰视殊自耻。昔也三年成，今也一朝毁。贻我风雨愁，饱汝歌呼喜。官逋依旧在，府帖重追起。……

这诗写催租吏的凶恶。老翁无钱款待催租吏，他们就拆屋把它卖钱来吃喝歌呼，而欠租还在。这首诗的风格与《圆圆曲》的华艳不同，比较朴实。赵翼又称他的七律："西州士女《章台柳》，南国江山《玉树花》。"章台柳是任人攀折的，西州士女已成为任人攀折的章台柳了。南国江山只成为亡国之音的《玉树后庭花》了，这里有晚明覆亡的悲痛，说明他的七律里有无限感慨悲凉。总的说来，吴伟业的诗，在华艳宛转中寓沉郁苍凉，别饶余味，构成他的风格。

流派的风格

流派的风格指一种风格形成一个流派，在这个流派内的诗人大都按照这个流派的风格来写诗，他们对于诗歌的创作，有个大体上相类似的主张和要求。流派的风格和文体的风格不同。如《诗经》以四言诗为主，《楚辞》以《离骚》诗为主，这些属于文体不同，应属于文体的风格，不属于流派的风格。《古诗十九首》是五言古诗，沈约的永明体开始讲究格律，是格律诗的开端，也应该属于文体的风格，不属于流派的风格。较早的流派的风格，当推"宫体"。

○ 宫体

《梁书·徐摛传》:"属文好为新变,不拘旧体。……王(晋安王纲)入为皇太子,转家令,兼掌管记,寻带领直。摛文体既别,春坊尽学之,'宫体'之号,自斯而起。"又《简文帝纪》:"雅好题诗,其序云:'余七岁有诗癖,长而不倦。'然伤于轻艳,当时号曰'宫体'。"宫体是由梁朝的徐摛开创的,徐摛是晋安王萧纲手下的臣子,萧纲做了皇太子,他就在太子宫主管文书。他改变旧文体,创造一种新变体,萧纲和太子宫内的文人都仿效它,称为"宫体"。宫体在当时成为一个流派,它的特点,一是文体的新变,二是题材的侧重,三是风格的轻艳。因此不把它作为文体的风格,而作为流派的风格。先看文体,徐摛的诗,传下来的有《胡无人行》《咏笔诗》《咏橘诗》《坏桥诗》《赋得帘尘诗》五首。这五首诗比沈约的永明体诗更趋向格律化,试看《咏笔诗》:

本自灵山出，名因瑞草传。纤端奉积润，弱质散芳烟。
直写飞蓬牒，横承落絮篇。一逢提握重，宁忆仲升捐。

这首诗几乎同于唐代的五言律诗：一、也是八句；二、也一韵到底；三、中间两联也是对偶；四、除了第三句"奉积润"连用三仄不合律外，其余七句平仄全合。因此，他们所谓新变体，即更趋向格律化。不过这是属于文体的风格，不属于流派的风格。它的第二个特点，除了《胡无人行》外，四首都是咏物诗，在题材上侧重咏物，不过这也不属于风格。

再看梁简文帝萧纲的宫体诗：

咏蜂诗
逐风从泛漾，照日乍依微。知君不留眄，衔花空自飞。

咏笼灯
动焰翠帷里，散影罗帐前。花心生复落，明销君讵怜。

再像《咏内人昼眠》："簟文生玉腕，香汗浸红纱。夫婿恒相伴，莫误是倡家。"写得比较轻薄。这就构成宫体诗的风格，细小而轻艳，还带有轻薄的不健康情绪，这主要是就梁简文帝萧纲的宫体诗说的，到唐初受到了批判。

西昆体

宋真宗景德二年到大中祥符元年（公元1005—1008年），杨亿、刘筠等人在秘阁里编纂一千卷的《册府元龟》，秘阁是宋王朝藏书处。《穆天子传》说周穆王"至于群玉之山，先王之所谓册府"。即称玉山为先王藏书处。《山海经》里说昆仑山西有玉山，因此杨亿等把他们编书的秘阁称为"册府"，把他们在编书时写的诗称为《西昆酬唱集》。这部集子收集到参加唱和的诗人有十七人，有的没有在秘阁里参加编书的也参加唱和。他们都学习李商隐的诗，成为一个流派，称为西昆体。

西昆体学习李商隐的近体诗，讲究音节铿锵，辞藻艳丽。李商隐写了政治讽刺诗，没有引起唐朝的反对。西昆体也学习写政治讽刺诗，如《宜曲》诗，写宋真宗未即位时，召女伶丁香，昼承恩幸。杨亿、刘筠写诗来记载。王钦若向真宗告发，真宗下诏："自今有属词浮靡，不遵典式者，当加严谴。"

所以李商隐可以写政治讽刺诗,杨亿、刘筠等学习李商隐的,就不敢写政治讽刺诗了,或者写得更为隐秘了。

汉武

杨亿

蓬莱银阙浪漫漫,弱水回风欲到难。光照竹宫劳夜拜,露溥金掌费朝餐。力通青海求龙种❶,死讳文成食马肝❷。待诏先生齿编贝,那教索米向长安。

❶ 龙种:良马名。
❷ 文成:汉武帝时方士名。食马肝:相传马肝有毒,汉武帝诛杀文成后,讳称"文成食马肝死耳"。

汉武

刘筠

汉武天台切绛河,半涵非雾郁嵯峨。桑田欲看他年变,瓠子先成此日歌。夏鼎几迁空象物,秦桥未就已沉波。相如作赋徒能讽,却助飘飘逸气多。

这两首诗都是写汉武帝的。前一首写汉武帝迷信求仙,派方士去找蓬莱仙山找不到,所以说"欲到难"。汉武帝又在竹宫祭神,造仙人掌托承露盘来接露水。又派人去求龙马,汉武帝相信方士文成,文成假造帛书饭牛骗武帝,败露后被杀,但武帝讳言,说他是吃了马肝死的。待诏先生指东方朔,齿编贝指牙齿雪白,有才学,武帝不看重他,让他在长安挨饿。讽刺汉武帝只迷信神仙、信用方士,不看重有才能的人。后一首写汉武帝听了方士的话,造通天台,台高到几乎可以接近银河,高耸入云雾中。写武帝要求长生不老,能看到沧海变桑田,但他却只能把黄河瓠子决口处堵住而作歌。武帝得到夏朝的鼎,鼎上徒然铸有各种形象,不能使武帝长生。武帝的求仙像秦始皇在海边造石桥,没有造成,石桥已没入海里,指武帝求仙不成。司马相如作《大人赋》来讽谏,武帝读了反而飘飘然有凌云气游天地之间意。这两首诗讽刺汉武帝迷信方士求神仙的虚妄,实际是表示对宋真宗大兴土木、赶造许多宫观来求神仙的虚妄的不满,不过写得很隐晦,不敢触及宋真宗迷信的事。再说,他们又写了《鹤》《别墅》《荷花》等咏物诗,只追求辞藻音节之美,构成了华艳浮靡的风格,因此受到了石介等的攻击,西昆体的影响也消失了。

江西诗派

宋代吕本中作《江西诗社宗派图》，以黄庭坚为首，列陈师道、潘大临、谢逸、洪刍等二十五人，认为都是学习黄庭坚的诗法的，成为江西诗派。他在序里说："惟豫章始大，出而力振之，抑扬反复，尽兼众体，而后学者同作并和，虽体制或异，要皆所传者一。"即认为诗歌创作到了黄庭坚，用大力来振起，兼有各体的优点，为后学所取法，成为一个宗派。虽然同一宗派中人所作的"体制或异"，但还是从黄庭坚的诗论来的。胡仔《苕溪渔隐丛话》前集卷四十八称："余窃谓豫章自出机杼，别成一家，清新奇巧，是其所长，若言'抑扬反复，尽兼众体'，则非也。"即认为黄庭坚的诗，自成一家，风格清新奇巧，不能认为"尽兼众体"。又认为所列二十五人不尽恰当，有的没有诗篇流传，不当列入。南宋刘克庄《江西诗派小序》说："国初诗人，如潘阆、魏野，规规晚唐格调，寸步不敢走作；杨（亿）刘（筠）则又专为昆体（西昆体），故优人有挦扯义山之诮;苏(舜钦)梅(尧臣)二子,稍变以平淡豪俊,而和之者尚寡;至六一(欧阳修)坡公(苏轼),巍然为大家数,学者宗焉,然二公亦各极其天才笔力之所至而已,非必锻炼勤苦而成也;豫章稍后出,荟萃百家句律之长,究极历代体制之变,搜猎奇书,穿穴异闻,作为古律,自成一家,虽只字半句不轻出,遂为本朝诗家宗祖,在禅学中比得达摩,不易之论也。"这里指出,宋代开始学晚唐的,不免柔弱;西昆体又不免浮艳,真能建立宋诗的特色的,应推梅尧臣、苏舜钦、欧阳修、苏轼诸家。但要学欧、苏而有所成就,要靠天才和学问,那也不易学。黄庭坚有一套创作论,称:"老杜作诗,退之作文,无一字无来处。盖后人读书少,故谓韩杜自作此语耳。古之能为文章者,真能陶冶万物,虽取古人之陈言入于翰墨,如灵丹一粒,点铁成金也。"(《答洪驹父书》)这样取古人的陈言来作诗,只要"搜猎奇书,穿穴异闻"就可以了。这样的理论一般人都可学习。这样作出来的诗,既可以达到"荟萃百家句律之长,究极历代体制之变",避免学晚唐的柔弱,学西昆的浮艳,又不需要学欧、苏的天才,所以有不少人要学黄庭坚,成为一个流派了。不过黄庭坚的诗还是有成就的,他的取古人陈言是在"陶冶万物"之后,他从"陶冶万物"中产生的情思是他的,他用古人的陈言来表达他经过陶冶万物所产生的情思,就他表达的情思说还是创作。他在"陶冶万物"时还是离不开他的遭遇和感受,离不开他的生活的。但学他的人,有的在"陶冶万物"上没有做好,那就不行了。

再看江西诗派的诗,黄庭坚的诗是自成风格的,已见上。江西诗派陈师道的诗,是学黄庭坚的。他想做到"每下一俗间言语"也"无字无来处",不免"拆东补西裳作带"。他的情感和心思都比黄庭坚深刻,只要陈师道不是一味用成语古句来东拆西补,或者过分把字句简编的时候,他可以写出极朴挚的诗(参见钱锺书先生《宋诗选注》"陈师道"篇)。如《示三子》:

去远即相忘,归近不可忍。儿女已在眼,眉目略不省(子女别久长大,见面不易认识)。喜极不得语,泪尽方一哂。了知不是梦,忽忽心未稳。

徐俯是黄庭坚的外甥,受黄的指教,也列入江西诗派。他晚年否认受舅舅的启发,也想摆脱江西诗派讲究字字有来历,像他的《春游湖》:

双飞燕子几时回?夹岸桃花蘸水开。春雨断桥人不度,小舟撑出柳阴来。

洪炎也是黄庭坚的外甥,列入江西诗派。他的《四月二十三日晚同太冲、表之、公实野步》：

四山矗矗野田田，近是人烟远是村。鸟外疏钟灵隐寺，花边流水武陵源。有逢即画元非笔，所见皆诗本不言。看插秧栽欲忘返，杖藜徙倚至黄昏。

钱先生《宋诗选注》注"有逢即画"两句，称："上句就是黄庭坚的《王厚颂》第二首所谓'天开图画即江山'，《题胡逸老〈致虚庵〉》所谓'山随燕坐画图出'，都是他的得意之句"；下句"参看苏轼《和陶〈田园杂兴〉》：'春江有佳句，我醉堕渺茫'；陈与义《对酒》：'新诗满眼不能裁。'；《春日》：'忽有好诗生眼底，安排句法已难寻'；又《题酒务壁》：'佳句忽堕前，追摹已难真。'"照钱先生所注看，"有逢即画"两句都有来历，但这两句是承上文来的，上文写了山野村寺的美景，因而感到这些美景都是画，不一定要画家笔画的才是画，这里所见的美景都是诗，本来不必说出来才是诗。这两句虽有来历，但洪炎还是写出了自己的感受，还是属于"陶冶万物"后才有取于陈言来表达自己的感受的。这样看来，江西诗派的诗还是有写得可取的，黄庭坚的理论还是有可取的，江西诗派的诗还是"体制或异"的，当然，他取古人陈言的说法还是有局限性的。

四灵派

钱锺书先生《宋诗选注》"徐玑"篇：

徐玑（公元1162—1214年）字文渊，一字致中，号灵渊，永嘉人，有《二薇亭诗集》。他和他的三位同乡好友——字灵晖的徐照，字灵舒的翁卷，号灵秀的赵师秀——并称"四灵"，开创了所谓"江湖派"。

杜甫有首《白小》诗，说："白小群分命，天然二寸鱼。"意思是这种细小微末的东西，要大伙儿合起来才凑得成一条性命。……读了"四灵"的作品，就觉得这种同一流派而彼此面貌极少差异的小家不过像白小。江湖派反对江西派运用古典成语，"资书以为诗"，就要尽量白描、"捐书以为诗"、"以不用事为第一格"；江西派自称师法杜甫，江湖派就抛弃杜甫，抬出晚唐诗人来对抗。……主要指姚合和贾岛，两个意境非常淡薄而琐碎的诗人，就是赵师秀所选《二妙集》里的"二妙"。

经过叶适的鼓吹，有了"四灵"的榜样，江湖派或者"唐体"风行一时，大大削弱了江西派或者"派家"的势力，几乎夺取了它的地位，所谓"旧止四人为律体，今通天下话头行"（《后村大全集》卷十六《题蔡炷主簿诗卷》）。名叫"江湖派"大约因为这一体的作者一般都是布衣——像徐照和翁卷……名叫"唐体"其实就是晚唐体……限于姚合、贾岛，……"四灵"的诗情诗意都枯窘贫薄，全集很少变化，一首也难得完整，似乎一两句话以后，已经才尽气竭；在这一伙里稍微出色的赵师秀坦白地说："一篇幸止四十字，更增一字，吾未如之何矣！"可是这四十字写得并不高明，开头两句往往死死扣住题目，像律赋或时文的"破题"；而且诗里的警联常常依傍和模仿姚合等的诗，换句话说，还不免"资书以为诗"，只是根据的书没有江西诗根据的那样多。

钱先生称为"江湖派"，是把"四灵"跟刘克庄合在一起说的。现在专指"四灵"，称四灵派。"四灵"所作，还有一点点灵秀的意致。如徐玑《新凉》：

水满田畴稻叶齐，日光穿树晓烟低。黄莺也爱新凉好，飞过青山影里啼。

翁卷《乡村四月》：

绿遍山原白满川，子规声里雨如烟。乡村四月闲人少，才了蚕桑又插田。

四灵派的诗在反对江西诗派的以学问为诗上还有可取处，它的诗作风格，虽枯窘而其中稍有可取处，有些清新的风格。

茶陵派

明代从永乐以后,"台阁体"长期统治着文坛,它的内容贫乏,篇章冗整,文风萎弱。到英宗天顺以后,茶陵人李东阳起来代替它,称茶陵派。李东阳有《怀麓堂诗话》,他的论诗,从辨体入手。他认为诗与文体制不同。就诗论,强调诗歌的声调,认为律诗的声律有定,还要讲调,称:"律者,规矩之谓,而其为调,则有巧存焉。"又说:"今之歌诗者,其声调有轻重、清浊、长短、高下、缓急之异,听之者不问而知其为吴为越也。""然其调之为唐为宋为元者,亦较然明甚。"即他要通过声调来辨别诗歌不同的地域风格和时代风格了。因此说:"诗必有具眼,亦必有具耳。眼主格,耳主声。闻琴断,知为第几弦,此具耳也;月下隔窗辨五色线,此具眼也。费侍郎廷言尝问作诗,予曰:'试取所未见诗,即能识其时代格调,十不失一,乃为有得。'"他讲诗,注意分别时代格调与地方格调,要求反映时代和地方的风格,所以反对模仿，模仿古人就显不出时代格调和地域格调来了。他又说："今泥古诗之成声，平侧短长，句句字字，模仿而不敢失，非惟格调有限，亦无以发人之情性。"他反对模仿，因为模仿也会无从发抒个人的情性。

要"发人之情性"，所以赞美学唐诗，说："唐诗李杜之外，孟浩然、王摩诘足称大家。王诗丰缛而不华靡，孟却专心古淡，而悠然深厚，自无寒俭枯瘠之病。由此言之，则孟为尤胜。储光羲有孟之古而深远不及岑参，有王之缛而又以华靡掩之。"这样，他是赞同丰缛深厚，反对华靡枯淡的。这跟他反对当时台阁体的贫乏萎弱有关，他的诗，如《九日渡江》：

秋风江口听鸣榔，远客归心正渺茫。万古乾坤此江水，百年风日几重阳。烟中树色浮瓜步，城上山形绕建康。直过真州更东下，夜深灯火宿维扬。

又东阳弟子邵宝《孙翊妻》：

夫死矣，妾何敢生，夫仇为重身为轻。贼尚生，妾何敢死，旧门幸有诸君子。号召如风赴如水，奉贼头，祭夫墓。白日下高天，何处黄泉路。

这是茶陵派的两首诗，一首是即景抒怀，用"万古乾坤"

与"百年风日"相映衬,感叹人生的短促与长江的无穷。这里把"万古"的悠久与"乾坤"的广大结合在"此江水"里,把"百年"寿之大齐与"风日"的美好结合在"几重阳"里,含义深沉,可供体味。苏轼在《前赤壁赋》说:"寄蜉蝣于天地,渺沧海之一粟;哀吾生之须臾,羡长江之无穷。"用四句话来感叹人生短促,长江无穷;人的渺小,长江的广大。这里只用两句,把时间和空间的对比都包括进去了,再加上风日的美好,富有含义。另一首是咏史,写三国时的孙翊妻。见《三国志·吴志·孙翊孙韶传》注引《吴历》,写孙翊被害,妻为其报仇的事,写得挺拔。茶陵派的诗,风格比较典雅挺拔。

七子派

七子派的称呼,见于郭绍虞《中国文学批评史》的明代《七子派之文论》。七子派分前七子及后七子,《明史·文苑传序》:

> 弘正(弘治、正德)之间,李东阳出入宋、元,溯流唐代,擅声馆阁(茶陵派)。而李梦阳、何景明倡言复古,文自西京,诗自中唐而下,一切吐弃。操觚谈艺之士,翕然宗之。明之诗文,于斯一变(前七子)。迨嘉靖时,王慎中、唐顺之辈,文宗欧、曾(欧阳修、曾巩),诗仿初唐(唐宋派)。李攀龙、王世贞辈文主秦汉,诗规盛唐。王、李之持论,大率与梦阳、景明相倡和也(后七子)。

前七子

《明史·文苑传二·李梦阳传》:

弘治时,宰相李东阳主文柄,天下翕然宗之,梦阳独讥其萎弱。倡言文必秦汉,诗必盛唐,非是者弗道。与何景明、徐祯卿、边贡、朱应登、顾璘、陈沂、郑善夫、康海、王九思等号十才子,又与景明、祯卿、贡、海、九思、王廷相号七才子,皆卑视一世,而梦阳尤甚。……迨嘉靖朝,李攀龙、王世贞出,复奉以为宗,天下推李、何、王、李为四大家,无不争效其体。华州王维桢以为七言律自杜甫以后,善用顿挫倒插之法,惟梦阳一人。而后有讥梦阳诗文者,则谓其模拟剽窃,得史迁、少陵之似而失其真云。

又《何景明传》:

景明志操耿介,尚节义,鄙荣利,与梦阳并有国士风。两人为诗文,初相得甚欢。名成之后,互相诋諆。梦阳主摹仿,景明则主创造,各树坚垒不相下。两人交游,亦遂分左右袒。说者谓景明之才本逊梦阳,而其诗秀逸稳称,视梦阳反为过之。然天下语诗文,必并称何、李。又与边贡、徐祯卿并称四杰。

其持论谓:"诗溺于陶,谢力振之,古诗之法亡于谢。文靡于隋,韩力振之,古文之法亡于韩。"钱谦益撰列朝诗,力诋之。

这里对前七子做了概括的叙述。前七子中最著名的是李梦阳、何景明。梦阳文论,称:"文必秦汉,诗必盛唐,非是者弗道。"这话很扼要。郭绍虞《中国文学批评史》认为还可做些补充,即梦阳受到严羽《沧浪诗话》的影响,认为学诗当学第一义,即选择格调最高的来学,因此,"古体宗汉魏,近体宗盛唐,而七古则兼及初唐"。总之,他主张模仿格调最高的作品。就"文必秦汉,诗必盛唐"来说,前七子的观点是一致的。何景明说的:"诗溺于陶,谢力振之,古诗之法亡于谢。"从梦阳"古体宗汉魏"来说,他们认为汉魏的古诗最好,陶渊明作诗,不效法汉魏,所以"诗溺于陶"。谢灵运刻画山水,与陶渊明的写法不同,所以称"谢力振之";但谢灵运也不效法汉魏,所以"古诗之法亡于谢"。他认为秦汉的古文最好,到了隋代,骈文通行,所以"文靡于隋"。唐朝韩愈提倡古文,所以说"韩力振之";但韩愈不是效法秦汉的古文,所以说"古文之法亡于韩"。这说明他跟梦阳对诗文第一义的看法是一致的,所以成为一个流派。

但他跟梦阳在创作上的看法又有不同。"李由北地(甘肃庆阳)家大梁(河南开封),多北方之音,以气骨称雄,何家申阳(河南信阳),近江汉,多南方之音,以才情致胜"

(李维桢《彭伯子诗跋》),这是两人性格的不同。梦阳学富,景明才高,学富故偏重仿效,才高故偏重变化,这是两人才学的不同。就两人的诗说,何景明《与李空同论诗书》:"近诗以盛唐为尚,宋人似苍老而实疏卤,元人似秀峻而实浅俗。今仆诗不免元习,而空同近作,间入于宋。""譬之乐,众响赴会,条理乃贯。一音独奏,成章则难。故丝竹之音要眇,木革之音杀直。若独取杀直,而并弃要眇之声,何以穷极至妙,感精饬听也?"这说明攀龙的诗讲究气骨,近于宋诗,有些像木革之音杀直;景明的诗讲究才情,似元诗的秀峻,像丝竹之音要眇。这里就引起了李、何两家的争论。

何景明《与李空同论诗书》:"空同子刻意古范,铸形宿模,而独守尺寸。仆则欲富于材积,领会神情,临景构结,不仿形迹。"何认为学古在"领会神情""不仿形迹",即对于古代的作品,领会作者的神情,领会作者怎样用文辞来表达他的神情,不模仿他的形迹,不在语言上模仿,学古人的表达法。何又认为李是把古人的作品作为模范,不失尺寸地去模仿,即模仿古人的语言。因此何又说:"仆尝谓诗文有不可易之法者,辞断而意属,联类而比物也。"认为有的文辞断了,转到另一方面,但上下文的用意还是连接的;有的把同类的事物连接起来,用相似的物来比。即指学习古人的写作法。又说:"今为诗不推类极变,开其未发,泯其拟议之迹,以成神圣之功;徒叙其已陈,修饰成文,稍离旧本,便自杌陧(不安)。如小儿倚物能行,独趋颠仆。虽由此即曹、刘,即阮、陆,即李、杜,且何以益于道化也?"这是批评李的作诗,不是推类极变,即不是推究写作上的变化,开拓前人所没有发现的来写,消除模仿的痕迹,来从事创作;徒然模仿旧本来写,那么即使模仿得像曹植、刘桢,像阮籍、陆机,像李白、杜甫,对于创作之道在于变化,在于创造,又有什么好处呢?即反对李的模仿古人语言。

李梦阳《驳何氏论文书》:"子摘(挑剔)我文曰:'子高处是古人影子耳'……短仆者必曰:李某岂善文者,但能守古而尺尺寸寸之耳。……古之工,如倕,如班(两人是古代巧匠),堂非不殊,户非同也,至其为方也,圆也,弗能舍规矩。何也?规矩者,法也。仆之尺尺而寸寸之者,固法也。假令仆窃古之意,盗古形,剪截古辞以为文,谓之'影子'诚可。若以我之情,述今之事,尺寸古法,罔袭其辞,犹班圆倕之圆,倕方班之方。而倕之木,非班之木也,此奚不可也?……规矩者,方圆之自也,即欲舍之,乌乎舍?"李认为他的模仿古人作品,好比木匠建筑要用圆规方矩。木匠建筑离不开圆规方矩是对的,但跟他的"守古而尺尺寸寸之"不同。比方建筑,根据古建筑尺尺而寸寸之,连一尺一寸都模仿古建筑,这成了仿古,不成为创作了。何景明也学古,但他注意的是风神意态的仿效,这就胜过李的尺尺寸寸的仿效。李重在气象格调,要模仿气象格调就从语言文字方面着手,所以引出"古人影子"的批评了。

前七子作为一个流派看，他们总的趋向是复古，即模仿古人之作。就风格说，李、何两家就不相同。对他们的诗，沈德潜在《明诗别裁序》里称："弘正之间，献吉、仲默（李梦阳、何景明）力追雅音……于鳞、元美（李攀龙、王世贞），益以茂秦（谢榛），接踵囊哲，虽其间规格有余，未能变化，识者咎其鲜自得之趣焉，然取其菁英，彬彬乎大雅之章也。"纪昀《四库全书总目·大复集》："平心而论，模拟蹊径，二人之所短略同。至梦阳雄迈之气与景明谐雅之音，亦各有所长，正不妨离之双美，不必更分左右袒也。"指出李、何两家都有模拟的缺点，但也不否定他们的成就，认为李的风格雄迈，何的风格谐雅。如李梦阳《送李帅之云中❶》：

黄风北来云气恶，云州健儿夜吹角。将军按剑坐待曙，纥干山摇月半落。槽头马鸣士饭饱，昔无完衣今绣袄❷。沙场缓辔行射雕，秋草满地单于逃。

何景明《鲥鱼》：

五月鲥鱼已至燕，荔枝卢橘未应先。赐鲜遍及中珰❸第，荐熟谁开寝庙筵。白日风尘驰驿骑，炎天冰雪护江船。银鳞细骨堪怜汝，玉箸金盘敢望传。

❶ 云中:古郡名,战国赵武灵王置。唐改云州,治所在云中(今山西大同)。诗中所言纥干山位于大同城东。
❷ 绣袄:明军战服,因绣有军队番号文字及纹饰,故名。
❸ 中珰:宦官。

就这两首诗看,梦阳的一首风格刚健,赞美李帅,他一到云中,使士兵饭饱穿好,加上他的按剑待曙,鼓舞士气,写得有力。何景明的一首,沈德潜批:"赐及中珰而寝庙未荐,则波及臣家,益无望矣。中含讽喻,不同寻常赋物。"风格是柔婉的。那么前七子的流派的风格,除了过于模仿之作,其他反映生活感受的诗,主要是在恢复唐诗雅正的风格,在表现时代风格上显得不够。

后七子

后七子主要是李攀龙、王世贞。《明史·文苑传三·李攀龙传》:

其持论谓:文自西京,诗自天宝而下,俱无足观。于本朝独推李梦阳,诸子翕然和之,非是则诋为宋学。攀龙才思劲鸷,名最高,独心重世贞。天下亦并称王、李,又与李梦阳、何景明并称何、李、王、李。其为诗,务以声调胜。

又《王世贞传》：

其持论，文必西汉，诗必盛唐，大历以后书勿读，而藻饰太甚。晚年攻者渐起，世贞顾渐造平淡。

世贞与攀龙同样主张摹古，但有些差别。世贞与攀龙专取第一义为诗（见下《诗论所造成的时代风格》），都主张格调说，不过攀龙专取第一义之诗，世贞于第一义之诗取其格，于第一义以外之诗博其趣。因此他提出"师匠宜高，捃拾宜博"（《艺苑卮言》卷一），即既要取于第一义之诗，又要博采其他各家之诗。更有进者，他主张作诗要跟着生活的环境变。他在《答周叙书》中说：

至于山川土俗，出不必异，而成不必同，务当于有物有则之一语。而会昨者莅魏，行戍燕赵，其地莽苍磊块，故于辞慷慨多节而凌厉。寻转治武林、吴兴间，其所遇清嘉而丽柔，故其辞婉而务当于致。足下见仆魏诗而怪之，或见仆吴篇而合也。虽然，仆所不自得者，或求工于字而少下其句，或求工其句而少下其篇，未能尽程古如于鳞耳。（《弇州山人四部稿》一百二十八卷）

这说明王世贞的模仿与李攀龙不同，还要考虑到地域风貌的不同，要在诗里把这种不同风貌表达出来，这就不能不影响仿古了。

纪昀《四库全书总目·沧溟集提要》："今观其集，古乐府割剥字句，诚不免剽窃之讥。诸体诗亦亮节较多，微情差少。……然攀龙资地本高，记诵亦博，其才力富健，凌轹一时，实有不可磨灭者。汰者肤廓，撷其英华，固亦豪杰之士。"又《弇州山人四部稿提要》："然世贞才学富赡，规模终大。譬诸五都列肆，百货具陈，真伪骈罗，良楛淆杂，而名材瑰宝，亦未尝不错出其中。"又《读书后提要》，称王世贞："今观是编，往往与苏轼辩难，而其文反复条畅，亦皆类轼，无复摹秦仿汉之习。"指出世贞晚年文章条达通畅，又有不同。

沈德潜《明诗别裁》称：李攀龙"古乐府及五言古体临摹太过，痕迹宛然。七言律及七言绝句高华矜贵，脱弃凡庸，去短取长，不存意见，历下之真面目出矣"。如《春日闻明卿之京却寄》：

十载浮云傍逐臣，归来不改汉宫春。摩挲金马宫门外，谁识当时谏猎人？

又《和聂仪部❶明妃曲》：

❶ 聂仪部：姓名待考。仪部，礼部属官。

天山雪后北风寒,抱得琵琶马上弹。曲罢不知青海月,徘徊犹作汉宫看。

前一首是写给吴国伦的,吴字明卿,为后七子之一。做兵科给事中时,杨继盛被严嵩害死,他倡议出钱送丧,严嵩把他贬官做南康推官。严嵩失败后,他才起来做建宁同知,迁河南左参政。这首诗写他被严嵩放逐,但还是有浮云靠傍他,指还有人亲近他。他起复到京,不改当年风度。但也感叹他曾经像司马相如上过《谏猎书》,现在人们已不识了。赞美他有远见,能进谏。下一首写王昭君出塞以后,在塞外的月下徘徊,还把它看作汉宫的月。这首诗有新意,当借昭君来指被流放到外地的人,还不忘朝廷。

《明诗别裁》称王世贞:"弇州天分既高,学殖亦富。""乐府古体,高出历下(李攀龙)何啻数倍。七言近体,亦规大家。"没有讲他的五律,如《乱后初入吴舍弟小酌》:

与尔同兹难,重逢恐未真。一身初属我,万事欲输人。天意宁群盗,时艰更老亲。不堪追往昔,醉语亦伤神。

后七子总的倾向也是复古,缺点是模仿古诗格调,好处是纠正平庸浮靡的风格。就李、王的成就说,李的七绝高华而含蓄,王诗情味沉挚,各具特色。

七子派的文论,所谓"文必秦汉",即不满于唐宋散文,王世贞、屠隆两人都有所说明。王世贞《艺苑卮言》卷三说:

《檀弓》《考工记》《孟子》、左氏、《战国策》、司马迁,圣于文者乎?其叙事则化工之肖物。班氏,贤于文者乎?人巧极,天工错。庄生、《列子》《楞严》《维摩诘》,鬼神于文者乎?其达见,峡决而河溃也,窈冥变幻而莫知其端倪也。

在这里,他赞美先秦和两汉的文章,这是七子派提倡"文必秦汉"的理由。在这里,他把《列子》认为是先秦著作,又把《楞严经》《维摩诘经》两部佛经,认为跟《庄子》《列子》是属于同一类的著作。又称:

西京之文实,东京之文弱,犹未离实也。六朝之文浮,离实也。唐之文庸,犹未离浮也。宋之文陋,离浮矣,愈下矣。元无文。韩柳氏振唐者也,其文实。欧、苏氏振宋者也,其文虚。临川氏法而狭。南丰氏饫而衍。

这里,他认为六朝文浮,唐文庸,宋文陋,都不值得学习,这也是"文必秦汉"的理由。不过,他对唐宋八大家,即韩、柳、欧、三苏、王安石、曾巩还有所肯定。

明末屠隆《文论》做进一步发挥:

《易》之冲玄,《诗》之和婉,《书》之庄雅,《春秋》之简严,绝无后世文人学士纤秾佻巧之态,而风骨格力,高视千古。若《礼·檀弓》《周礼·考工记》等篇,则又峰峦峭拔,波涛层起,而姿态横出,信文章之大观也。六经而下,《左》《国》之文高峻严整,古雅藻丽……贾、马之文疏朗豪宕,雄健隽古。……(《由拳集》卷二十三)

这是他赞同"文必秦汉"的理由,但他对于七子派模仿秦汉作文有不满。他又说:

学《左》《国》者得其高峻而遗其和平,学《史》《汉》者得其豪宕而遗其浑博,模辞拟法,拘而不化。独观其一,则古色苍然;总而读之,则千篇一律也。……愚意作者必取材于经史,而镕意于心神;借声于周、汉,而命辞于今日。不必字字而琢之,句句而拟之,而浩博雄浑,识者自知其为周、汉之文,不作昌黎以下语,斯其至乎?今文章家独有周、汉之句法耳,而其浑博之体未备也,变化之机未熟也,超妙之理未臻也,故吾愿与海内诸君子勉之矣。夫文不程古则不登于上品,见非超妙则傍古人之藩篱而已。……(同上)

屠隆一方面赞美"文必秦汉",一方面又看到模仿秦汉文的只是"模辞拟法,拘而不化","独有周、汉之句法",

认为不行。他主张"取材于经史,而镕意于心神;借声于周、汉,而命辞于今日",即用意出于心神,是自己的;命辞本于今日,是当代的;但又要取材于经史,借声于周、汉,这是矛盾。命意是自己的,自己的命意当从自己的生活中来,当取材于自己的生活,怎能取材于经史?命辞于今日,用当代的文辞,又怎能借声于周、汉?周、汉的声音与明代不同。因此,他虽已看到拟古派的缺点,要变,但还是要"取材于经史","借声于周、汉",还是属于七子派,但已透露要穷则变了,这个变就是唐宋派。

○
唐宋派

七子派的文论是"文必秦汉",唐宋派的文论是文必唐宋。七子派模仿秦汉,唐宋派模仿唐宋。何以模仿秦汉的被称为"古人影子"?因为秦汉的时代离明代远,用词造句跟明代有不同。模仿秦汉文的格调,就要学习秦汉文的用词造句,显出模仿的痕迹来。模仿唐宋派,唐宋的时代离明代近,就文言说,用词造句跟明代接近,因此模仿唐宋文,就在模仿唐宋文怎样表达情思和组织结构的方法,这就跟七子派不同了。

唐宋派首推唐顺之,他在《董中峰侍郎文集序》里,批评七子派的模仿秦汉文:"决裂以为体,饾饤以为词,尽去自古以来开阖首尾经纬错综之法,而别为一种臃肿窘涩浮荡之文。"即批评七子派学习秦汉语言,所以显出割裂堆砌的毛病。他学习唐宋文,用学习音乐来比:"其妙常在于喉管之交,而其用常潜乎声气之表。气转于气之未湮,是以湮畅百变而常若一气;声转于声之未歇,是以歇宣万殊而常若一声。

使喉管声气融而为一,而莫可以窥,盖其技微矣。然而其声与气之必有所转,而所谓开阖首尾之节,凡为乐者,莫不皆然者,则不容异也。"这是说唱歌的,一口气唱完了,要是停一下,吸了一口气再唱,这就不成为唱歌了。唱歌的在唱歌时要暗中换气,使人听不出他在换气,这就是开阖首尾之节。写文章也要讲"开阖首尾经纬错综之法"。学唐宋文,就要学这种开阖首尾经纬错综之法。稍后茅坤《唐宋八大家文钞》,就是根据唐顺之的说法,选了唐朝的韩愈、柳宗元,宋朝的欧阳修、王安石、曾巩、苏洵、苏轼、苏辙八家文。加上评语,注重在文章的抑扬开阖、起伏照应上,就是唐宋派学唐宋之法。

唐顺之文论,除了讲开阖首尾经纬错综之法外,他在《文编·序》里说:"所谓法者,神明之变化也。"这点又见于他《答茅鹿门知县二》:"只就文章家论之,虽其绳墨布置,奇正转折,自有专门师法,至于中一段精神命脉骨髓,则非洗涤心源,独立物表,具今古只眼者,不足以与此。"那么唐宋派的文论,还不能停留在"绳墨布置,奇正转折"上,还要求有"一段精神命脉"。这方面,唐宋派在散文创作上成就最高的,当推归有光。方苞《书〈归震川文集〉后》:"震川之文……其发于亲旧,及人微而语无忌者,盖多近古之文。至事关天属,其尤善者,不俟修饰,而情辞并得,使览者恻然有隐,其气韵盖得之子长(司马迁),故能取法于欧、曾而少更其形貌耳。"姚鼐《与陈硕士》尺牍:"而熙甫(归有光字)能于不要紧之题，说不要紧之话，却自风韵疏淡，此乃是于太史公深有会处。"又称："震川论文深处，望溪（方苞）尚未见，此论甚是。望溪所得，在本朝诸贤为最深，而较之古人则浅。其阅《太史公书》，似精神不能包括其大处、远处、疏淡处及华丽非常处，止以'义法'论文，则得其一端而已。"在这里，方苞推重归有光文，认为能得司马迁的气韵，而与欧、曾不同。姚鼐推重归有光文，认为胜过方苞，得到司马迁文的气韵疏淡处。如归有光《项脊轩志》：

三五之夜，明月半墙，桂影斑驳，风移影动，珊珊可爱。然余居于此，多可喜，亦多可悲。……家有老妪，尝居于此。妪，先大母婢也，乳二世，先妣抚之甚厚。室西连于中闺。先妣尝一至，妪每谓余曰："某所，而（尔）母立于兹。"妪又曰："汝姊在吾怀，呱呱而泣。娘以指叩门扉曰：'儿寒乎？欲食乎？'吾从板外相为应答。"语未毕，余泣，妪亦泣。

这是唐宋派有成就的古文家归有光的散文，它的风格是自然生动、风韵疏淡。

公安派

　　袁宏道字中郎,公安(在湖北)人,与兄宗道,字伯修,弟中道,字小修,合称三袁,是公安派。他们反对七子派,也反对唐宋派。宏道《叙小修诗》说:"秦汉而学六经,岂复有秦汉之文?盛唐而学汉魏,岂复有盛唐之诗?唯夫代有升降,而法不相沿,各极其变,各穷其趣,所以可贵,原不可以优劣论也。"因此反对模仿。袁宏道在《与江进之》里说:"古不可优,后不可劣。若使今日执笔,机轴尤为不同。何也?人事物态,有时而更,乡语方言,有时而易,事今日之事,则亦文今日之文而已矣。"宗道《论文上》反对模仿,反对割裂古语,反对地名官衔不用时制,这是反对七子派的。《论文下》称:"口舌代心者也,文章又代口舌者也。辗转隔碍,虽写得畅显,已恐不如口舌矣,况能如心之所存乎?"又称:"有一派学问,则酿出一种意见;有一种意见,则创出一般言语。无意见则虚浮,虚浮则雷同矣。"这样来谈创作。不仅反对学秦汉,也反对学唐宋了。

宏道论文,反对模仿,但又提出文历久则敝,所以要因时而变。就因时而变说,对明七子的复古又有一种评论,他在《雪涛阁集序》里说:"夫法因于敝而成于过者也。"从晚唐之敝,提出宋诗"大变晚习","然其敝至以文为诗","近代文人始为复古之说以胜之,夫复古是已,然至以剽袭为复古,句比字拟,务为牵合",又非变不可了。这样说来,宏道看到了文久必敝,救敝所以要变,那么七子派的复古所以救宋诗末流之敝,在这点上也可以称"是"。但七子派又有敝,所以公安派起来救敝。照这样说,公安派也会有敝,这点,中道在《阮集之诗序》里说:

国朝有功于风雅者,莫如历下(李攀龙)。其意以气格高华为主,力塞大历后之窦(指中唐以后,即晚唐与宋诗的流弊),于时宋元近代之习为之一洗。及其后也,学之者浸成格套,以浮响虚声相高,凡胸中所欲言者,皆郁而不能言,而诗道病矣。先兄中郎矫之,其意以发抒性灵为主,始大畅其意所欲言,极其韵致,穷其变化,谢华启秀(陆机《文赋》:"谢朝华于已披,启夕秀于未振。"),耳目为之一新。及其后也,学之者稍入俚易,境无不收,情无不写,未免冲口而发,不复检括,而诗道又将病矣。……夫昔之功历下者,学其气格高华而力塞后来浮泛之病;今之功中郎者,学其发抒性灵而力塞后来俚易之习。有作始自宜有末流,有末流自宜有鼎革,此千古诗人之脉,所以相禅于无穷者也。

这里讲的,同宏道的论点一致,即后七子用气格高华来救浮泛之病,他认为有功,并不完全否定。对于公安派的文论,主要在"发抒性灵","极其韵致,穷其变化"。要求诗文充分表达个人的个性,表达个人的情思,打破一切束缚,这就是变,这样的诗文才有韵味。但就文学的必有流弊论,公安派的末流是趋向俚易,一定又有人起来纠正它的,这是极为通达的论点。

公安派"发抒性灵""极其韵致"的作品,如宏道的《晚游六桥待月记》:

湖上由断桥至苏堤一带,绿烟红雾,弥漫二十余里。歌吹为风,粉汗为雨,罗纨之盛,多于堤畔之草,艳冶极矣。然杭人游湖,止午未申三时,其实湖光染翠之工,山岚设色之妙,皆在朝日始出,夕舂未下,始极其浓媚。月景尤不可言,花态柳情,山容水意,别是一种趣味。此乐留与山僧游客受用,安可为俗士道哉!

公安派的文学,正是这样"发抒性灵",发个人的独特感受,打破了模仿的文风,具有清秀新鲜的风格,开拓了晚明小品的领域,展现了一种新的表现手法。

竟陵派

钟惺字伯敬,谭元春字友夏,皆竟陵(今湖北天门)人,他们的诗论和诗作称竟陵派。他们编《古诗归》《唐诗归》。钟惺《诗归序》说:"选古人诗,而命曰'诗归'。非谓古人之诗,以吾所选为归,庶几见吾所选者,以古人为归也。引古人之精神,以接后人之心目,使其心目有所止焉,如是而已矣。"古人之精神是什么?"真诗者,精神所为也。察其幽情单绪,孤行静寄于喧杂之中,而乃以其虚怀定力,独往冥游于寥廓之外。"他们这样去找古人之精神,就是要避免"肤者狭者熟者"。又称:"使捷者矫之,必于古人外,自为一人之诗以为异。要其异,又皆同乎古人之险且僻者,不则其俚者也。"这里讲的"一人之诗"即指公安派,认为他们背离了古人的精神成为一人之诗,所以称为险且僻或俚。钟惺《与高孩之观察》:

辱谕以惺所评《诗归》,反复于厚之一字,而下笔多有未厚者,此洞见深中之言,然而有说。夫所谓反复于厚之一字者,心知诗中实有此境也;其下笔未能如此者,则所谓知而未蹈,期而未至,望而未之见也。何以言之?诗至于厚而无余事矣。然从古未有无灵心而能为诗者,厚出于灵,而灵者不即能厚。……古人诗有……以平而厚者也……以险而厚者也……非不灵也,厚之极,灵不足以言之也。然必保此灵心,方可读书养气,以求其厚。

把厚跟读书养气结合,当指学问积累,有修养的意思。钱锺书先生《谈艺录》:

以"厚"为诗学,以"灵"为诗心,贤于渔洋(王士禛)之徒言妙悟,以空为灵矣。(《谈艺录·竟陵诗派》)

以作诗论,竟陵不如公安;公安取法乎中,尚得其下,竟陵取法乎上,并下不得,失之毫厘,而谬以千里。然以说诗论,则钟谭识趣幽微,非若中郎之叫嚣浅卤。盖钟谭于诗,乃所谓有志未遂,并非望道未见,故未可一概抹杀言之。(《谈艺录·竟陵诗派》)

竟陵、公安,共事争锋,议论之异同,识见之高下,乃如列眉指掌。凡袁所赏浮滑肤浅之什，谭皆摒弃；袁见搬弄禅语，辄叹为超妙，谭则不为口头禅所谩，病其类偈子。盖三袁议论隽快，而矜气粗心，故规模不弘，条贯不具，难成气候。钟谭操选枋，示范树鹄，因末见本，据事说法，不疲津梁。惊四筵而复适独坐，遂能开宗立教矣。(《谈艺录·竟陵诗派补订》)

钟惺在"诗归"里，怎样观察古诗人的"幽情单绪，孤行静寄于喧杂之中"呢？如《唐诗归》选李白的《独坐敬亭山》：

众鸟高飞尽，孤云独去闲。相看两不厌，只有敬亭山。
钟云："胸中无事，眼中无人。"
钟云："说出矣，说不出。"
谭云："'只有'二字，人皆用作萧条零落，沿袭可厌。惟'相看两不厌'之下，接以'只有敬亭山'，则此二字竟是气象所结，岂许俗人浪识。"

钟、谭探索诗人的幽情单绪，钟从诗人的"胸中无事，眼中无人"里看出这首诗来。倘胸中有事，则不会"相看两不厌"了；倘"眼中有人"，不会"只有敬亭山"了，这就是从诗中看出诗人的"幽情单绪"来。这种幽情单绪，诗人"说出矣"，但诗人说出的是"众鸟高飞尽，孤云独去闲"，没有说什么"幽情单绪",所以诗人的"幽情单绪"还是"说不出"。谭从"只有"两字着眼,看出诗人的"幽情单绪"来,认为不是俗人所识。再看钟惺的一诗,如《雨行巫山》:

我行近巫山,欲识巫山面。此峰名十二,一峰了不见。白云如积水,怀山浩以瀚。云满谷皆波,两崖才若岸。

再看谭元春的《寄怀文汝上》:

我行青溪耽孤往,笠与飞鸟争方广。此中有路入西陵,欲去难去忘俯仰。念君燕寺结情亲,含情始成孤往人。

钟惺的诗,写雨行巫山,大概他走近巫山十二峰时,有雨行过巫山,有雨有云,所以一峰了不见。这个一峰,可能是神女峰呢,不过他并不注意这些,只看到山中的云,有如波浪,弥漫山谷,露出云上的两崖才像岸了。这首诗写出他的独特感受。再看谭元春的一首,写他一个人沿着青溪走,他爱好这种孤往。他戴着笠,在那里只看到飞鸟,好像只有他的笠与飞鸟在争取这片方广的空间似的。想到这里有路走入西陵,想去又难去,说明到西陵的困难。这时从自己的孤往想到友人的孤往,友人跟燕寺结情亲,大概投身到寺里,这才真的成为孤往人了。

从这两首诗看，他们不论走近巫山，还是沿着青溪走，目的都不在赏玩景物，而在写自己的独特感受。这种独特感受是和外界景物结合的。结合外界景物来写自己的独特感受，在这里是不是就有自己的"幽情单绪"。正像李白的"幽情单绪"通过"只有敬亭山"表达出来，从钟、谭两人的两首诗看，钟的"幽情单绪"不正是通过友人的"始成孤往人"透露出来嘛。那么，他们的诗在表达"幽情单绪"中具有幽秀的风格吧。

桐城派

桐城派是清代著名的一个文学流派,始于康熙、雍正、乾隆时代的方苞,传给刘大櫆,刘再传给由乾隆到嘉庆时代的姚鼐,他们三人都是桐城人,因称桐城派。他们主要讲古文创作。他们讲的古文创作,既不同于明代七子派"文必秦汉",模仿秦汉文的语言格调;也不同于明代唐宋派的模仿唐宋文的开阖首尾经纬错综之法。方苞提出了"古文义法",刘大櫆提出了"因声求气",姚鼐提出了"阴阳刚柔";他们三人讲古文创作是一贯的,只是各有特色,合起来可以说是对古文创作做出了艺术上的探索。

方苞讲"古文义法"。方苞生在清初推重宋学的时代,宋学讲儒学之道,义法即道与文的结合。义即讲"言有物",法即讲"言有序"。方苞认为法随义生,其《与孙以宁书》:"古之晰于文律者,所载之事,必与其人之规模相称。太史公传陆贾,其分奴婢、装资,琐琐者(把他所有的奴婢、装资分给几个儿子,受到几个儿子的轮流供养)皆载焉。若萧、曹世家,而条举其治绩,则文字虽增十倍,不可得而备矣。故尝见义于《留侯世家》曰:'留侯所从容与上言天下事甚众,非天下所以存亡,故不著。'此明示后世缀文之士,以虚实详略之权度也。"(《望溪文集》卷六)"所载之事,必与其人之规模相称",这是义;根据这个义来确定论文的详略,这是法。即法由义生。又《答乔介夫书》:"表志尺幅甚狭,而详载本议,则臃肿而不中绳墨;若约略剪截,俾情事不详,则后之人无所取鉴,而当日忘身家以排廷议之义,亦不可得而见矣。"对于有意义可借鉴的事要记载,这是义,根据这个义,不能把这件事剪截得太简使人无从借鉴,又不能记得太详不合文体,这是法。义法又跟风格的雅洁有关。沈廷芳《书方望溪先生传后》引方苞语:"南宋元明以来,古文义法不讲久矣。吴越间遗老尤放恣,或杂小说,或沿翰林旧体,无雅洁者。古文中不可入语录中语,魏晋六朝人藻丽俳语,汉赋中板重字法,诗歌中隽语,南北史佻巧语。"(《清文录》六十八)这样讲义法,胜过了七子派以模仿秦汉文格调,也胜过了唐宋派的模仿唐宋文的开阖照应了。

刘大櫆的"因声求气"说,他在《论文偶记》里说:

行文之道,神为主,气辅之。……然气随神转,神浑则气灏,神远则气逸,神伟则气高,神变则气奇,神深则气静,故神为气之主。……故义理书卷经济者，行文之实，若行文自另是一事。譬如大匠操斤，无土木材料，纵有成风尽垩手段，何处设施；然有土木材料而不善设施者甚多，终不可为大匠。故文人者，大匠也。神气音节者，匠人之能事也。义理书卷经济者，匠人之材料也。（《刘海峰文集》卷首）

方苞讲义法，重在文以明道，按照明道的要求是义，根据这个要求来取材谋篇是法，所以法随义转。刘大櫆讲写古文，重在文，即艺术性。文的内容包括义理书卷经济，即思想、事例、经世济用都是材料。怎样运用这些材料的技巧，才能使文章具有神气，这就是作文的艺术。怎么求得神气呢？《论文偶记》说：

神气者，文之最精处也；音节者，文之稍粗处也；字句者，文之最粗处也。然余谓论文而至于字句，则文之能事尽矣。盖音节者，神气之迹也；字句者，音节之矩也。神气不可见，于音节见之；音节无可准，以字句准之。音节高则神气必高，音节下则神气必下，故音节为神气之迹。一句之中，或多一字，或少一字；一字之中，或用平声，或用仄声；同一平字仄字，或用阴平、阳平、上声、去声、入声，则音节迥异，故字句为音节之矩。积字成句，积句成章，积章成篇，合而读之，音节见矣；歌而咏之，神气出矣……

凡行文多寡短长，抑扬高下，无一定之律，而有一定之妙，可以意会，而不可以言传。学者求神气而得之于音节，求音节而得之于字句，则思过半矣。其要只在读古人文字时，便设以此身代古人说话，一吞一吐，皆由彼而不由我。烂熟后，我之神气即古人之神气，古人之音节都在我喉吻间，合我喉吻者，便是与古人神气音节相似处，久之自然铿锵发金石声。（同上）

刘大櫆讲神气，即讲求古文的艺术，这个艺术表现在哪里呢？好比演员演戏，演戏时演员的表演艺术，就在进入角色，以此身代角色讲话，一吞一吐，皆由彼而不由我。我之神气即角色之神气，角色之音节都在我喉吻间，合我喉吻者，便是与角色神气音节相似处。刘大櫆这里讲通过诵读或吟咏把古人的神气表达出来，不是跟演员进入角色，通过说唱把角色的神态都表演出来的艺术表演一样吗？就演员讲，这是艺术表演，就刘大櫆讲，这是讲求古文的艺术。演员怎样对角色进行艺术表现呢？就是通过说唱和动作塑造角色。就刘大櫆说，怎样体会古文的艺术性呢？就是在诵读吟咏中把古人的神气表达出来。这就是桐城派说的"因声求气"，通过诵读吟咏的声音，求得古人的神气。演员通过艺术表现塑造成角色，就完了。刘大櫆讲的"因声求气"却没有完，即通过诵读或吟咏古人作品的文字，得到古人作品的音节，从古人作品的音节中得到古人的神气，这样，自己在创作时，也可以学会怎样通过字句音节来表达自己的思想感情，来表达自己的神气。作品能够表达神气，这就是具有自己风格的作品，就是具有艺术的作品，就是成功之作了。这样讲，比方苞的义法更具体，具体到字句的运用；更深入，深入到古文的艺术性；更灵活，不同的作者或不同的内容需要构成不同的神气与风格，都可通过字句音节来表达了。

刘大櫆也讲到风格，他又说：

行文最贵者品藻，无品藻便不成文字，如曰浑，曰灏，曰雄，曰奇，曰顿挫，曰跌宕之类，不可胜数。然有神上事，有气上事，有体上事，有色上事，有声上事，有味上事，有识上事，有情上事，有才上事，有格上事，有境上事，须辨之甚明。文章品藻之最贵者，曰雄，曰逸。欧阳子逸而未雄，昌黎雄处多，逸处少。太史公雄过昌黎，而逸处更多于雄处，所以为至。（同上）

这里讲到各种风格，特别提到雄和逸。这些都跟姚鼐的论文有关。

姚鼐继承了老师刘大櫆的文论，在《与石甫书》里说："夫道德之精微，而观圣人者不出动容周旋中礼之事。文章之精妙，不出字句声色之间，舍此便无可窥寻矣。"这里讲的"字句声色"，即本于刘大櫆的字句音节，加上刘大櫆论品藻中的"色上事"。姚鼐在《古文辞类纂序目》里说：

> 凡文之体类十三，而所以为文者八，曰：神、理、气、味、格、律、声、色。神、理、气、味者，文之精也；格、律、声、色者，文之粗也。然苟舍其粗，则精者亦胡以寓焉。学者之于古人，必始而遇其粗，中而遇其精，终则御其精者而遗其粗者。文士之效法古人，莫善于退之，尽变古人之形貌，虽有模拟，不可得而寻其迹也。

这里讲的"神、理、气、味、格、律、声、色"，就是在刘大櫆讲品藻中的"有识上事，有情上事"，称"理"和"神理"；把"有味上事"跟"气"结合，称"气味"；把"有格上事"指诗的"格律"；把"有色上事"跟"声"结合，称"声色"。他讲的由粗到精，即刘大櫆讲的由文字到音节到神气。他讲韩愈"尽变古人之形貌"，即刘大櫆讲的"文贵去陈言，昌黎论文以去陈言为第一义"的发挥。他在《答翁学士书》里对"为文者八"也做了说明："文字者，犹人之言语也。有气以充之，则观其文也，虽百世而后如立其人而与言于此，无气则积字焉而已。意与气相御而为辞，然后有声音节奏高下抗坠之度，反复进退之态，采色之华。故声色之美因乎意与气而时变者也，是安得有定法哉！"（《惜抱轩文集》六）这里他提出"意与气"，"意"即"神理"之"理"。这样提"为文者八",就更完备了。

姚鼐讲风格,提出"阴阳刚柔"的说法,这是刘大櫆讲品藻分雄、逸的发展,是新的提法。姚鼐《复鲁絜非书》复提出阳刚、阴柔两种风格,做了高度概括,见于《前言》中。

再就桐城派的古文说,著名的有方苞的《左忠毅公逸事》:

> 及左公下厂狱(太监管的东厂监狱),史朝夕狱门外。逆阉(指魏忠贤)防伺甚严,虽家仆不得近。久之,闻左公被炮烙,旦夕且死。持五十金,涕泣谋于禁卒。卒感焉。一日,使史更敝衣草履,背筐,手长镵,为除不洁者,引入,微指左公处。则席地倚墙而坐,面额焦烂不可辨,左膝以下,筋骨尽脱矣。史前跪,抱公膝而呜咽。公辨其声而目不可开,乃奋臂以指拨眦,目光如炬,怒曰:"庸奴!此何地也?而汝来前!国家之事糜烂至,老夫已矣,汝复轻身而昧大义,天下事谁可支拄者!不速去,无俟奸人构陷,吾今即扑杀汝!"因摸地上刑械,作投击势。史噤不敢发声,趋而出。后常流涕述其事以语人,曰:"吾师肺肝,皆铁石所铸造也!"

这段正是贯彻他的义法说,他所强调写的,正是可以显出左光斗的忠义精神,可以做后人借鉴的,这是这篇的义;按照这个义来做突出的描绘,即是法。这样写,突出了左的精神,这即是刘大櫆说的神气,也即是姚鼐说的有阳刚之美。

再看姚鼐的《登泰山记》：

戊申晦（公元1774年阴历十二月底），五鼓，与子颍（泰安府知府朱孝纯字子颍）坐日观亭，待日出。大风扬积雪击面。亭东自足下皆云漫。稍见云中白若樗蒱（古代赌具）数十立者，山也。极天，云一线异色，须臾成五彩。日上，正赤如丹，下有红光，动摇承之，或曰，此东海也。回视日观以西峰，或得日，或否，绛皓驳色，而皆若偻。

这段写登泰山观日出，作重点描绘，写日出前、日出时的各种景象变化，各种色彩。这篇记主要写日出的光景，这是重点，根据这个重点来写，这是法。这段描写写得精彩，即有神气。这是属于阴柔之美。大抵桐城派论文，推重归有光，以方苞上接归有光。姚鼐《与陈硕士》尺牍："震川论文深处，望溪尚未见。""其阅《太史公书》，似精神不能包括其大处、远处、疏淡处及华丽非常处。"即认为方苞论文还不如归有光。但方苞《书〈归震川文集〉后》："震川之文，于所谓有序者，盖庶几矣；而有物者则寡焉。"即内容比较单薄。姚鼐认为方苞还不及归有光，总的看来，桐城派文的内容不够深厚，就引起了后人的不满。阳湖派就是从这点上对桐城派提出批评的。

阳湖派

清代阳湖县（今江苏武进）人钱伯坰从桐城刘大櫆受业，以其师说授阳湖恽敬、张惠言，二人遂从研究骈文考据之学，转而研究古文。他们对古文的看法，跟桐城派又有不同，因称阳湖派。恽敬批评方苞文："旨近端而有时而歧，辞近醇而有时而窳（yǔ，粗劣）。"（见下）批评刘大櫆文："识卑且边幅未化。"（《上举主陈笠帆先生书》，《大云山房文稿二集》卷二）批评姚鼐文："才短不敢放言高论。"（《与章澧南》，《大云山房文稿言事》卷一）总的认为桐城派三家文内容不够深厚。他在《上曹俪笙侍郎书》里说：

古文，文中之一体耳，而其体至正。不可余，余则支；不可尽，尽则敝；不可为容，为容则体下。……然望溪（方苞）之于古文，则又有未至者，是故旨近端而有时而歧，辞近醇而有时而窳。……然后知望溪之所以不满者（不满王慎中、归有光），盖自厚趋薄，自坚趋瑕，自大趋小；而其体之正，不特遵岩、震川（王慎中、归有光）以下未之有变，即海峰、姬传（刘大櫆、姚鼐）亦非破坏典型、沉酣淫波者，不可谓传之尽失也。若是，则所谓为支、为敝、为体下，皆其薄，其瑕，其小为之。如能尽其才与学以从事焉，则支者如山之立，敝者如水之去腐，体下者如负青天之高，于是积之而为厚焉，敛之而为坚焉，充之而为大焉，且不患其传之尽失也。然所谓才与学者何哉？曾子固（巩）曰："明必足以周万事之理，道必足以适天下之用，智必足以通难知之意，文必足以发难显之情。"如是而已。（《大云山房文稿初集》卷三）

恽敬认为"有意为古文，而平生之才与学，不能沛然于所为之文之外，则将依附其体而为之；依附其体而为之，则为支，为敝，为体下，不招而至矣"。有意要写古文，但才与学都不够，勉强去写，就写得支离，写得有弊病，写得体下。按照他的要求，"明必足以周万事之理"，才学不够，不能周知万事之理，讲得就不免支离破碎；"道必足以适天下之用"，才学不够，讲的道不适用，用起来就有弊病。"智必足以通难知之意"，才学不够，不能通难知之意，勉强说来，文体就显得低下。这是由于才学薄弱，想的有毛病，所见者小造成的。方苞才学不够，所见多歧而不正，文辞粗陋而不精。那怎样改进呢？他在《大云山房文稿二集自序》里说："文集之衰，

当起之以百家。"又说:

> 敬观之前世，贾生自名家、纵横家入，故其言浩汗而断制；晁错自法家、兵家入，故其言峭实；董仲舒、刘子政自儒家、道家、阴阳家入，故其言和而多端；韩退之自儒家、法家、名家入，故其言峻而能达；曾子固、苏子由自儒家、杂家入，故其言温而定；柳子厚、欧阳永叔自儒家、杂家、词赋家入，故其言详雅有度；杜牧之、苏明允自兵家、纵横家入，故其言纵厉；苏子瞻自纵横家、道家、小说家入，故其言逍遥而震动。

恽敬主张学习诸子百家之说，认为诸子百家"而其得者，穷高极深，析事剖理，各有所属。""故曰修六艺之文，观九家之言，可以通万方之略"（同上）。

阳湖派要使才学积厚来纠正桐城派的才力薄弱。试看阳湖派古文，如上引《大云山房文稿二集自序》，论"文集之衰，当起之以百家"，历举自贾谊至苏轼十二家，每家皆举其自诸子中两家或三家入，因而其言有独得之功，所论可以征其学识。再看张惠言《词选序》：

> 宋之词家，号为极盛，然张先、苏轼、秦观、周邦彦、辛弃疾、姜夔、王沂孙、张炎，渊渊乎文有其质焉。其荡而不反，

傲而不理，枝而不物，柳永、黄庭坚、刘过、吴文英之伦，亦各引一端以取重于当世。而前数子者，又不免有一时放浪通脱之言出于其间。后进弥以驰逐，不务原其指意，破析乖剌，坏乱而不可纪。

这里，张惠言把宋代的词人分为两类，一类是"渊渊乎文有其质"，是好的；一类不免有"一时放浪通脱之言"，是有缺点的，他们的影响也不好。这样说，显示他对宋词确有研究，能说出自己的体会。这样看来，阳湖派主张加强才学，他们确是这样做的。因此，他们的古文按照他们的要求来说，有比较朴实而深宏的风格。

湘乡派

桐城派到姚鼐时,正是清代考证学极盛的时代,所以姚鼐提出合义理、考证、辞章为一。他在《述庵文钞序》里说:"余尝论学问之事,有三端焉,曰:义理也,考证也,文章也。是三者,苟善用之,则皆足以相济;苟不善用之,则或至于相害。""然而世有言义理之过者,其辞芜杂俚近如语录而不文;为考证之过者,至繁碎缴绕而语不可了当。"那么怎么合义理、考证、辞章为一呢?姚鼐在这方面未能做进一步的阐述。到桐城派的后学鲁一同《与左君论文书》里做了发挥:"夫文章无他,征理于实,从实入微,从微得彰,因彰得畅,制畅以约,调约以和。六者无戾,文乃大昌。"这里讲的"征理于实,从实入微",那么所讲的理,不同于宋儒的空谈性理,有实在的事理。"从实入微",又结合事理推究到义理上。再说"征理于实",这个实也跟考证事实结合,不过这个考证,不同于考证学的讲名物度数,而是杜佑、马端临、郑樵考证成败兴衰治乱之理，制度因革损益之故，究其远者大者，求以致用。这样讲义理考据，就可以避免芜杂繁碎，与辞章结合了。当时阮元提出文笔说，以韵偶为文，散体为笔，以沉患翰藻为文，以清言质说为笔，见他的《文言说》（《揅经室三集》二），即不承认桐城派的散文为文。

曾国藩，湖南湘乡人。他的作古文，既要"征理于实，从实入微"，合义理、考证、辞章为一，又要合骈散为一。李详《论桐城派》："文正（曾国藩）之文虽从姬传（姚鼐）入手，后益探源扬（雄）马（司马相如），专宗退之，奇偶错综，而偶多于奇；复字单义，杂厕其间，厚集其气，使声采炳焕，而戛焉有声。此又文正自为一派，可名为湘乡派。"曾国藩讲义理与辞章合一，他在《致刘孟蓉书》中说："古之知道者未有不明于文字者也。能文而不能知道者或有矣，乌有知道而不明文字者乎？""所贵乎圣人者，谓其立行与万事万物相交错而曲当乎道，其文字可以教后世也。"他讲的义理，跟"立行与万事万物相交错"相结合，这样讲义理，就可与辞章结合了。又称："吾儒所赖以学圣贤者，亦藉此文字以考古圣之行，以究其用心之所在，然则此句与句续，字与字续者，古圣之精神语笑胥寓于此。"这里提到"考古圣之行，以究其用心之所在"，这就把考证与辞章结合。不仅这样，他在《圣哲画像记》里说："百年以来，学者讲求形声故训，专治《说文》，多宗许（慎）郑（玄），少谈杜（佑）马（端临）；

吾以许郑考先王制作之源，杜马辨后世因革之要，其于实事求是一也。"这更是把考证与辞章合一了。他又讲骈散合一，在《送周荇农南归序》里说："天地之数以奇而生，以偶而成。""一奇一偶，互为其用，是以无息焉。""文字之道何独不然。六籍尚已。自汉以来为文者莫善于司马迁，迁之文，其积句也皆奇，而义必相辅，气不孤伸，彼有偶焉者存焉。"这样，他既合义理、考证、辞章为一，又合骈散为一，补充了桐城派散文内容虚弱的不足。如《复吴南屏书》：

大集古文敬读一过，视昔年仅见零篇断幅者，尤为卓绝。大抵节节顿挫，不矜奇辞奥句，而字字若履危石而下，落纸乃迟重绝伦。其中闲适之文，清旷自怡，萧然物外，如《说钓》《杂说》《程日新传》《屠禹甸序》之类，若翱翔于云表，俯视而有至乐。国藩尝好读陶公及韦（应物）白（居易）苏（轼）陆（游）闲适之诗，观其博揽物态，逸趣横生，栩栩焉神愉而体轻，令人欲弃百事而从之游。而惜古文家少此恬适之一种。独柳子厚山水记，破空而游，并物我而纳诸大适之域，非他家所可及。今乃于尊集数数遘之，故编中虽兼众长，而仆视此等尤高也。

光就节引的一段看，对吴南屏的古文有评论，特别推重他的闲适之文。对闲适之文，推究古代作者，有所评价。即文评与文学史与辞章的结合，也即文与学与文学史的结合，可以补桐城文内容薄弱的不足，成为湘乡派了。曾国藩的弟子，以武昌张裕钊、桐城吴汝纶最著名。

张裕钊有《答吴挚甫书》论"因声求气"说，最为透彻：

古之论文者曰：文以意为主，而辞欲能副其意，气欲能举其辞。譬之车然，意为之御，辞为之载，而气则所以行也。欲学古人之文，其始在因声求气，得其气，则意与辞往往因之而并显，而法不外是矣。是故挈其一，而其余可以绪引也。盖曰意，曰辞，曰气，曰法，之（此）数者，非判然自为一事，常乘乎其机而混同以凝于一，惟其妙之一出于自然而已。……夫作者之亡也久矣，而吾欲求至乎其域，则务通乎其微。以其无意为之，而莫不至也。故必讽诵之深且久，使吾之心与古人䜣合（犹结合而不可分）于无间，然后能深契自然之妙，而究极其能事。……故姚氏暨诸家"因声求气"之说，为不可易也。吾所求于古人者，由气而通其意以及其辞与法，而喻乎其深。及吾所自为文，则一以意为主，而辞、气与法胥（皆）从之矣。

这里提到写作的意、辞、气、法，先要掌握古人写作的意、辞、气、法，通过讽诵来掌握，这就是刘大櫆讲的通过讽诵文辞的字句来求得音节，通过音节来求得神气，这就把古人的意、辞、气、法都掌握了。然后运用这种意、辞、气、法来写作,也可写得符合古人成功的写作法。这里对"因声求气"做了全面的阐说。

时代的风格

在一个时代中间，产生了影响深远的大作家，这样的大作家，他提出了一种不同于前一时期的创作方法，得到不少人的响应，这就形成了一个流派。这个流派到了末流，产生了流弊。又有大作家起来纠正这种流弊，提出纠正流弊的新的创作方法，形成另一个流派。这样，从一个流派到另一个流派，要是前一个流派代表了一个时期，后一个流派又代表了一个时期，形成了两种不同的风格，代表两个不同时期，这就可以称为时代的风格。还有不同的时代，如由治世到乱世，或由乱世到治世，反映不同时代的文学形成了不同的风格，这也是属于时代的风格。还有一个时代有时有一个统治这个时代的学术思想，这种学术思想因时代不同而有变化，作品受到这种学术思想的影响，因学术思想的变化造成风格的变化，这也属于时代的风格，这说明时代的风格的形成也是多种多样的。

由治乱所形成的时代风格

文学作品是反映生活的,治世和乱世人民的生活不同,因此反映生活的作品也呈现出不同的时代风格来。《礼记·乐记》:"凡音者,生人心者也。情动于中,故形于声。声成文,谓之音。是故治世之音安以乐,其政和;乱世之音怨以怒,其政乖;亡国之音哀以思,其民困。声音之道,与政通矣。"先秦时代是诗与乐合一的,因此讲诗也讲乐。这里讲的"治世之音",也指治世的诗,乱世之音、亡国之音也一样。

刘勰《文心雕龙·时序》:

逮姬文之德盛,《周南》勤而不怨;大王之化淳,《邠风》乐而不淫。幽厉昏而《板》《荡》怒,平王微而《黍离》哀。故知歌谣文理,与世推移,风动于上,而波震于下者也。

这里就讲治世之音与乱世之音。"姬文之德盛",指周文王姬昌讲究德治，周南地方的诗歌反映那里的人民受到周文王德治的影响，虽勤劳而不怨。大王即太王，周文王之祖，居邠（今陕西彬县），他的教化淳厚，邠地的诗歌反映那里人民受到太王的教化，乐而不过分。《左传》襄公二十九年："吴公子札来聘……请观于周乐。使工为之歌《周南》《召南》。曰：'美哉！始基之矣，犹未也，然勤而不怨矣。'"这是说周南地方的人民虽受到周文王的德化，但那时还在纣王的影响下，还不是最美好的，人民还没有安乐，然已经勤而不怨了。又："为之歌《豳（周邠）》曰：'美哉！荡乎？乐而不淫。'"吴公子季札赞美（豳风）的诗歌，荡即荡荡，指宽大，反映那里人民的气度宽大，快乐而不过分。如《诗经·周南·汝坟》：

《汝坟》，道化行也。文王之化行乎汝坟之国，妇人能闵其君子，犹勉之以正也。（《毛诗序》）
遵彼汝坟，伐其条枚。未见君子，惄如调饥。
遵彼汝坟，伐其条肄。既见君子，不我遐弃。
鲂鱼赪尾，王室如毁。虽则如毁，父母孔迩。

这首诗前面有小序。"汝坟"，即河南汝水上的堤防。"汝坟之国"，指汝坟的地区，那里受文王的教化，所以劳而不怨。这首诗首章说，顺着汝水的堤防，砍下那里的树枝和树干。没有看见丈夫。惄，思念。调饥，朝饥，像早上饿了想吃。

二章"条肄"，枝条和再生的枝条。这是说，已经看见了丈夫，知道他不抛弃我。三章说，鲂鱼太辛劳，鱼尾变赤，指丈夫的辛劳。这时纣王朝滥行刑罚，酷烈如火。望丈夫辛勤服役，不要得罪，牵累父母，因父母相处很近，妇人去砍柴，丈夫在服役，都很勤劳，但不怨恨。当时在纣王统治下，人民还没有安乐。又《诗经·豳风·七月》：

九月肃霜，十月涤场。朋酒斯飨，曰杀羔羊。
跻彼公堂，称彼兕觥，万寿无疆。

这里引了《七月》诗最后两章，说九月降霜，十月打扫场上的庄稼，收拾完毕。朋辈设酒相待，杀羔羊来宴会。再登上公堂，举起酒杯，祝公长寿。这就是乐而不淫，快乐而不过分，如不酗酒。

《时序》又说："幽厉昏而《板》《荡》怒，平王微而《黍离》哀。""幽厉"，周幽王、周厉王，这里只指厉王，幽王是连带提到。《诗经·大雅·板》：

《板》，凡伯刺厉王也。（《毛诗序》）
上帝板板，下民卒瘅。出话不然，为犹不远。
……
怀德维宁，宗子维城。无俾城坏，无独斯畏。

敬天之怒，无敢戏豫。敬天之渝，无敢驰驱。

这首诗是凡伯讽刺周厉王的。厉王昏暴，凡伯的诗说：尊如上帝的周厉王，所作所为反而又反，既反先王之教，又反正道，下民终于受害。"板板"，指反而又反。说的话不算数，出谋只顾眼前，不考虑长远。下面又说：怀着德行是安宁，嫡子是城，不要使城坏，危害宗子的地位。城坏了您要遭难，不要独自遭难。"斯畏"即罹难。要敬畏上天的发怒，不敢戏弄偷懒；要敬畏天的灾变，不敢放纵。又《诗经·大雅·荡》：

《荡》，召穆公伤周室大坏也。厉王无道，天下荡荡，无纲纪文章，故作是诗也。（《毛诗序》）
荡荡上帝，下民之辟。疾威上帝，其命多辟。
……
文王曰咨，咨女（汝）殷商。人亦有言，颠沛之揭，枝叶未有害，本实先拨。殷鉴不远，在夏后之世。

这首诗首章说，尊同上帝的厉王，法度废坏荡然无存，却成为下民之君。害民虐民的君王，他的命令多是邪枉的。后一章借用周文王告诫商纣王的话来告诫周厉王。文王说声唉，感叹您商王纣。人也有话，树木的颠仆拔根，枝叶虽未有害，可是根本先坏了。作为殷商的借鉴不远，就在夏后时代。这是说周厉王当以商纣王灭亡为鉴。又《诗经·王风·黍离》：

《黍离》，闵宗周也。周大夫行役，至于宗周，过故宗庙宫室，尽为禾黍。闵周室之颠覆，彷徨不忍去而作是诗也。（《毛诗序》）

彼黍离离，彼稷之苗。行迈靡靡，中心摇摇。知我者谓我心忧，不知我者谓我何求。悠悠苍天，此何人哉？
……

这首诗的小序说，周朝东迁到洛阳，故都荒废。有周大夫行役到故都，看到宗庙宫殿都变成田地，种满黍稷，忧伤彷徨，写了这首诗。黍，小米。离离，成为行列貌。稷，高粱。首两句说，小米和高粱，都在长苗成行。行迈，行远。靡靡，脚步缓慢。摇摇，心忧不能自主。悠悠，状遥远。"此何人哉？"指天何以不仁慈，使宗周覆灭。"人"同"仁"。

刘勰在这里指出《周南》《豳风》的诗，因受到周太王、周文王的教化，勤而不怨，乐而不淫，风格上有中和之美，说明政治教化对诗歌风格所起的作用。又指出周厉王的昏暴，产生出《板》《荡》诗的愤怒指斥，周平王东迁，造成故都的荒废，产生《黍离》诗的悲哀，这是政治的昏乱衰亡造成的另一种悲愤哀伤的风格。

《文心雕龙·时序》：

降及灵帝，时好辞制，造皇羲之书，开鸿都之赋，而乐松之徒，招集浅陋，故杨赐号为驩兜，蔡邕比之俳优，其余风遗文，盖蔑如也。

自献帝播迁，文学蓬转。建安之末，区宇方辑。魏武以相王之尊，雅爱诗章；文帝以副君之重，妙善辞赋；陈思以公子之豪，下笔琳琅：并体貌英逸，故俊才云蒸。……观其时文，雅好慷慨，良由世积乱离，风衰俗怨，并志深而笔长，故梗概而多气也。

这里指出东汉末年汉灵帝时，政治昏乱。侍中乐松招集无行趋势之徒，待诏鸿都门下，陈说方俗间里小事，有的盗窃成篇，虚冒名字。杨赐把他们比作古代的坏人驩兜，蔡邕把他们比作小丑，他们的写作，是不值得称道的。这是说政治昏乱产生虚浮的文风。到汉献帝时，献帝遭乱流离迁徙，文学家漂泊不定。到建安末年，曹操平定北方。曹操、曹丕、曹植都爱好文学，接待文学家，当时有建安七子：孔融、陈琳、王粲、徐幹、阮瑀、应场、刘桢。当时的建安文学，由汉末的乱世转到曹操的平定北方，所以志深笔长，作者有建功立业的壮志，有慷慨激昂的气势。这是由于灵帝的政治昏乱产生虚浮的文风，转到曹操的平定北方，产生建安文学刚健的风格。

反民族压迫所形成的时代风格

反民族压迫所形成的时代风格，最突出的是南宋的爱国主义诗篇。钱锺书先生《宋诗选注》的"陆游"篇说：

靖康之变以后，宋人的爱国作品增加了数目，前面也选了一些。不过，陈与义、吕本中、汪藻、杨万里等人在这方面跟陆游显然不同。他们只表达了对国事的忧愤或希望，并没有投身在灾难里、把生命和力量都交给国家去支配的壮志和弘愿；只束手无策地叹息或者伸手求助地呼吁，并没有说自己也要来动手，要"从戎"，要"上马击贼"，能够"慷慨欲忘身"或者"敢爱不赞身"，愿意"拥马横戈""手枭逆贼清旧京"。这就是陆游的特点，他不但写爱国、忧国的情绪，并且声明救国、卫国的胆量和决心。譬如刘子翚的诗里说："中兴将士材无双……胡儿胡儿莫窥江！""低头拔胡箭，却向胡军射……男儿取封侯，赴敌如饥渴。"（《屏山全集》卷十一《胡儿莫窥江》《防江行》)语气已经算比较雄壮了,然而讲的是别人,是那些"将士"和"男儿"——正像李白、王维等等的《从军行》讲的是别人,尽管刘子翚对他的诗中人有更真切的现实感,抱更迫切的希望。试看陆游的一个例:"鸭绿桑乾尽汉天,传烽自合过祁连;功名在子何殊我,惟恨无人快着鞭!"(《剑南诗稿》卷五十八《书事》)尽管他把自己搁后,口吻已经很含蓄温和,然而明明在这一场英雄事业里准备有自己的份儿的。这是《诗经·秦风》里《无衣》的意境,是杜牧《闻庆州赵纵使君中箭身死长句》的意境,也是和陆游年辈相接的岳飞在《满江红》词里表现的意境;在北宋像苏舜钦和郭祥正的诗里,在南北宋之交像韩驹的诗里,也偶然流露过这种"修我戈矛,与子同仇""谁知我亦轻生者"的气魄和心情,可是从没有人像陆游那样把它发挥得淋漓酣畅。……爱国情绪饱和在陆游的整个生命里,洋溢在他的全部作品里;他看到一幅画马(《剑南诗稿》卷五《龙眠画马》、《渭南文集》卷三十《跋韩幹马》),碰见几朵鲜花(《诗稿》卷三十九《白乐天诗云"夜合花前日又西",此花以五六月开山中,为赋小诗》、卷八十二《赏山园牡丹有感》),听了一声雁唳(《诗稿》卷十《冬夜闻雁有感》、卷七十八《闻新雁有感》),喝几杯酒(《诗稿》卷五《长歌行》、卷六《江上对酒作》、卷十一《前有一樽酒》之二),写几行草书(《诗稿》卷七《题醉中所作草书卷后》、卷二十一《醉中作行草数纸》),都会惹起报国仇、雪国耻的心事,血液沸腾起来,而且这股热潮冲出了他的白天清醒生活的边界,还泛滥到他的梦境里去。这也是在旁人的诗集里找不到的。

陆游的爱国主义诗篇,就从《宋诗选注》中引两首绝句:《秋夜将晓出篱门迎凉有感》(之二):

三万里河东入海,五千仞岳上摩天。遗民泪尽胡尘里,南望王师又一年。

钱先生注里说:"《剑南诗稿》卷八《关山月》也说:'遗民忍死望恢复,几处今宵垂泪痕。'参看陈亮《龙川文集》卷十七《水调歌头·送章德茂大卿使虏》:'尧之都、舜之壤、禹之封,于中应有一个半个耻臣戎;万里腥膻如许,千古英灵安在,磅礴几时通?'……白居易《西凉伎》曾说:'遗民肠断在凉州,将卒相看无意收。'这种语意在南宋诗里变得更为痛切了。"如《十一月四日风雨大作》:

僵卧孤村不自哀,尚思为国戍轮台。夜阑卧听风吹雨,铁马冰河入梦来。

这种强烈的爱国主义的诗,这里再引文天祥的《过零丁洋》:

辛苦遭逢起一经，干戈寥落四周星（四年）。山河破碎风飘絮，身世浮沉雨打萍。惶恐滩头说惶恐，零丁洋里叹零丁。人生自古谁无死？留取丹心照汗青。

这一类反映反民族压迫斗争的诗，在南宋是极为突出的。这类诗，有悲愤激越的，有哀怨的，风格并不一致。像辛弃疾的《摸鱼儿·更能消几番风雨》，就写得比较婉转；这里引的几首诗，风格还是悲壮激越的，刚健的。

由思想影响所形成的时代风格

《毛诗序》：

> 诗者，志之所之也，在心为志，发言为诗。情动于中而形于言，言之不足故嗟叹之，嗟叹之不足故永歌之，永歌之不足，不知手之舞之，足之蹈之也。……至于王道衰，礼义废，政教失，国异政，家殊俗，而变风变雅作矣。国史明乎得失之迹，伤人伦之废，哀刑政之苛。吟咏情性，以风其上，达于事变而怀其旧俗者也。故变风发乎情，止乎礼义。发乎情，民之性也；止乎礼义，先王之泽也。

这是汉儒的讲诗，他们提出"诗言志"说。"诗言志"本是儒家的说法，在言志里也包括抒情在内。按照儒家的说法，世乱了，礼义废，政教失，这时候诗人要作诗来讽刺，这样的诗称为"变风变雅"。这时候诗人的抒情，要"发乎情，止乎礼义"。即抒发的情，要合乎礼义。到了东汉末年，儒家思想逐渐失去控制，诗人的抒情，不再受到"止乎礼义"的限制。到晋代的陆机《文赋》，提出"诗缘情而绮靡"，"诗缘情"的提法与"诗言志"不同。但《文赋》里也谈到"伫中区以玄览，颐情志于典坟"，是"情志"并提的。又说："心懔懔兮怀霜，志眇眇而临云。"不仅提到志，还要求有临云的志。《文赋》的开头说："每自属文，尤见其情。恒患意不称物，文不逮意。"物和意并提。意跟志是结合的，《诗大序》里讲的"诗言志"，这个志里也包括意，再和情结合。但"诗言志"和"诗缘情"还是不同，即"诗言志"里讲的情，是"止乎礼义"的情，不是"止乎礼义"的情就不合要求；"诗缘情"里的情，就不必要求"止乎礼义"了。前者是按照儒家思想的要求，后者是不按照儒家思想的要求了。

《文心雕龙·明诗》："汉初四言，韦孟首唱，匡谏之义，继轨周人。"《汉书·韦贤传》："（韦孟）为楚元王傅，傅（元王）子夷王及孙王戊。戊荒淫不遵道，孟作诗讽谏。"这就是按照儒家思想来写的。如《讽谏诗》：

如何我王，不思守保。不惟履冰，以继祖考。邦事是废，逸游是娱。犬马繇繇，是放是驱。务彼鸟兽，忽此稼苗。烝民以匮，我王以愉。所弘非德，所亲非俊。唯囿是恢，唯谀是信。

这首诗是按照儒家思想来写的,即"发乎情,止乎礼义"。风格是朴实典雅的。

王国维《人间词话》六二:"'昔为倡家女,今为荡子妇。荡子行不归,空床难独守。''何不策高足,先据要路津?无为守穷贱,坎坷长苦辛。'可谓淫鄙之尤。然无视为淫词鄙词者,以其真也。"王国维把东汉末的《古诗十九首》中的第二首"青青河畔草"中的后四句,又引同上第四首"今日良宴会"的后四句,认为它们是"淫鄙之尤",即不合于儒家思想的要求。但认为它们都表达了真感情,所以是好的。钟嵘《诗品·古诗》:"陆机所拟十四首,文温以丽,意悲而远。惊心动魄,可谓几乎一字千金。"陆机写了拟古诗十四首,那他对《古诗十九首》是有研究的。他大概认为《古诗十九首》所抒的情,已经不是"止乎礼义"了,已经不受儒家思想的控制了,所以不能用"诗言志"这个标准,因此提出"诗缘情"来。这样,由于所受的思想影响不同,风格也不同。《古诗十九首》风格清丽而用情真挚,突破了"止乎礼义"的限制。

《文心雕龙·明诗》:"江左篇制,溺乎玄风,嗤笑徇务之志,崇盛忘机之谈;袁孙已下,虽各有雕采,而辞趣一揆,莫与争雄,所以景纯仙篇,挺拔而为俊矣。"又《时序》:"自中朝贵玄,江左称盛,因谈馀气,流成文体。是以世极迍邅,而辞意夷泰,诗必柱下之旨归,赋乃漆园之义疏。"这里指出东晋时看重玄学,即受到道家思想的影响,讲究清谈。

诗赋都用《老子》《庄子》的思想来写，称为玄言诗。刘勰批评这样的诗脱离时代，当时极乱，玄言诗不反映当时的生活，写得平静舒泰。钟嵘《诗品序》："永嘉（晋怀帝年号）时，贵黄（帝）老（子），稍尚虚谈。于时篇什，理过其辞，淡乎寡味。爰及江表，微波尚传。孙绰、许询、桓（温）、庾（亮）诸公诗，皆平典似《道德论》，建安风力尽矣。"孙绰的玄言诗，如《赠温峤诗》（之一）：

大朴无像，钻之者鲜。玄风虽存，微言靡演。邈矣哲人，测深钩缅。谁谓道辽，得之无远。

又《答许询诗》：

仰观大造，俯览时物。机过患生，吉凶相拂。智以利昏，识由情屈。野有寒枯，朝有炎郁。失则震惊，得必充诎。

玄言诗用韵语来讲道家的道理，不是把道理含蓄在形象里，通过形象来表达，所以是"理过其辞，淡乎寡味"，不像"景纯仙篇，挺拔而为俊矣"。如郭璞的《游仙诗》：

京华游侠窟，山林隐遁栖。朱门何足荣？未若托蓬莱。临源挹清波，陵冈掇丹荑。灵溪可潜盘，安事登云梯。漆园有傲吏，莱氏有逸妻。进则保龙见，退为触藩羝。高蹈风尘外，长揖谢夷齐。

《文选》李善注称："而璞之制，文多自叙。"那他不是讲游仙，是自叙志愿。这首诗既否定朱门的豪富，又说"安事登云梯"，即不想登云梯上天，即不想游仙，要学漆园吏庄周和老莱子妻，即学隐居。"进则保龙见"，《周易·乾卦》："见龙在田。""龙见"指"在田"，也指隐居。与"进"相对的"退"，指不隐居。《周易·壮卦》："羝羊触藩，羸其角，不能退，不能遂。"那么这首诗还是借游仙来讲隐居，通过具体事例来说，不讲道家的理论，所以挺拔了。这样看来，用道家思想来写的玄言诗，是说理的韵语，淡乎寡味。郭璞通过形象来写的游仙诗，风格是挺拔刚健的。

《文心雕龙·诸子》："夫自六国以前，去圣未远，故能越世高谈，自开户牖；两汉以后，体势浸弱，虽明乎坦途，而类多依采，此远近之渐变也。"这里说，先秦诸子眼光超越当世，看到历代的演变，有创见，能独自成家，一家有一家的特色，不依傍别家。两汉以下，由于汉武帝罢黜百家，独尊儒术，学者依傍儒家学说，作为坦途，用儒家思想来写作，理论渐趋衰落。

刘勰在《诸子》里讲到先秦诸子，讲孟轲、荀况是儒家，庄周是道家，墨翟是墨家，尹文子是名家，野老是农家，邹衍是阴阳家，申不害、商鞅是法家，鬼谷子是纵横家，尸佼是杂家，青史子是小说家，各家各有特色。对汉代诸子，说："若夫陆贾《新语》，贾谊《新书》，扬雄《法言》，刘向《说苑》，王符《潜夫》，崔寔《政论》，仲长《昌言》，杜夷《幽求》，咸叙经典，或明政术，虽标论名，归乎诸子。何者？博明万事为子，适辨一理为论，彼皆蔓延杂说，故入诸子之流。"刘勰对先秦诸子能指出各家各有特色，对汉代诸子就指不出他们的家数和特色，只说"咸叙经典"，即依傍儒家理论，又说"皆蔓延杂说"，那就夹有杂说，不成为一家之言。这样，各有特色的先秦诸子，各有风格。如"孟荀所述，理懿而辞雅"，风格是典雅的。"管晏属篇，事核而言练"，风格是精练的。"列御寇之书，气伟而采奇"，风格是奇伟的。"邹子之说，心奢而辞壮"，风格是壮伟的。对各家著述，都概括地说明它们风格的特点。只有对汉代诸子没有说，这也说明这种依傍儒家来立论的诸子，就显不出他们的特色，风格的特色也不明显了吧。

由质朴趋向文华所形成的时代风格

《抱朴子·钧世》:"且夫《尚书》者,政事之集也,然未若近代之优文诏策军书奏议之清富赡丽也。《毛诗》者,华彩之辞也,然不及《上林》《羽猎》《二京》《三都》之汪濊博富也。"这里指出古代的诗文比较质朴简练,后代的诗文比较清丽赡富,即时代在进化,文辞也由质趋文。这里只就由质朴趋向文华说,不指作品的内容。就内容说,质朴的作品可能高于文华,那是另一回事,就风格说,由质朴趋向文华,风格是不同的。《钧世》里又说:

若夫俱论宫室,而奚斯路寝之颂,何如王生之赋灵光乎?同说游猎,而《叔畋》《卢铃》之诗,何如相如之言上林乎?并美祭祀,而《清庙》《云汉》之辞,何如郭氏《南郊》之艳乎?等称征伐,而《出车》《六月》之作,何如陈琳《武军》之壮乎?则举条可以觉焉。

这里历举《诗经》中的诗跟后代的辞赋比,写同类的题材,质朴和文华不同。这里试引一些例子来看。如《诗经·郑风·叔于田》:

叔于田,巷无居人。岂无居人,不如叔也,洵美且仁。

又《大叔于田》:

叔于田,乘乘马。执辔如组,两骖如舞。叔在薮,火烈具举。袒裼暴虎,献于公所。将叔无狃,戒其伤女(汝)。

这是两首讲打猎的诗,这两首诗都有三章,这里只引了两首诗的第一章。因为第二、第三章跟第一章内容相差不多,所以只引第一章来看看。这两首诗里讲的"叔",旧说指郑庄公之弟共叔段。《叔于田》说,大叔在打猎,他出去了,他住的里巷就没有居人。难道真的没有居人?实在是没有人像大叔那样美好而仁慈。《大叔于田》说:大叔在打猎,驾着四匹马拉的车子。乘马,指四匹马。驾车的拉住连着马嚼头的四根马缰绳像编织丝带那样灵巧。组,丝带。这四匹马,在两旁的两匹马叫骖马,在中间的两匹马叫服马。诗里的"两骖"兼指"两服",这四匹马跑得步调一致,有如舞蹈。大叔在薮泽打猎,在夜里有人执着火把,排成行列,一齐举起火把。

大叔脱开外衣，徒手搏虎，捉来献到郑庄公处。要大叔不要习惯这样做，怕野兽会伤害你。这首《大叔于田》，对大叔的打猎做了描写。再看司马相如《上林赋》的描写打猎。《诗经》写大叔打猎，只有一辆车；《上林赋》写天子打猎："前皮轩，后道游。"前有用虎皮装饰的车子，后面有道车五辆，游车九辆，气派大不同。《诗经》里只说"暴虎"，徒手搏虎；《上林赋》里写："睨部曲之进退，览将帅之变态。"即在将帅指挥下发动军队去打猎。因此收获是"填坑满谷，掩乎弥泽"。其他描写，也远远比《诗经》丰富。即《诗经》中的写打猎风格简洁，《上林赋》的写打猎风格繁丰。

《文心雕龙·通变》：

黄歌《断竹》，质之至也；唐歌《在昔》，则广于黄世；虞歌《卿云》，则文于唐时；夏歌《雕墙》，缛于虞代；商周篇什，丽于夏年。至于序志述时，其揆一也。暨楚之骚文，矩式周人；汉之赋颂，影写楚世；魏之篇制，顾慕汉风；晋之辞章，瞻望魏采。摧而论之，则黄唐淳而质，虞夏质而辨，商周丽而雅，楚汉侈而艳，魏晋浅而绮，宋初讹而新。从质及讹，弥近弥淡。何则？竞今疏古，风末气衰也。

这里讲到两种时代风格的变化，一种是从质朴到文华的变化，在这里谈一下；一种是文学发展的变化，在后一节里去谈。先说由质朴到文华的变化，《吴越春秋》九引陈音讲的《弹歌》：

断竹，续竹。飞土，逐宍❶。

❶ 宍：古肉字。

这是二言诗，每句二字。把竹子断下来，用弦来系上，做成弓。用土做弹，把弹弹出去，追逐鸟兽。刘勰认为这是黄帝时代的歌，是最质朴的。刘勰又说："唐歌《在昔》，则广于黄世。"即唐尧时代的《在昔歌》，比黄帝时代的《弹歌》有了发展。《在昔歌》不传。相传唐尧时代有《击壤歌》。《文心雕龙·时序》："昔在陶唐，德盛化钧，野老吐何力之谈，郊童含不识之歌。"刘勰认为《击壤歌》是唐尧时代的歌。《礼记·经解》正义引《尚书传》，称"民击壤而歌"：

凿井而饮，耕田而食，帝有何力。

《尚书传》当即《尚书大传》，是汉初伏生所传述，由他的弟子编定。它已是四字一句，比《弹歌》的二字一句有了发展。

《尚书大传·虞夏传》：维十有五祀（年），卿云（祥云）

聚，俊乂（杰）集，百工（官）相和而歌《卿云》。帝（舜）乃倡之曰：

卿云烂（光耀）兮，纠（聚）缦缦（状广远）兮。日月光华，旦复旦兮。

这首歌用了形容词，像"烂""缦缦"等，显得有文采。《尚书·五子之歌》称夏代太康逸游无度，他的弟弟五人怨而作歌，有五首，今录第二首：

内作色荒，外作禽荒，甘酒嗜音，峻宇雕墙，有一于此，未或不亡。

《五子之歌》一共有五首，就五首的内容说，比《卿云歌》丰富，所以称"缛于虞代"。"商周篇什，丽于夏年"，指《诗经》，还有《商颂》，其他的诗都属于周代，包括春秋时代。《诗经》中的诗比《五子之歌》更富丽了。像上引的《叔于田》及《大叔于田》，运用修辞的衬托手法，像写大叔出去打猎，"巷无居人。岂无居人，不如叔也，洵美且仁"。用里巷中的居民都不如大叔，来衬出大叔胜过里巷的居民。再用"美且仁"来形容大叔。《大叔于田》一首，又用了修辞的比喻格，如"执辔如组，两骖如舞"。用"如组"来比喻善于"执辔"，用"如舞"来比喻四匹马的步调一致。这就显出《诗经》中的诗比《五子之歌》更有文采了。

"暨楚之骚文,矩式周人。"指楚国的《离骚》体文辞,有用周代《诗经》作模式的一面,如《楚辞》的特点之一是用"兮"字,《诗经》中已有用"兮"字的,如《采葛》:"彼采葛兮,一日不见,如三月兮。"《文心雕龙·辨骚》更指出《楚辞》跟《诗经》的不同。"至于托云龙,说迂怪,丰隆求宓妃,鸩鸟媒娀女,诡异之辞也。"这是说《离骚》里用了不少的神话传说,即一般认为《诗经》倾向写实,《离骚》倾向浪漫的不同,这是一。又《物色》称:《诗经》里的"皎日嘒星,一言穷理,参差沃若,两字连形:并以少总多,情貌无遗矣"。"及《离骚》代兴,触类而长,物貌难尽,故重沓舒状,于是嵯峨之类聚,葳蕤之群积矣。"这是讲《诗经》里用的形容词,用一个字或两个字,用得少;《离骚》里的形容词就用了好多,像类聚群积了。这里也包括《诗经》以四言为主,所以形容词用得少;《离骚》或其他《楚辞》,用杂言体,有五言、六言、七言等,《离骚》就是一首长诗,跟篇幅较短的《诗经》中的诗不同,这是二。又《时序》称:"屈平联藻于日月,宋玉交彩于风云。观其艳说,则笼罩雅颂,故知炜烨之奇意,出乎纵横之诡俗也。"这是说,《楚辞》吸取了战国时代纵横家游说时运用夸张的手法来写,写得文辞罩盖《诗经》。这是说运用的手法不同,这是三。总之《楚辞》的壮丽超过《诗经》。

"汉之赋颂,影写楚世",汉代的大赋,包括马融的《广成颂》,也是赋。这种大赋,像司马相如的《子虚赋》《上林赋》,扬雄的《羽猎赋》《长杨赋》,班固的《两都赋》,张衡的《两京赋》,描写物象,篇幅远远超过《楚辞》,虽然它们是从《楚辞》演变来的。以上说明由于时代不同,由质朴趋向文华,文学作品的风格,也由质朴趋向文华,从语言到内容到文采到表现手法都跟着时代变,总的说来,是从质朴淳厚简练,趋向文华巧妙繁富,形成不同的时代风格。

由文学演变所形成的时代风格

时代由质朴趋向文华,反映时代生活的文学也由质朴趋向文华,这是一方面。文学由质朴趋向文华,由文华有时趋向浮华,内容空洞,这就不好了。再就文学本身说,一种体裁发展到极盛以后,要求新变,这就造成文学本身的变化。萧子显《南齐书·文学传论》:"习玩为理,事久则渎,在乎文章,弥患凡旧,若无新变,不能代雄。"他已指出了作品本身的演变,要求有新变,这就形成不同时代的不同风格。

刘勰在《通变》里讲《离骚》跟《诗经》的不同,即是一例。《史记·屈原传》指出屈原写《离骚》的内容,极为丰富。《离骚》是屈原自叙生平的长篇抒情诗,开头写他的家世、出生和从小的美好修养;其次写他在政治上遭遇的挫折和他的理想;再次写他在极度苦闷中的驰骋想象,写他忠于楚国决不肯离去的感情;最后写他以一死来殉他的理想。司马迁称:"《国风》好色而不淫,《小雅》怨诽而不乱;若《离骚》者,可谓兼之矣。""《国风》好色",实际上指他的多方求女,他的求女是为了楚国求贤;又称"《小雅》怨诽",他是怨楚怀王听信谗言,不再信用他,把他放逐到汉北,使他振兴楚国的理想无法实现,他的怨也是为爱国的理想无法实现而怨。"上称帝喾"到"下道齐桓",正说他的政治抱负。"志洁""行廉"正说明他写出他的志趣和操行。这样丰富的内容,不是《诗经》那种以四言为主的短篇抒情诗的体制所能容纳,这就使屈原不得不打破《诗经》的形式,开创《楚辞》的新体制了。这是文学发展的需要。自从屈原创造了《楚辞》的新体制,它的影响一直延展到汉朝,好多作家运用这种体裁来写作。

"汉之赋颂,影写楚世",这里有继承,也有发展。像贾谊的《鹏鸟赋》,仿照《楚辞》的写法,是继承。像枚乘的《七发》,写吴客举出七件事来启发吴太子,这里有仿照《楚辞》的,有发展的。像宋玉的《风赋》,用宋玉同楚襄王两人的对话来写;《七发》写的两人对话,就是从《楚辞》来的。《招魂》写"魂兮归来,反故居些",接着写故居的美好,有屋宇堂室的种种陈设的美好,有许多美女侍候的美好,有故居中园池花木的美好,有故居里种种供养的美好,有故居里种种音乐歌舞的美好,有故居里用象牙制的棋子和赌具可供娱戏的美好,还有可以到梦泽中去打猎的美好。《七发》里用七件事来启发楚太子,这七件事就有音乐、美味、驾车、游览、打猎、观涛、听学者辩论,这种写法,就从《招魂》来的,稍有发展。

到了汉大赋,又从《七发》发展而来,见上论文体的赋,是文体本身的发展造成的。从宋玉《风赋》的清丽,到汉大赋的繁富,这种风格的不同,是由文体本身的演变来的。

胡应麟《诗薮·外编·六朝》:

晋宋之交,古今诗道升降之大限乎?魏承汉后,虽浸尚华靡,而淳朴余风,隐约尚在。步兵(阮籍)优柔冲远、足嗣西京,而浑灏顿殊。记室(左思)豪宕飞扬,欲追子建(曹植),而和平概乏。士衡(陆机)、安仁(潘岳)一变,而俳偶愈工,淳朴愈散,汉道尽矣。

这里认为汉魏与晋宋的诗,时代风格不同,这种不同,是诗人崇尚不同所造成的。认为汉朝的诗比较淳朴,如上面引的韦孟《讽谏诗》是淳朴的。又上面引王国维《人间词话》讲《古诗十九首》中"淫鄙之尤"的诗,认为写情极真,这也是淳朴的表现,否则不敢说出来了。魏诗浸尚华靡,而淳朴还保留一点。如曹植《赠白马王彪》:

郁纡将难进,亲爱在离居。本图相与偕,中更不克俱。鸱枭鸣衡轭❶,豺狼当路衢。苍蝇间白黑,谗巧令亲疏。欲还绝无蹊,揽辔止踟蹰。

---

❶ 衡轭:车辕前的横木和架在马颈上拉车的曲木。

曹植、曹彪兄弟俱到京城去朝会，回去时，主管的官员不准他们同路走，曹植因此写这首诗。这里"鸱枭"四句构成两个对偶，所以说"浸尚华靡"。但这首诗还是写出了胸中的不满，把限制他们兄弟的官员比作鸱枭、苍蝇，所以说还有淳朴余风。说阮籍优柔冲远，如《咏怀》诗：

夜中不能寐，起坐弹鸣琴。薄帷鉴明月，清风吹我衿。孤鸿号外野，翔鸟鸣北林。徘徊将何见，忧思独伤心。

《文选》李善注："嗣宗身仕乱朝，常恐罹谤遇祸，因兹发咏，故每有忧生之嗟。虽志在刺讥，而文多隐避。百代之下，难以情测。"这就是说他的诗"优柔冲远"，但他的用意写得非常隐避，所以说"浑噩顿殊"，即不够淳朴，这也是时代造成的，造成他这种"文多隐避"的写法。

再看左思的"豪宕飞扬"，如《咏史》：

郁郁涧底松，离离山上苗，以彼径寸茎，荫此百尺条。世胄蹑高位，英俊沈下僚。地势使之然，由来非一朝。金张（汉大臣金日磾、张汤）藉旧业，七叶珥汉貂（七代做贵官）。冯公（冯唐）岂不伟，白首不见招。

指左思诗豪放，有不平之气，不够淳朴。再看陆机、潘岳，如陆机《赴洛二首》之二：

羁旅远游宦，托身承华侧（做太子洗马官，太子宫有承华门）。抚剑遵铜辇，振缨尽祗肃。岁月一何易，寒暑忽已革。载离多悲心，感物情凄恻。慷慨遗安豫，永叹废寝食。思乐乐难诱，曰归归未克。忧苦欲何为，缠绵胸与臆。仰瞻凌霄鸟，羡尔归飞翼。

潘岳《悼亡诗》：

荏苒冬春谢，寒暑忽流易。之子归穷泉，重壤永幽隔。私怀谁克从，淹留亦何益！僶俛恭朝命，回心反初役。望庐思其人，入室想所历。帏屏无仿佛，翰墨有余迹。流芳未及歇，遗挂犹在壁。怅恍如或存，周惶忡惊惕。如彼翰林鸟，双栖一朝只，如彼游川鱼，比目中路析。春风缘隙来，晨霤承檐滴。寝息何时忘，沉忧日盈积。庶几有时衰，庄缶犹可击。

上文指出陆机、潘岳"排偶愈工，淳朴愈散"。如陆机的一首，其中"岁月"两句对，"慷慨"两句对，"思乐"两句对。此外像"抚剑"两句，"载离"两句，都是辞不对而意对。再看潘岳的一首，"望庐"以下六句构成三对；"如彼"四句，构成一联，即两句对两句；"春风"两句对。又"僶俛"两句,"怅恍"两句,"寝息"两句,都是辞不对而意对。两诗中运用这样多的对偶,所以称"排偶愈工"。作者的用心在排偶上,淳朴愈散,像陆机的一首,写他到太子宫去做官,究竟为什么忧苦,为什么永叹,为什么凄恻,都没有说。再像潘岳悼念妻子的诗是有名的,望庐入室几句写得是真切的,有感情的。但结句说,有时还可像庄周妻死后击缶唱歌,这跟上句的"沉忧日盈积"相矛盾,"沉忧"不是因时淡忘,反而因时盈积,这又为什么?类似这些,都所谓淳朴愈散了。这里举的,诗人在创作上追求华靡,追求排偶,造成淳朴的散失,这是诗歌创作的演变形成时代风格的变异。

诗人开创新的境界所造成的时代风格

时代风格的形成,有时是文学发展自然形成的,有时是诗人有意识的创造,这两者可能密切相关。这里姑且把它分开来说,后者有两方面:一是作者在前人开创的道路上,有意要另辟新的道路,不愿走前人走过的路;一是看到前人的创作道路产生流弊,为了纠正这种流弊,另辟一种新的境界。不论是前者或后者,都会造成不同的时代风格。

钱锺书先生《宋诗选注》序:

诗歌的世界是无边无际的,不过,前人占领的疆域愈广,继承者要开拓版图,就得配备更大的人力物力,出征得愈加辽远,否则他至多是个守成之主,不能算光大前业之君。所以,前代诗歌的造诣不但是传给后人的产业,而在某种意义上也可以说向后人挑衅,挑他们来比赛,试试他们能不能后来居上、打破纪录,或者异曲同工、别开生面。……瞧不起宋诗的明人说它学唐诗而不像唐诗，这句话并不错，只是他们不懂这一点不像之处恰恰就是宋诗的创造性和价值所在。

钱锺书先生《谈艺录·诗分唐宋》：

唐诗、宋诗，亦非仅朝代之别，乃体格性分之殊。天下有两种人，斯分两种诗。唐诗多以丰神情韵擅长，宋诗多以筋骨思理见胜。严仪卿（羽）首倡断代言诗，《沧浪诗话》即谓"本朝人尚理，唐人尚意兴"云云。曰唐曰宋，特举大概而言，为称谓之便。

缪钺先生《论宋诗》：

唐宋诗之异点，粗略言之：唐诗以韵胜，故浑雅而贵酝藉空灵，宋诗以意胜，故精能而贵深析透辟。唐诗之美在情辞，故丰腴；宋诗之美在气骨，故瘦劲。唐诗如芍药海棠，秾华繁采；宋诗如寒梅秋菊，幽韵冷香。读唐诗如啖荔枝，一颗入口，则甘芳盈颊；读宋诗如食橄榄，初觉生涩，而回味隽永。譬诸修园林，唐诗如叠石凿池，筑亭辟馆；宋诗则如亭馆之中，饰以绮疏雕槛，水石之侧，植以异卉名葩。譬诸游山水，唐诗则如高峰远望，意气浩然；宋诗则如曲涧幽寻，情境冷峭。唐诗之弊为肤廓平滑，宋诗之弊为生涩枯淡。虽唐诗之中亦有下开宋派者，宋诗之中亦有酷肖唐人者，然论其大较，固如此矣。

再就诗人生在大作家之后，要开创一个新境界，形成一个时代风格的。吴乔《西昆发微序》："夫唐人能自辟宇宙者，惟李、杜、昌黎、义山，义山始虽取法少陵，而晚能规模屈、宋，优柔敦厚，为此道之瑶草琪花。"指出商隐诗能在李杜外开辟一个新的境界，成为诗园中的瑶草琪花。不仅这样，它还在北宋时期，为杨亿、刘筠等诗人所仿效，成为西昆体，成为宋初一段时期的时代风格。商隐诗的特点，朱鹤龄《笺注李义山诗集序》说："义山之诗，乃风人之绪音，屈宋之遗响，盖得子美之深而变出之者也。岂徒以征事奥博，撷采妍华，与飞卿、柯古（温庭筠、段成式）争霸一时哉！"商隐诗的风格特点，正如敖陶孙《敖器之诗话》说的："李义山如百宝流苏，千丝铁网，绮密环妍，要非适用。"具有绮密环妍的风格，虽后来西昆体的诗缺乏他的思深意远缠绵宕往之致，但总是受他的影响，形成一个时期的风格，参见上"西昆体"。

再就是有的作者看到文风的流弊，有意识地起来纠正，形成一种新的风格，成为一个时期的风格的。如杨炯《王勃集序》：

尝以龙朔初载（公元661年，唐高宗年号），文场变体，争构纤微，竟为雕刻。糅之金玉龙凤，乱之朱紫青黄，影带以徇以功，假对以称其美，骨气都尽，刚健不闻，思革其弊，用光志业。……以兹伟鉴，取其雄伯，壮而不虚，刚而能润，雕而不碎，按而弥坚。大则用之以时，小则施之有序，徒纵横以取势，非鼓怒以为资。长风一振，众萌自偃。遂使繁综浅术，无藩篱之固；纷绘小才，失金汤之险。积年绮碎，一朝清廓，翰苑豁如，词林增峻，反诸宏博，君之力焉。

杨炯指出王勃看到当时文风的流弊，纤微雕刻，正伪不分，趋向浮靡、绮碎。他通过创作，建立了一种刚健雕润的风格，这样改革，得到杨炯、卢照邻、骆宾王的合作，称"初唐四杰"。王勃的诗，如《送杜少府之任蜀州》：

城阙辅三秦，风烟望五津。与君离别意，同是宦游人。海内存知己，天涯若比邻。无为在歧路，儿女共沾巾。

首联写景物，从长安到蜀州，笼罩全篇。次联点明送别。三联写别后的怀念，一结有豪气。三联成为名句。这首送别诗确有刚健的风格。又《滕王阁》：

滕王高阁临江渚，佩玉鸣鸾罢歌舞。画栋朝飞南浦云，珠帘暮卷西山雨。闲云潭影日悠悠，物换星移几度秋。阁中帝子今何在？槛外长江空自流。

　　这是一首七言古诗，这首七言古诗在音节上的特点是多用律句，即平仄跟律诗的平仄是一致的。又换韵，上四句用仄韵，下四句换平韵。多用律句和换韵的好处是音节流美。杜甫《戏为六绝句》说："王杨卢骆当时体，轻薄为文哂未休。尔曹身与名俱灭，不废江河万古流。"杜甫称他们的诗是"当时体"，那些轻薄的人笑这种体制。杜甫认为这些轻薄的人身死名灭，四杰是江河万古流。"当时体"指什么？明何景明《明月篇序》，称"唐初四子者之所为"，"固承《三百篇》之后"，"其音节往往可歌"，赞美初唐四杰的七言古诗的音节，上承《诗经》的民歌，音节流美。清王士禛《论诗绝句》："接迹风人《明月篇》，何郎妙悟本从天。王杨卢骆当时体，莫逐刀圭误后贤。"认为"当时体"就像何景明的妙悟，悟出初唐四杰的诗音节流美，但末句是说光有音节流美还会误人的。那么王勃改革初唐浮靡纤细的诗风，用刚健的音节流美的诗来改革是成为一时的风气的。这种风气，不光四杰的诗是这样，一直到白居易的七言古诗也是这样，如《琵琶行》《长恨歌》也多用律句，讲究换韵，使音节流美。这种当时体形成一个时代的风格。

诗论所造成的时代风格

诗歌的理论产生影响,也会造成时代风格。如司空图《与李生论诗书》,认为好诗必须有"韵外之致""味外之旨",这个"味"是妙在"咸酸之外"的。他在《与极浦书》里提出"象外之象,景外之景"。这个"味外之旨""景外之景",实即司空图《诗品·含蓄》:

不着一字,尽得风流。语不涉己,若不堪忧。是有真宰,与之沉浮。如渌满酒,花时返秋。悠悠空尘,忽忽海沤。浅深聚散,万取一收。

"象外之象,景外之景",描写的是"象"或"景",对于"象外"的"象","景外"的"景"是不描写的,是"不着一字"的。虽不描写,但通过描写的"象"和"景"来透露,所以"尽得风流"。"象"和"景"是景物,"象外"的"象"和"景外"的"景"是情思,作者对于情思"不着一字",通过景物来透露。不写情思,所以"语不涉己",但情思从景物中透露,所以"若不堪忧"。情思是作品的主宰,有情思"是有真宰",写出的景物是"与之沉浮",是随着情思起伏的。"如渌满酒,花时返秋",像渌酒(美酒)的酒满,像花开时的回到闭住,花闭是含蓄,渌酒的酒满,也指含蓄,好比情思的含蓄不明白揭露。像空中的浮尘极为广阔,像海上的水泡,一忽儿就破灭。像浮尘的由近及远,像水泡的由聚到散,就浮尘和水泡讲,是包括所有的浮尘和水泡,是万取,写入诗中是极少的,是一收。这是说,写的是景物,把情思含蓄在里面。所写的景物,有概括性,又有变化,为含蓄的情思而写。就概括性说,是万取;就为表达情思而写说,是一收。

这种求味外之旨、景外之景的说法,到严羽的《沧浪诗话·诗辨》里提出"大抵禅道惟在妙悟,诗道亦在妙悟","妙悟"与懂得"味外之旨""景外之景"说相通。郭绍虞《沧浪诗话校释·诗辨·四·释》说:

可知沧浪所谓妙悟,正指下节所谓"羚羊挂角,无迹可求"之意。从这点讲,则王士禛神韵之说为最合沧浪意旨。王氏谓:"严沧浪以禅喻诗,余深契其说,而五言尤为近之。如王(维)裴(迪)《辋川绝句》,字字入禅。他如'雨中山果落,灯下草虫鸣','明月松间照，清泉石上流'，以及太白'却下水精帘，玲珑望秋月'，常建'松际露微月，清光犹为君'，（孟）浩然'樵子暗相失，草虫寒不闻'，刘昚虚'时有落花至，远随流水香'，妙谛微言，与世尊拈花，迦叶微笑，等无差别。通其解者，可语上乘。"（《带经堂诗话》卷三）

就以上所引看，司空图提出"味外之旨""象外之象"的说法，发展到了严羽提倡的禅道和妙悟。这种诗论后来王士禛引用了，作为神韵说，从此开出神韵说的一派诗。这即由一种诗论引出一种代表一个时期的风格来，这个风格的特点是含蓄精致。

再就严羽《沧浪诗话·诗辨》说："论诗如论禅，汉魏晋与盛唐之诗，则第一义也。"提出第一义来，即以汉魏晋盛唐的诗为格调最高。这个说法，为明代前后七子所接受，郭绍虞《中国文学批评史·前七子之诗论》：

空同（李梦阳）并不专主盛唐，他只是受沧浪所谓第一义的影响，而于各种体制之中，都择其高格以为标的而已。古体宗汉魏，近体宗盛唐，而七言则兼初唐。这是他的诗学宗主。

后七子如王世贞，他也不废第一义，推重盛唐。他在

《徐汝思诗集序》称:"盛唐之于诗也,其气完,其声铿以平,其色丽以雅,其力沉而雄,其意融而无迹,故曰盛唐其则也。"(《弇州山人四部稿》卷六五)明代的前后七子,接受了严羽第一义的诗论,模仿汉魏晋及盛唐之诗,形成复古的风气,这是受诗论影响形成的一个时代的风格。

地域的风格

地域的风格指不同地域由于风俗的不同,学风的不同,形成不同的风格。这在南北分裂的时代容易显露。这里有民歌的南北不同,也有文人作品的南北不同,诗文都一样,这里先就先秦散文谈一下。

先秦散文显示南北的不同文风

先秦散文显示南北地域的不同风格,突出地表现在《论语》和《庄子》上,这正好像《诗经》和《楚辞》表现南北诗歌的不同风格。

《论语》是孔子的学生和孔子学生的学生记录孔子和他的学生的言论,也包括一些行动。《论语》散文的特点,是语言生动,有的能反映人物的性格,有形象性。总的看来,是反映现实的,思想深刻,影响深远。如《先进》的"侍坐"章:

子路、曾晳、冉有、公西华侍坐。

子曰:"以吾一日长乎尔(比你们年纪大),毋吾以也(人家不要用我)。居则曰(你们平日闲居说):'不吾知也(人家不知道我)。'如或知尔,则何以(怎么办)哉?"

子路率尔(不假思索地)而对曰:"千乘之国(有一千辆兵车的诸侯国),摄乎(局促地处于)大国之间,加之以师旅（对外抗敌），因之以饥馑（国内有灾荒）；由（子路名）也为之，比及三年，可使有勇，且知方（大道理）也。"

夫子哂（微笑）之。

"求（冉有名），尔何如？"

对曰："方六七十（六七十里见方的小国），如（或）五六十，求也为之，比及三年，可使足民（使人民富足）。如其（至于）礼乐，以俟（等待）君子。"

"赤（公西华名），尔何如？"

对曰："非曰能之，愿学焉。宗庙之事（在宗庙里祭祀等事），如会同（或在和外国会盟），端章甫（穿礼服，戴礼帽），愿为小相焉（愿做小的司仪）。"

"点（曾皙名），尔何如？"

鼓瑟希（他弹瑟近尾声），铿尔（铿的一声），合瑟而作（起立），对曰："异乎三子者之撰（所讲的）。"

子曰："何伤（有什么妨碍）乎？亦各言其志也。"

曰："莫（暮）春者；春服既成，冠者五六人，童子六七人，浴乎沂，风乎舞雩（在舞雩台上吹风），咏而归。"

夫子喟然叹曰："吾与（同意）点也。"

这章在《论语》中是较长的，它写了五个人，都写出了五人的思想神情。孔子是老师，他要四个学生讲他们的志愿和作为。他开头讲的话，从自己的年老和没有人用他讲起，讲得谦虚，他是平等待人的。他笑子路。他认为治国要讲究礼让，子路不讲究谦让，所以笑他。但也只是微笑一下，没有对他提出批评，这也是他平等待人的地方。他赞同曾皙的话，反映了他开头说的没有人用他，所以他只能这样，这里反映出他的思想感情。再像写子路，不假思索地回答，不讲礼让，这里反映出子路直爽的性格。子路讲的是治理千乘之国，是较大的诸侯国。方三百多里，有兵车千辆。冉有说治理方六七十里或五六十里的小国，比较谦让。公西华只说做个小司仪，更谦让。曾皙不想做官，只想率领青年和少年歌咏，有教育青少年的意思。这里显示各人的志趣不同。子路讲到治国，提到使民"有勇"，冉有提到"足民"，这里也显示两人想法不同，子路尚勇，所以这样说。曾皙的性格从他的弹瑟里也有所表现，他是在专心听几个人的谈话，还注意到孔子笑子路，但他一边却在弹瑟。孔子并不因他弹瑟而制止他，这也显示孔子对待学生的态度。在一章中，能写到这样，这里能显出《论语》散文的风格来，写得自然生动精练而富有含义。

《庄子》的散文是善用比喻，通过寓言故事来表达情思，如《应帝王》：

南海之帝为儵，北海之帝为忽，中央之帝为浑沌。儵与忽时相与遇于浑沌之地，浑沌待之甚善。儵与忽谋报浑沌之德，曰:"人皆有七窍,以视听食息,此独无有。尝试凿之,日凿一窍,七日而浑沌死。"

庄子在这里编了一神话故事,说"倏"和"忽"指快速,比有所作为。"浑沌"比无所作为。"倏"与"忽"替"浑沌"凿了七窍,"浑沌"从无目到有目,从看不见到能看见,从无耳到有耳,从听不见到听见。能看能听,就开窍了。开了窍,就有所作为,不再是无所作为了。道家主张无为,浑沌才无为,开了窍就有为,所以说"七窍凿而浑沌死"。这是庄子宣传他的道家思想。道家主张一切听其自然,无所作为,认为"为者败之",这个故事就宣传这种"为者败之"的思想。道家这种思想是不对的。但从另一方面讲,"为者败之",从破坏自然方面说,假定不恰当的作为,破坏自然的生态环境,也是不好的。就这点说,他的话也有一部分道理。他的故事是想象虚构而风格奇诡的。

古代民歌显示南北的不同文风

《诗经》里的《国风》主要是北方各地的民歌,虽然也包括南方江汉流域的一小部分。北方民歌的特点,语言比较简短,主要是四言,也夹杂一些杂言。反映在现实生活中的感受,主要是现实的。大量运用了比喻和比兴手法,起兴是先引他物以引起所咏之物。《诗经》里的民歌还运用几章重叠的形式来歌唱,每章只换了少数几个字。《诗经》里运用了美刺手法,赞美好的,讽刺坏的事物。这些是北方民歌的特点,保存在《诗经》里。如《周南·芣苢》:

采采芣苢(车前子,古人认为可治妇人不孕),薄言(语助词)采之。采采芣苢,薄言有(得)之。

采采芣苢,薄言掇(拾取)之。采采芣苢,薄言捋(取)之。

采采芣苢,薄言袺(手持衣襟来盛放)之。采采芣苢,薄言襭(把衣襟掖在带间来盛放)之。

这首诗共三章,采取反复歌唱的重叠式。又如《周南·关雎》:

关关雎鸠(和鸣的雎鸠鸟),在河之洲。窈窕淑女,君子好逑(配偶)。

这是《关雎》的第一章,用和鸣的雎鸠鸟来起兴,来引起淑女是君子的好配偶。旧注认为用雎鸠来起兴,有用意,相传雎鸠结成一双后.永不和别的雎鸠配对,暗指淑女的贞洁。又《魏风·硕鼠》:

硕鼠(田鼠)硕鼠,无食我黍!三岁贯(侍养)女(汝),莫我肯顾。逝(誓)将去女,适彼乐土。乐土乐土,爰(乃)得我所。

这是《硕鼠》的第一章,用硕鼠来比剥削无厌的统治者,是用比喻来讽刺的诗。以上是属于北方的民歌。

当时南方的民歌不这样,《孟子·离娄》里记载《孺子歌》:

沧浪之水清兮,可以濯我缨;沧浪之水浊兮,可以濯我足。

这个南方民歌，每句的字数不限于四言，又用"兮"字作为句尾。相传屈原修改南方民歌而作的《九歌》，如《云中君》：

浴兰汤兮沐芳，华采衣兮若英。灵连蜷兮既留，烂昭昭兮未央。蹇（发语词）将憺（安）兮寿宫，与日月兮齐光。龙驾兮帝服，聊翱游兮周章（周旋）。

这是《云中君》的第一节，是祭云神的歌。由女巫来降神。女巫在降神前，要用香汤来沐浴，要穿着彩衣。灵既指云神，也指云神降在女巫身上。连蜷，状云的回环宛曲，云神降时，女巫表现出回环宛曲的舞姿，显示云神的降临，表示云神的无限光明。云神将安居神堂，与日月齐光。云神坐着龙驾的车，穿着天帝的衣服，在空中游荡。从南方楚国的民歌看，与北方的民歌不同。屈原用南方民歌的音调来写《离骚》，显得和《诗经》不同。如《离骚》中的一小段：

朝发轫于苍梧兮，夕余至乎县圃。欲少留此灵琐兮，日忽忽其将暮。吾令羲和弭节兮，望崦嵫而勿迫。路漫漫其修远兮，吾将上下而求索。

这小段说，他早上从苍梧坐车出发，晚上到了昆仑山上的县圃神山。要稍稍留在神灵的门口,太阳快要下山了。我令替太阳驾车的羲和停车,望着太阳落去的崦嵫神山不要靠近。路途遥远而长,我要上天下地来找寻。下面讲他的求女,求女比喻替楚国求贤。这样看来,《离骚》根据南方民歌来写的,跟北方民歌《诗经》很不一样。《诗经》主要用四言,《离骚》照南方民歌写,就打破四言的格式。《诗经》的篇幅短,《离骚》的篇幅就长了。《诗经》的《国风》反映现实的生活感受,是写实的;《离骚》运用楚国民歌中的神话,是浪漫的。《诗经》用的比是比喻,兴是先讲一物来引起所咏的对象。王逸《离骚经序》里称:"《离骚》之文,依《诗》取兴,引类譬喻。故善鸟香草,以配忠贞;恶禽臭物,以比谗佞;灵修美人,以媲于君;宓妃佚女,以譬贤臣;虬龙鸾凤,以托君子;飘风云霓,以为小人。"这里讲《离骚》里的"取兴",与《诗经》不同,《诗经》的兴是先言他物以引起所咏之物,《离骚》只是隐喻,用善鸟香草来隐喻君子就是。当然,主要的不同在于,《诗经》主要是反映现实的,《离骚》是浪漫的。这是在先秦时代显出南北文学的不同风格。

就民歌说,南北朝时期的南朝民歌与北朝民歌风格也很不同。南朝民歌大部分保存在《乐府诗集·清商曲辞》里,主要有吴声歌曲和西曲歌。北朝民歌大部分收在《乐府诗集·鼓角横吹曲》里。南朝民歌风格清新秀丽,柔婉含蓄,好用双关隐语,大多描写爱情相思和离愁别恨。北朝民歌风格豪放爽朗,慷慨激昂,除情歌外,还有战歌、牧歌和反映人民生活痛苦的歌。

南朝民歌有《子夜歌》,《宋书·乐志》称:"《子夜歌》者,有女子名子夜,造此声。"如《子夜歌》:

始欲识郎时,两心望如一。理丝入残机,何悟不成匹。

"丝"双关"思","匹"是布匹,双关"匹配"。这是说,理好的丝安在残破的织机上,哪知道织不成布匹,比喻不能成为匹配。又如《西洲曲》:

忆梅下西洲,折梅寄江北。单衫杏子红,双鬓鸦雏色。西洲在何处?两桨桥头渡。日暮伯劳飞,风吹乌臼树。树下即门前,门中露翠钿。开门郎不至,出门采红莲。采莲南塘秋,莲花过人头。低头弄莲子,莲子清如水。置莲怀袖中,莲心彻底红。忆郎郎不至,仰首望飞鸿。鸿飞满西洲,望郎上青楼。楼高望不见,尽日栏杆头。栏杆十二曲,垂手明如玉。卷帘天自高,海水摇空绿。海水梦悠悠,君愁我亦愁。南风知我意,吹梦到西洲。

这首民歌大概经过文人修饰,有它的特色。如音节流美,它运用了多种的修辞格:特殊的是顶真格,如"树下即门前",

"树"字顶上句末一字"树"字;"莲子清如水",顶上句末"莲子"两字;"鸿飞满西洲",顶上句末一字"鸿"字。再如"楼高"句顶上句"楼"字。还有复叠格,如前后连用了三个"西洲",两个"栏杆",两个"海水",两个"莲子";又如"忆梅"的"梅"字,"门前""门中""开门""出门"的"门"字,"采红莲""采莲""莲花""莲子""置莲""莲心"的"采"和"莲"字,"忆郎""郎不至""望郎"的"郎"字。又有错综格,如"飞鸿"与"鸿飞"。又有比喻格,明喻如"莲子清如水""垂手明如玉";隐喻如"单衫杏子红,双鬓鸦雏色"。一首诗中运用这样多的修辞格,是比较突出的。

再看北朝民歌,如《企喻歌》:

男儿欲作健,结伴不须多。鹞子经天飞,群雀两向波。

又《琅邪王歌》:

新买五尺刀,悬著中梁柱。一日三摩挲,剧(甚)于十五女。

又《陇头歌辞》:

陇头流水,流离山下。念吾一身,飘然旷野。朝发欣城,暮宿陇头。寒不能语,舌卷入喉。陇头流水,鸣声呜咽。遥望秦川，心肝断绝。

南朝民歌的柔婉，北朝民歌的刚健，显出南北地域的不同风格。

南北朝文人作品显示南北的不同文风

李延寿《北史·文苑传》:

暨永明、天监(齐武帝、梁武帝年号,公元483—503年)之际,太和、天保(魏孝文帝、北齐文宣帝年号,公元477—550年)之间,洛阳、江左,文雅尤盛,彼此好尚,互有异同。江左宫商发越,贵于清绮;河朔词义贞刚,重乎气质。气质则理胜其词,清绮则文过其意。理深者便于时用,文华者宜于咏歌。此其南北词人得失之大较也。若能掇彼清音,简兹累句,各去所短,合其两长,则文质彬彬,尽美尽善矣。

这里讲到南北朝时期文人创作,风格不同,南方讲究音律,风格看重清绮;北方看重气质,风格贞刚;北方理胜其辞,南方辞过其意。不过没有举出作者的人名来。刘师培举出了人名,见《南北文学不同论》:

齐、梁以降，益尚艳辞，以情为里，以物为表，赋始于谢庄，诗昉于梁武，阴（铿）、何（逊）、吴（均）、柳（恽），厥制益工，研炼则隐师颜（延之）、谢（灵运），妍丽则近则齐梁。子山（庾信）继作，掩抑沉怨，出以哀艳之词，由曹植而上师宋玉，此又南文之一派也。鲍照诗文，义尚光大，工于骋势；然语乏清刚，哀而不壮。大抵由左思而上效苏（武）、张（衡）。此亦南文之一派也。

梁陈以降，文体日靡。唯北朝文人，舍文尚质。崔浩、高允之文，咸硗确自雄。温子升长于碑版，叙事简直，得张（衡）、蔡（邕）之遗规。卢思道长于歌词，发音刚劲，嗣建安之逸响。子才（邢邵）、伯起（魏收），亦工记事之文。岂非北方文体，固与南方文体不同哉？自子山、总持（江总）身旅北方，而南方轻绮之文，渐为北人所崇尚。又初明、子渊（王褒），身居北土，耻操南音，诗歌劲直，习为北鄙之声，而六朝文体，亦自是而稍更矣。

这里讲南北朝时期南方文人的作品，像阴铿、何逊、吴均、柳恽，如柳恽《江南曲》：

汀洲采白蘋，日暖江南春。洞庭有归客，潇湘逢故人。故人何不返？春花复应晚。不道新知乐，只言行路远。

吴均《山中杂诗》：

山际见来烟，竹中窥落日。鸟向檐上飞，云从窗里出。

何逊《与胡兴安夜别》：

居人行转轼，客子暂维舟。念此一筵笑，分为两地愁。露湿寒塘草，月映清淮流。方抱新离恨，独守故园秋。

阴铿《五洲夜发》：

夜江雾里阔，新月迥中明。溜船惟识火，惊凫但听声。劳者时歌榜，愁人数问更。

这里引了四位诗人的诗各一首，这些诗写得情思宛转，像柳恽的《江南曲》，写对故人的怀念；像何逊的送别诗，写出了离情别绪。再有工于写景，像柳恽的"汀洲采白蘋，日暖江南春"，用江南春暖来做陪衬，他在这时采白蘋，正有"采之欲遗谁，所思在远道"的意思，景中含情，正显出情思的宛转。再像吴均的写山中景物，显出山居的幽静，表达出爱好幽静生活的心情。何逊的两句"露湿寒塘草，月映清淮流"，比较著名，整首诗即景抒情，工于描写景物。总的看来，南

朝文人的诗,音节和谐,风格清新或清丽。再看庾信在梁朝写的《奉和泛江》:

春江下白帝,画舸向黄牛。锦缆回沙碛,兰桡避荻洲。湿花随水泛,空巢逐树流。建平船柿下,荆门战舰浮。岸社多乔木,山城足迥楼。日落江风静,龙吟回上游。

庾信出使西魏,羁留北方后作,如《重别周尚书》:

阳关万里道,不见一人归。惟有河边雁,秋来南向飞。

庾信在梁朝时写的诗,有南方文学清绮的风格。如《奉和泛江》一首,除了尾联外,句句都讲究对偶,对得工整,如首联中用"白帝"对"黄牛",地名对地名,还注意"黄"对"白"的颜色相对。"建平"对"荆门",不仅地名对地名,还有王濬在蜀造船,木柿(小木片)蔽江而下,吴建平太守吾彦,取木片请孙皓加强戒备,皓不听。荆门句写后汉将军岑彭破荆门入蜀,用两个故事相对。再讲究文采,是南方文学的风格。到他羁留北方,反映梁亡而不能南归的痛苦心情,极为真切。

再看北方的诗,如北魏崔巨伦《五月五日》:

五月五日时,天气已大热。狗便呀欲死,牛复吐出舌。

如北齐《斛律丰乐歌》：

朝亦饮酒醉，暮亦饮酒醉。日日饮酒醉，国计无取次。

如北周高琳《宴诗》：

寄言窦车骑，为谢霍将军。何以报天子，沙漠静妖氛。

这样一比较，北方人作的诗比较质朴，缺乏文采；南方人作的诗，比较清绮，有情思，显出南北文学的不同。正因为北方文学的质朴，所以南方的庾信，出使西魏，被留在北方，北方特别推重他，向他学习，他的文学才华影响北方。

南宋末南北文风的优劣

钱锺书先生《谈艺录·遗山论江西派》：

元遗山（好问）以骚怨弘衍之才，崛起金季，苞桑之惧，沧桑之痛，发为声诗，情并七哀，变穷百态。北方之强，盖宋人江湖末派，无足与抗衡者，亦南风之不竞也。虽以方虚谷（回）之自居南宋遗老、西江（江西诗派）后劲，《桐江续集》卷二十四《次韵高子明投赠》七律论北方词章，亦不得不曰："尚有文才与古班，诗律规随元好问。"汪尧峰（琬）好挦扯南宋作家，而《钝翁类稿》卷八《读宋人诗》第四首亦曰："后村傲睨四灵间，尚与前贤隔一关。若向中原整旗鼓，堂堂端合让遗山。"

钱先生在这里指出南宋末年，南方的江湖派诗不如北方的元好问诗。钱先生指出元好问诗反映亡国之痛，人民的苦难，加上"变穷百态"，南方的江湖末派，没有人能跟他比的。钱先生在《宋诗选注》的"徐玑"篇里，把刘克庄跟"四灵"结合，称为"江湖派"。"四灵派"的特点是细小，不能与元好问的诗比。刘克庄是江湖派里成就最大的诗人，但也不能和元好问比。元好问的诗已见前"作家的风格"；刘克庄的诗，《宋诗选注》里选了八首，录两首。《北来人》（之一）：

试说东都❶事，添人白发多。寝园残石马，废殿泣铜驼❷。胡运占难久，边情听易讹。凄凉旧京女，妆髻尚宣和。

❶ 东都：指汴梁。
❷ 废殿泣铜驼：晋代索靖感叹洛阳宫门铜驼埋没荆棘，这里指沦陷金人手里。

又《戊辰即事》：

诗人安得有青衫？今岁和戎百万缣！从此西湖休插柳，剩栽桑树养吴蚕。

钱先生注："戊辰是宋宁宗嘉定元年（公元 1208 年），宋兵攻金大败，讲和赔款，说定犒赏金兵三百万两，以后每年缴纳'岁币'三十万两。"这两首诗在江湖派诗中是优秀之作，远胜四灵派诗。但还比不上元好问骚怨弘衍之作。

民族的风格

民族不同形成不同的风格，著名的《敕勒歌》就是南北朝时期北方敕勒族唱的民歌。郭茂倩《乐府诗集·杂歌谣辞》引《乐府广题》说："北齐神武（高欢）攻周玉壁，士卒死者十四五，神武恚愤疾发。周王下令曰：'高欢鼠子，亲犯玉壁。剑弩一发，元凶自毙。'神武闻之，勉坐以安士众，悉引诸贵，使斛律金唱《敕勒歌》，神武自和之。其歌本鲜卑语，易为齐言，故其句长短不齐。"歌辞：

敕勒川，阴山下。天似穹庐，笼盖四野。天苍苍，野茫茫，风吹草低见牛羊。

金元好问《论诗三十首》称："慷慨歌谣绝不传，穹庐一曲本天然。中州万古英雄气，也到阴山敕勒川。"对这首歌极为推重，称为"万古英雄气"，反映了敕勒族豪放的风格。

跟这首歌风格不同的翻译的民歌，有《越人歌》，是南方民族的歌。《孟子·滕文公上》"有为神农之言"章，当时孟子称那里为"南蛮鴃舌之人"。刘向《说苑·善说》称:"鄂君子皙之泛舟于新波之中也,越人拥楫而歌。""鄂君子皙曰:'吾不知越歌。'"于是乃召越译,乃楚说之曰:

今夕何夕兮搴舟中流,今日何日兮得与王子同舟。蒙羞被好兮不訾诟耻,心几烦而不绝兮得知王子。山有木兮木有枝,心悦君兮君不知。

《越人歌》和《敕勒歌》不同,《敕勒歌》反映敕勒族的游牧生活,具有敕勒族慷慨的民族风格,是刚健的。《越人歌》反映越女对王子的爱慕,显出越女在表达爱情方面比较显露,是柔婉的。这两首歌虽然时代不同,却也反映南北民歌的不同风格。

余论

对文学风格做了以上的论述外,还有点意见想说说。中国最早提出文学风格来做专篇论述的,当推刘勰《文心雕龙·体性》篇,刘勰把风格称为"体性",这是很有道理的。文学风格通过作品来表现,作品不论是诗、赋、散文等,都归入一种文体,但要构成一种风格,就要在作品中显示作家的个性,这是用"体性"来指风格的意义。刘勰论风格,分才、气、学、习,称:"才有庸俊,气有刚柔,学有浅深,习有雅郑。"这样来论风格,很有意义。说明风格的形成,跟"才、气、学、习"有关,风格的高下,也跟"才、气、学、习"有关。评论作品的风格是否得当,是否能鉴别作品风格的高下也跟"才、气、学、习"有关。在这里就接触到风格的学习与形成。

风格的学习与形成

刘勰在《体性》篇里说：

夫才由天资，学慎始习，斫梓染丝，功在初化，器成彩定，难可翻移。故童子雕琢，必先雅制，沿根讨叶，思转自圆，八体虽殊，会通合数，得其环中，则辐辏相成。故宜摹体以定习，因性以练才，文之司南，用此道也。

这段话，刘勰作为"文之司南"，即培养风格的指南针。他认为风格的形成是跟"才、气、学、习"结合的。他又认为"才、气"，是由于天资，比方"气有刚柔"，气质有刚有柔；又比方有的人的发音的音色美好，这是才；他认为这些都是天生的。但风格的形成还靠学习。他举出风格的八体，以上把八体归入作品的风格，开始学习时学习哪一种作品的风格呢？他认为"童子雕琢，必先雅制"，一定要学习雅正的风格。

把雅正的风格作为根本，把其他的风格作为枝叶。这样由雅正的风格转到其他的风格，学会了各种作品的风格，文思的表达自然圆转，可以结合不同的内容，创作出与内容相适应的作品风格来，这就是"得其环中"了。在模仿各种作品的风格时，主要是模仿雅正的风格，所以说"摹体以定习"，"习有雅郑"，"定习"即确定雅正的风格，这样确定以后，进一步"因性以练才"，顺着各人的个性来锻炼才华，形成自己的风格。就文风说，会有各种不同的文风，学了不正的文风，就坏了，所以先提出"必先雅制"来。

杜甫《戏为六绝句》之六：

未及前贤更勿疑，递相祖述复先谁？别裁伪体亲风雅，转益多师是汝师。

这里讲学习，向前代有成就的作家学习，"递相祖述"，继续互相继承，究竟以谁为先呢？是要别裁伪体，亲近风雅，即去掉不正的文风，亲近雅正的风格，跟刘勰的说法一致。"转益多师"，端正了方向，就可以转益多师了。

杜甫在《偶题》里说：

前辈飞腾入，余波绮丽为。后贤兼旧制，历代各清规。法自儒家有，心从弱岁疲。永怀江左逸，多病邺中奇。

这是说前贤的作品,一种是"飞腾入",是主要的成功之作,如建安文学,飞腾而入;一种是"余波绮丽为",只是余波,追求绮丽之作,如六朝尚绮丽,亦是余波。后来的作者,"兼旧制",兼取旧的体制,即兼取"飞腾入"与"绮丽为"两种作品,历代各有清新的规划。"心从弱岁疲",即他的心力疲于学习"江左逸""邺中奇"。"江左逸"指谢灵运、鲍照等作家。"邺中奇"指建安七子。这里跟"转益多师"一致,即不仅学习"飞腾入"的建安文学,也学习"绮丽为"的六朝文学。这跟"必先雅制"以后再学习各种作品风格一致。经过这样的学习,杜甫确立了自己的风格。元稹《唐故工部员外郎杜君墓系铭并序》:"至于子美,盖所谓上薄风骚,下该沈宋,言夺苏李,气吞曹刘,掩颜谢之孤高,杂徐庾之流丽,尽得古今之体势,而兼人人之所独专矣。"在这里,杜甫向前人学习,显示出他的"才、气、学、习"来,即"才有庸俊,气有刚柔,学有浅深,习有雅郑"。杜甫的学习能够分别雅郑,亲风雅,这是学到雅制;杜甫"读书破万卷",他的学是深的;杜甫能兼取各家之长,他的才是俊的;杜甫的气质是刚健的。所以他能"词气豪迈,而风调清深,属对律切,而脱弃凡近",形成沉郁顿挫的风格。

对作者风格的评价

风格的形成跟"才、气、学、习"有关，对作品风格的评价也跟"才、气、学、习"有关。评价作品的文学评论家，要才俊、学深、习雅，不因自己的气质或刚或柔而有所偏爱，才能做出正确的评价来，这里还要有识力。钱锺书先生《管锥编·张湛注列子》：

《文心雕龙·诸子》篇先以"孟轲膺儒"与"庄周述道"并列，及乎衡鉴文词，则道孟、荀而不及庄，独标"列御寇之书气伟而采奇"；《时序》篇亦称孟、荀而遗庄，至于《情采》篇不过借庄子语以明藻绘之不可或缺而已。盖刘勰不解于诸子中拔《庄子》，正如其不解于史传中拔《史记》，于诗咏中拔陶潜；综核群伦，则优为之，破格殊伦，识犹未逮。……韩愈《进学解》："左、孟、庄、骚，太史所录。"《送孟东野序》复以庄周、屈原、司马迁同与"善鸣"之数；柳宗元《与杨京兆凭书》《答韦中立论师道书》《报袁君陈秀才避师名书》举古来文人之雄，庄、屈、马赫然亦在，列与班皆未挂齿。文章具眼，来者难诬，以迄今兹，遂成公论。

钱先生在这里批评刘勰"破格殊伦，识犹未逮"。由于他的识力不够，因此不能于诸子中拔《庄子》，于史传中拔《史记》，于诗咏中拔陶潜，即对他们三位的著作和创作的杰出成就缺乏应有的评价。萧统在《陶渊明集序》里称"其文章不群，辞彩精拔，跌宕昭彰，独超众类，抑扬爽朗，莫之与京。横素波而傍流，干青云而直上"。萧统的识力在对《陶渊明集》的评价上超过刘勰，所以能做出更正确的评价来。这样看来，评价作家的风格，更需要识力。《文心雕龙·知音》篇说："知多偏好，人莫圆该。慷慨者逆声而击节，酝藉者见密而高蹈，浮慧者观绮而跃心，爱奇者闻诡而惊听。会己则嗟讽，异我则沮弃，各执一隅之解，欲拟万端之变。所谓'东向而望，不见西墙'也。"钟嵘《诗品》列陶渊明于中品，列陆机、潘岳于上品，因他爱好陆机诗的"举体华美"，潘岳诗的"烂若舒锦"，所谓"观绮而跃心"。对陶诗认为"笃意真在，辞兴婉惬"，缺乏真赏。所以赏识作品，不能仅凭个人爱好，还要能赏识异量之美，这又跟"才、气、学、习"和识力有关。这样，风格的形成与正确评价作品的风格，都有赖于"才、气、学、习"与识力了。

就风格说,不仅创作要结合"才、气、学、习"来形成风格,就是创作外的文辞也会因"才、气、学、习"和识力的差异而形成不同的风格。钱先生《谈艺录·静修读史评》:

《朱子语类》卷九十七论二程语录云:"游录语慢,上蔡语险,刘质夫语简,永嘉诸公语絮,李端伯语弘肆。"夫诸君既非转益多师,又皆亲承咳唾,而词气之差,毫厘千里,读者若有山头亿子厚、水底百东坡之想。其故何哉?一言也,而旁听者之心理资质不同,则随人见性,谓仁谓智,遂尔各别。一人也,而与语者之情谊气度有差,则因势利导,横说竖说,亦以大殊。施者应其宜,受者得其偏。孰非孰是,何去何从,欲得环中,须超象外。……非传真之难,而传神之难。遗其神,即亦失其真矣。

钱先生在这里引了朱熹的话,讲二程的学生记录老师二程的话,由于学生各人心理资质的不同,情谊气度的有差,在各人的记录里,随人见性,看出各人的个性来。因各人的记录,有的语慢,有的语险,有的语简,有的语絮,有的语弘肆。换言之,几位学生的记录,各自把自己的个性反映在记录里,这就使记录不能完全正确地把老师二程的精神面貌反映出来。从记录里看二程的精神面貌,一个记录有一种精神面貌,多少种记录有多少种精神面貌,这就不能传达出二程的真正的精神面貌,这就不能传神,就失真了。那么作品要求写真,要求传神,要求抓住所写对象的精神面貌,不能用自己的精神面貌来代替所写对象的精神面貌。这就跟上面说的,不能凭着自己的爱好来定褒贬,对自己爱好的就写得特别好,把自己不喜欢的就加以贬低,要能够赏识异量之美,赏识自己不爱好的具有的好处,要看到自己爱好者的不足处,才能够写得真实,要看到对象的精神面貌,把它写出来,做到传神,要写出所写对象所具有的风格来。

作品的风格和作家的风格

反映作品本身所具有的风格,像苏轼词,称为豪放,如《念奴娇》"大江东去"是写得豪放的。这首词写的是"赤壁怀古",面对的是长江,这个内容,需要用豪放的笔调来写,这个内容跟他性格的豪放是一致的。但他的《水龙吟·次韵章质夫杨花词》又写得情思婉转,不再是一味豪放了。这就是能够写出所写对象的风格来,能够写得真,能够传神。姚鼐讲风格,做了高度概括,分为阳刚、阴柔两大类。这跟刘勰在《体性》里讲的"气有刚柔"一致。即讲人的气质有刚柔的不同。但姚鼐又提出"且夫阴阳刚柔,其本二端,造物者糅而气有多寡进绌,则品次亿万,以至于不可穷"。他认为阴阳、刚柔是糅合的,在糅合中有多寡消长,因而造成多种多样的风格。为什么这样说呢?因为作者的"气有刚柔",这是作者的气质;作品所写的对象,也有刚柔的不同。作者的气质是刚强的,要是所写的对象是阴柔的,作者用刚强的笔调来写,把它写得刚强，就失去所写对象所具有的性质，就失真了。因此作者碰上所写对象是阴柔的，就要"糅而气有多寡进绌"，要糅合阴柔之气写出柔婉的风格来，像苏轼的《水龙吟》咏杨花那样。

一位作家的作品，要写出对象本身所具有的性质，有时是刚健的，有时是柔婉的，那么作家个人的风格又在哪里呢？刘熙载称"东坡词具神仙出世之姿"。这是说，苏轼的词，他的个人风格表现在高出于一般人之上的丰姿。那么苏轼写的豪放的词和婉约的词，里面都具有他个人的风格，这个个人的风格，即是具有超出于一般的"神仙出世之姿"。王鹏运《半塘遗稿》里说："其性情，其学问，其襟抱，举非恒流所能梦见。词家苏辛并称，其实辛犹人境也，苏其殆仙乎！"这里进一步指出，苏轼词的个人风格，是跟他的性情、学问、襟抱结合的，他的性情、学问、襟抱高出于一般人，因此他写的词的个人风格，也表现在这里，即在高出于一般人这方面，所谓"其殆仙乎"！那他的个人风格究竟是什么呢？胡寅提出他的"逸怀浩气，超然乎尘垢之外"（见上《作家的风格·苏轼》篇），从这些话里，我们可以体会作家所写的作品，又有他个人的风格。

钱先生《谈艺录·文如其人》：

"心画心声"，本为成事之说，实鲜先见之明。然所言之物，可以饰伪：巨奸为忧国语，热中人作冰雪文，是也。其言之格调，则往往流露本相；狷急人之作风，不能尽变为澄澹，豪迈人之笔性，不能尽变为谨严。文如其人，在此不在彼也。譬如子云（扬雄）欲为圣人之言，而节省助词，代换熟字，口吻矫揉，全失孔子"浑浑若川"之度。……阮圆海（大铖）欲作山水清音，而其诗格矜涩纤仄，望可知为深心密虑，非真闲适人寄意于诗者。……所言之物，实而可征；言之词气，虚而难捉。世人遂多顾此而失彼耳。作《文中子》者，其解此矣。故《事君》篇曰"文士之行可见"而所引以为证，如："谢庄、王融，纤人也，其文碎。徐陵、庾信，夸人也，其文诞。"余仿此。莫非以风格辞气为断，不究议论之是非也。吴氏（处厚）《青箱杂记》卷八虽言文不能观人，而卷五一则云："山林草野之文，其气枯碎。朝廷台阁之文，其气温缛。晏元献（殊）诗但说梨花院落、柳絮池塘❶，自有富贵气象；李庆孙等每言金玉锦绣，仍乞儿相"❷云云。岂非亦不据其所言之物，而察其言之词气乎。

❶ 晏殊《寓意》："梨花院落溶溶月，柳絮池塘淡淡风。"
❷ 《韵语阳春》称："李庆孙《富贵曲》云：'轴装曲谱金书字，树记花名玉篆牌。'晏元献云：'太乞儿相。若谙富贵者，不尔道也。'"

钱先生在这里，谈到风格，有真的问题。作品的内容，是不是真实地反映作者的思想感情。"巨奸为忧国语，热中人作冰雪文",是说假话。说的内容可以假,说话的辞气格调往往流露本相,即从风格上看,可以看出本相来。像扬雄的《法言》模仿《论语》,从语气上看,孔子的语气"浑浑若川",如江水的滚滚,自然流畅,跟扬雄的滞涩不同。扬雄的模仿《论语》,从风格看,不可能乱真。明代前后七子的模仿秦汉,从风格上看,只能成为假古董,不能成为真的明代的作品。这又牵涉到时代风格。就时代风格说,明代与秦汉不同,明代作品模仿秦汉格调,失掉明代风格,也就失真了。这种失真,也反映在生活上,晏殊有着富贵生活的体验,所以写"梨花院落""柳絮池塘",写出他在富贵生活中的体会,所以自有富贵生活气象。李庆孙没有富贵生活经历,只讲金玉锦绣,不知在富贵生活中人,是不看重金玉锦绣的,所以认为是乞儿相。这说明作品的风格求真,要确实对生活有体会,才能写得出来。

作者风格和时代风格

清代叶燮《原诗·内篇一》：

　　且夫风雅之有正有变，其正变系乎时，谓政治、风俗之由得而失，由隆而污，此以时言诗，时有变而诗因之，时变而失正，诗变而仍不失其正，故有盛无衰，诗之源也。吾言后代之诗，有正有变，其正变系乎诗，谓体格、声调、命意、措辞、新故、升降之不同，此以诗言时，诗递变而时随之，故有汉、魏、六朝、唐宋、元、明之互为盛衰，惟变以救正之衰，故递衰递盛，诗之流也。……惟正有渐衰，故变能启盛。如建安之诗，正矣盛矣，相沿久而流于衰。后之人力大者大变，力小者小变。六朝诸诗人，间能小变，而不能独开生面。唐初沿其卑靡浮艳之习，句栉字比，非古非律，诗之极衰也。而陋者必曰：此诗之相沿至正也，不知实正之积弊而衰也。迨开宝诸诗人，始一大变，彼陋者亦曰：此诗之至正也。不知实因正之至衰，变而为至盛也。

这里讲到作者风格和时代风格的关系，分为两种：一是诗之源，二是诗之流。就诗之源说，时代变了，变得政治、风俗都变坏了，但诗还是正确的，诗人用正确的观点来对待变坏的政治、风俗，对变坏的政治、风俗提出批评，这是一方面。还有一方面，政治、风俗变坏了，诗人也跟着变坏，造成了一种不正确的文风。诗人对待这种文风，有的是跟着文风转，有的是起来反对这种文风。这就是诗人风格与时代风格的关系。

东晋以下，大贵族官僚们生活更奢侈腐化，当时的文风，刘勰在《序志》里称为"言贵浮诡"，这种浮诡的文风是跟着大贵族官僚们奢侈腐化的生活转的。另外，刘勰在《时序》里称："自中朝贵玄，江左称盛，因谈余气，流成文体。是以世极迍邅，而辞意夷泰，诗必柱下之旨归，赋乃漆园之义疏。"当时流行玄言诗，陶渊明对待当时风俗的不正，在《感士不遇赋》序里提出批评："自真风告逝，大伪斯兴，闾阎懈廉退之节，市朝驱易进之心。怀正志道之士，或潜玉于当年；洁己清操之人，或没世以徒勤。故夷齐有安归之叹，三闾发已矣之哀。"他因此辞去彭泽令，在《归去来兮辞》序里说："饥冻虽切，违己交病。"辞官归隐虽然要忍饥挨冻，但做彭泽令违反自己的愿望，身心都感到痛苦，就这样抵制当时不正的风气。他的诗文也抵制玄言诗的风气。因此，他的诗做到了"时变而失正，诗变而仍不失其正"。这是诗人风格反对时代不正确的文风的一种表现。

再有"以诗言时，诗递变而时随之"。如"建安之诗，正矣盛矣，相沿久而流于衰"。于是"六朝诸诗人，间能小变"。对待六朝的小变，有两种态度：一种是陈子昂的态度，他在《与东方左史虬修竹篇序》里认为："仆尝暇时观齐梁间诗，彩丽竞繁，而兴寄都绝，每以永叹。思古人常恐逶迤颓靡，风雅不作，以耿耿也。"对于齐梁的彩丽竞繁是否定的，要归于风雅兴寄。再像白居易《与元九书》："至于梁陈间，率不过嘲风雪、弄花草而已。""然则'余霞散成绮，澄江净如练'，'离花先委露，别叶乍辞风'之什，丽则丽矣，吾不知其所讽焉。故仆所谓嘲风雪、弄花草而已。于时六义尽去矣。"否定梁陈的"丽则丽矣"之作，提倡风雅比兴。但杜甫不这样，他一方面"别裁伪体亲风雅"，这方面跟陈子昂、白居易的态度一致；一方面"转益多师是汝师"。他在《偶题》里指出六朝的"余波绮丽为"，也要学习，有了"别裁伪体"，端正了方向，再加上"转益多师"，使他的创作成就更高了。

作家风格的杰出成就

同一个时期的作家,在风格上的成就是并不一致的,有高下之分,如《史记·屈原传》:"屈原既死之后,楚有宋玉、唐勒、景差之徒者,皆好辞而以赋见称;然皆祖屈原之从容辞令,终莫敢直谏。"就是他们都不能跟屈原比,屈原的成就最为杰出。再像晋代诗人,刘勰在《明诗》里称:"晋世群才,稍入轻绮,张潘左陆(张载、张协、潘岳、左思、陆机、陆云),比肩诗衢。"到了东晋,有袁宏、孙绰的玄言诗,郭璞的游仙诗,谢灵运的山水诗,但萧统就写了《陶渊明集序》,对陶渊明特别推重,显出他的风格在当时最为杰出。韩愈在《调张籍》里称:"李杜文章在,光焰万丈长。"在《荐士》里又称:"勃兴得李杜,万类困陵暴。后来相继生,亦各臻阃奥。"李杜以后的诗人,在李杜光焰万丈长的照耀下,不得不别辟阃奥,另开新途,但李杜的风格成就,最为杰出。王鹏运《半塘遗稿》:"北宋人词,如潘逍遥(阆)之超逸,宋子京（祁）之华贵，欧阳文忠（修）之骚雅，柳屯田（永）之广博，晏小山（几道）之疏俊，秦太虚（观）之婉约，张子野（先）之流丽，黄文节（庭坚）之隽上，贺方回之醇肆，皆可模拟得其仿佛。惟苏文忠（轼）之清雄，敻乎轶尘绝迹，令人无从步趋。盖霄壤相悬，宁止才华而已？其性情，其学问，其襟抱，举非恒流所能梦见。词家苏辛并称，其实辛犹人境也，苏其殆仙乎！"这里列举北宋词家，指出各人在风格上的特色，但推苏轼的风格最为杰出，高出众人之上。

这样看来，历代作家，他们在创作上的成就，也是在风格上的成就，是有最为杰出的。这种最为杰出的成就是怎样造成的呢？先看屈原，《史记·屈原传》称："上称帝喾，下道齐桓，中述汤武，以刺世事。明道德之广崇，治乱之条贯，靡不毕见。"这是说，《离骚》所反映的，针对当时楚国的主要矛盾，触及楚国的治乱和道德。又说："其志洁，其行廉……其志洁，故其称物芳。其行廉，故死而不容自疏。"赞美他的志洁行廉，即品德极为高尚。加上他对楚的宗国有极深厚的感情。就他品德的高尚说，他绝不跟贵族同流合污；就他忠于宗国论，他即使被排斥流放，也不肯离开宗国，终于以身殉国。有了这种品质，再加上"其文约，其辞微"，"其称文小而其指极大，举类迩而见义远"，运用比兴手法，运用神话，具有浪漫主义手法，这才使他的作家风格具有杰出成就，高于同时的作家。

再看陶渊明的诗,照萧统在《陶渊明集序》里说的:"语时事则指而可想,论怀抱则旷而且真。加以贞志不休,安道苦节,不以躬耕为耻,不以无财为病。自非大贤笃志,与道污隆,孰能如此乎!"陶渊明的诗,是他的怀抱、贞志、苦节、笃志的自然流露,有了他的旷而且真的怀抱,加上他的苦节躬耕,才能写出他的"横素波而傍流,干青云而直上"的作品来,这样的作品才是真实地反映他的品格,才是杰出的作品。阮大铖名列《明史·奸臣传》,"机敏滑贼",残害忠良,却要模仿陶诗。钱先生指出:"听其言则淡泊宁静,得天机而造自然,观其态则挤眉弄眼,龋齿折腰。"他的诗风格"矜涩纤仄,望可知为深心密虑"。这说明说的可以是假话,但从风格看还可看出它的本相来。陶渊明诗文的风格,跟他的怀抱、贞志、苦节、躬耕结合,跟品德有关。阮大铖学陶之所以失败,就是由于他的奸佞而没有品德。陶渊明的品德在当时高出于一般文人。萧统《陶渊明集序》又称:"尝谓有能读渊明之文者,驰竞之情遣,鄙吝之意祛,贪夫可以廉,懦夫可以立,岂止仁义可蹈,亦乃爵禄可辞!不劳复傍游太华,远求柱史,此亦有助于风教尔。"萧统认为陶渊明的诗文,有助于挽救当时风俗教化的败坏,说明它的重要。再加上他的"文章不群,辞彩精拔,跌宕昭彰,独超众类,抑扬爽朗,莫之与京",这才构成他的作家风格,在当时成为最杰出的了。

再看李白的诗篇,他把道家愤世嫉俗、返于自然的思想和游侠精神相结合,以傲岸的态度蔑视权贵。他在作品中所表现的美好理想,具有积极浪漫主义的精神。李白的《古风》五十九首,其中不少是对于封建上层的政治腐败和骄奢淫逸生活的揭露。又托古喻今地讽刺帝王穷兵黩武、好神仙、好女色。他的政治理想,要"奋其智能,愿为辅弼,使寰区大定,海内清一",从而"济苍生""安黎元"。有了他这种抱负和精神,使他具有豪迈、开阔的胸襟,形成豪迈飘逸的风格,使他在风格上有杰出的成就。他能够巧妙地把神话、幻想和夸张手法结合起来,如《蜀道难》《梦游天姥吟留别》《梁甫吟》《远别离》等篇都是。在《远别离》里,他结合舜妃娥皇、女英与舜的生离死别的传说,唱出"君失臣兮龙为鱼,权归臣兮鼠变虎。或云尧幽囚,舜野死,九疑联绵皆相似,重瞳(舜)孤坟竟何是"。或是对政权归于李林甫、杨国忠,军权归于安禄山,借"尧幽囚,舜野死"的传说,表达他的隐忧,以寄托他的忠愤。这一切,才能使他的作家风格具有杰出成就。

杜甫的诗深刻地反映了他所处的时代,反映了唐代封建社会由盛到衰的转折。他用同情人民、热爱人民的思想感情,和人民一同经受战乱的苦难,在诗中揭露封建皇族的罪恶。在《自京赴奉先县咏怀五百字》里揭露:"朱门酒肉臭,路有冻死骨。"在《丽人行》里,讽刺唐玄宗宠幸的杨氏兄妹奢侈骄横的生活。在《三吏》《三别》里写出了人民的苦难。

他关心社会时事，关心国家大计，他用诗来指责国政、评论军事，总是为了"穷年忧黎元，叹息肠内热"。他的忧国忧民之心贯彻在他的大量诗篇里。他继承和发展了自《诗经》以来的现实主义传统，达到空前的高度，他的诗中也有不少带浪漫主义色彩的好诗，如《洗兵马》《茅屋为秋风所破歌》的后部等。这一切构成了杜诗风格的杰出成就。

再看苏轼的创作。他小时从母程氏受到很好的教育。入仕时，"奋厉有当世志"（《东坡先生墓志铭》），著《进策》二十五篇，《思治论》，充满政治革新精神。他不同意王安石的变法，认为"造端宏大，民实惊疑，创法新奇，吏皆惶惑"（《苏轼传》），恐有种种流弊。轼遂请外任，在杭州疏湖代赈，在苏州收养"弃子"，在徐州抗洪开矿，在颍州纾民饥寒，办了不少有益于民生的事。他在湖州任时，因为针对新法推行中产生的流弊，作诗来讽刺，被御史弹劾，被逮捕关在御史狱中，称乌台诗案，后来贬官到黄州，以后又贬官到惠州，他虽遭贬斥，还写了《荔枝叹》，讽刺大官为了向朝廷献媚，压迫人民来增加新的贡物，还是为了人民写诗来讽刺朝廷和大官。再说他在艺术上，具有高超的艺术技巧。加上他的志节抱负，关心国计民生，因而形成豪放清雄的风格，在风格上有杰出的成就。

结合上文钱先生对阮大铖模仿陶诗的评论看，假使作家品德卑污，秉性奸邪，即使模仿大作家之作，在风格上也会败露的。因此，在风格上要具有杰出成就，就历代的具有杰出成就的伟大诗人看，都是具有高尚的品德，或者关心国计民生，与人民同呼吸，共命运，或者抱有高尚的志节，要纠正败坏的文教风俗；再加上具有卓越的艺术手腕、深厚的生活经历，才能产生卓越的风格来。一种卓越的风格的形成，还要跟高尚的品格和远大的抱负结合，这是结合历代伟大诗人的成就来说的。

风格的艺术探索

历代文论对风格的艺术成就都做了探索,像刘勰的《体性》讲了风格的八体,讲了风格形成的"才、气、学、习"。像萧统的《陶渊明集序》,对陶渊明的文章和人品做了深入的评价。像陈子昂、白居易对作品的思想性做了探索;像司空图、严羽对作品的艺术性做了研讨,都做出了贡献。这样,经过长期的探索,到了桐城派,才对风格的艺术成就做了由浅入深的较全面的探讨。刘大櫆谈到从神气到音节到字句的探讨,把风格中不易捉摸的神气,归到音节、字句,就可以捉摸了。通过字句、音节来求得神气,通过神气来探索各种风格的形成,就有途径可寻了。到姚鼐,把这些探索归结为神、理、气、味、格、律、声、色,讲得更具体更全面了。这样,就把构成风格的艺术,通过格、律、声、色,进入神、理、气、味,可以探索了。历代作家在创作上成功或失败的经验教训,都可以供我们作为风格的艺术的探讨。看来姚鼐讲的阴阳刚柔的风格上的最概括的两分法,加上阴阳刚柔相糅合所形成的多种多样的风格,加上神、理、气、味、格、律、声、色的探索,对刘勰的八体说和"才、气、学、习"说有了发展。再结合历代的文论看,对创作的探讨,是不是有三种:陈子昂、白居易是一种,着眼在作品的思想性上;司空图是一种,着眼在艺术性上;杜甫是一种,着眼在思想性和艺术性的结合上。这三家在创作上都有成就,成就最高的是杜甫,这跟他主张思想性和艺术性的结合有关。白居易的成就也是极高的。但像在《与元九书》里说的:"今仆之诗,人所爱者,悉不过杂律诗与《长恨歌》已下耳。时之所重,仆之所轻。至于讽喻者,意激而言质,闲适者,思澹而辞迂,以质合迂,宜人之不爱也。"不仅在他生前,时之所重在《长恨歌》以下,就是到了清朝蘅塘退士孙洙选《唐诗三百首》这一传诵之书时,也只选了《长恨歌》《琵琶行》及律绝,对他的讽喻诗一首不选。说明他的讽喻诗是贯彻他偏重思想性的主张,在艺术性上显得不足。他的《长恨歌》《琵琶行》,才是思想性与艺术性的结合,富有才华之作,才能成为传诵的名篇。这说明对风格的艺术探讨,还是要把思想性、艺术性结合起来才有利于创作。再看桐城派的创作,对阴阳刚柔和神、理、气、味、格、律、声、色都做了全面的探讨,但人们对桐城派创作的评价,认为才力薄弱。这说明光有这种艺术探索还不够。从历代伟大作家在艺术风格上的成就看,都跟崇高的品格,远大的抱负,深入人民的生活有关。桐城派的创作才力薄弱,是不是在这方面有所欠缺呢?

结合桐城派的讲阴阳刚柔,再来探讨作家的品德,章学诚《文史通义》的《史德》篇似可做些补充。

夫史所载者事也,事必藉文而传,故良史莫不工文,而不知文又患于为事役也。盖事不能无得失是非,一有得失是非,则出入予夺相奋摩矣。奋摩不已,而气积焉。事不能无盛衰消息,一有盛衰消息,则往复凭吊生流连矣。流连不已,而情深焉。凡文不足以动人,所以动人者,气也。凡文不足以入人,所以入人者,情也。气积而文昌,情深而文挚,气昌而情挚,天下之至文也。然而其中有天有人,不可不辨也。气得阳刚,而情合阴柔。人丽阴阳之间,不能离焉者也。气合于理,天也;气能违理以自用,人也。情本于性,天也;情能汩性以自恣,人也。史之义出于天,而史之文,不能不藉人力以成之。人有阴阳之患,而史文即忤于大道之公,其所感召者微也。夫文非气不立,而气贵于平。人之气,燕居莫不平也。因事生感,而气失则宕,气失则激,气失则骄,毗于阳矣。文非情不深,而情贵于正。人之情,虚置无不正也。因事生感,而情失则流,情失则溺,情失则偏,毗于阴矣。阴阳伏沴之患❶,乘于血气而入于心知,其中默运潜移,似公而实逞于私,似天而实蔽于人,发为文辞,至于害义而违道,其人犹不自知也。故曰:

心术不可不慎也。

❶ 《庄子·大宗师》:"阴阳之气有沴。"沴(lì),因气不和而生的灾害。

这里讲的"心术",即"史德",即品德。为什么要讲品德呢?这里有天人阴阳的关系。写一个对象,按照对象本身的样子来写,这个样子是对象本身所具有的,不是作者外加上去的,这叫天。按照作者的好恶来写,写得不符合对象本身所具有的样子,有作者附加上去的东西,这是人。这是写历史传记不同于文学创作的地方。文学创作也有天人关系,文学创作要讲集中概括,集中概括得符合所创作的形象的样子,即符合典型性格,这是天;加上不符合典型性格的东西,这是人。这里又谈到阴阳,不同于姚鼐讲阴阳刚柔的阴阳。姚鼐讲的阴阳,指两种不同的风格。这里讲的阴阳,指人的气失正而有所偏,称毗阳;指人的情失正而有所偏,称毗阴。这个气指文章的气势,文章有了气势,才能动人。情指文章中所表达的感情,文章写得有气势,有感情,才能动人。要是作者的气势偏于放荡,偏于过激,偏于骄横,用这种偏差的气势来写,加到所写的对象上去,使所写的对象带上放荡、过激、骄横的色彩,这是作者外加上去的,这就是毗阳。情是作者的感情,感情有时失于流荡,失于陷溺,失于偏邪,用这种感情加到所写的对象上去,把对象写得流荡、陷溺、偏邪，这是外加上去的，这就是疵阴。那他讲的史德，就是按照对象本身的样子来写，不加上对象本身不具备的东西，这就是"尽其天而不益以人也"。这样照对象本身的样子来写，所讲的品德，就要做到气平情正。这样讲品德，跟萧统讲陶渊明的品德还不同，萧统讲陶渊明的品德，是这种品德构成陶渊明的个人风格。那么讲风格的形成，除了讲章学诚所讲的史德外，还要讲作家个人的崇高品德、远大抱负和深厚的生活积累。

图书在版编目（CIP）数据

风格例话 / 周振甫著. — 北京：中国青年出版社，2022.4
（2024.8重印）
ISBN 978-7-5153-6606-7

Ⅰ.①风… Ⅱ.①周… Ⅲ.①风格－文艺理论 Ⅳ.①I044

中国版本图书馆CIP数据核字（2022）第040840号

责任编辑：陈章乐　叶施水
书籍设计：瞿中华

出版发行：中国青年出版社
社　　址：北京市东城区东四十二条21号
网　　址：www.cyp.com.cn
电子邮箱：jdzz@cypg.cn
编辑中心：010-57350406
营销中心：010-57350370
经　　销：新华书店
印　　刷：北京地大彩印有限公司
规　　格：787mm×1092mm　1/32
印　　张：13.5
字　　数：255千字
版　　次：2022年10月北京第1版
印　　次：2024年8月北京第2次印刷
定　　价：88.00元

如有印装质量问题，请凭购书发票与质检部联系调换
联系电话：010-57350337